春潮NOV+

纵身入山海

库索 著

中信出版集团 | 北京

序言

正确地迷失在日本

当丁小猫说她即将出版的新书要交给我写序时，我还不知道她另有一个笔名叫库索。所以我对库索的了解是从这本《纵身入山海》开始的。也刚好因为对她没有太多标签，库索在我心中成了一位"知日派"的中国人，这本书又让我了解到中国朋友眼中的日本是如何的。

这本书以著名日剧、日本电影或文学作品为契机，将读者带到镰仓、濑户内、冲绳等风景名胜地，以及奄美大岛、屋久岛等连很多日本人都没去过的地方。文字中并没有太多的感叹号，很多描写平淡而自然。纯粹从个人喜好来看，我更喜欢后面一半"山"的部分。温泉、古道、列车，这些都是我的喜爱，又读到她在民宿主人准备晚餐时躺在八叠🦐房间的地板上连吃五个橘子，这些细节也让我

🦐 叠：日本面积单位，在不同地域大小也有所不同，大约相当于一两平方米。——编者注

偷笑了几次，觉得特别可爱。

在中国生活多年后又回到日本，我曾多次带中国朋友在日本逛街，有时候也跟他们一起去旅游。虽然彼此很熟悉，甚至有十多年的交情，但也很难推测我们一起看到的风景，到底会在他们心底留下什么感觉。《纵身入山海》里描写的日本风景，对土生土长的日本人来说也许有些浪漫、零碎，就如我年轻时生活过的四川成都风光，明明近在眼前，却怎么也抓不到，而正因如此，它在我们心中留下了更深刻的印象。翻阅这本书，对我来说有点像在看著名电影《迷失东京》，和一位来自海外的女性一起，重新接触这个"异国"，还有她偶尔与人的随意交谈。带有一丝孤单，也很潇洒。其实离开自己国家的人就会带有这种氛围。

经过多年的海外生活，我有了一个经验：你要了解一个地方，最有效的途径不一定是去找本地人。我们往往会觉得，想了解中国就要去问中国人，想知道日本就要去找日本人，但这其实是一种误解，尤其是刚开始，了解一个地方的最快方式是找一位拥有当地生活经验的外国人来为你介绍。这是因为本地人会忽略掉外国人可能遇到或关心的细节。我觉得库索和她的这本书刚好充当了非常优秀的指导人，会让你正确地"迷失"在日本。

写这篇序的时候，日本刚好处在新冠肺炎的疫情中，看着库索这么自由地到各地旅游，和当地人进行交往，我羡慕不已。有些怀疑世界能否真的恢复从前的样子，我只希望那些日子能尽可能地回到每个人的生活里。因为疫情，库索和我也没能见面，她在微信上跟我约在京都喝酒，也希望这个约定能早日实现。

吉井忍

2020 年 5 月

于东京

目录

寻海

行山

镰仓永远是夏天，人们永远在恋爱

　　搭乘从藤泽开往镰仓的江之电，刚好在第 10 站，有一个名叫"稻村崎"的地方，从前是没什么名气的寂静车站。天气晴朗的日子，从附近的海滨公园能远远眺望富士山，除此之外没有观光景点。然而从几年前的夏天开始，事情发生了变化，常有观光客从车站出来，朝北边后山的方向走去，穿过民宅区的寂静小巷 5 分钟后，一间建造在半山腰的餐厅会出现在眼前，紧贴铁道的大门上挂着暖帘，上面印着它的名字：海菜寺。

　　这是一家以镰仓时令蔬菜、叶山牛和腰越地鱼类为主要食材的餐厅，晚餐要提前一天预约，若在午餐时间贸然前去，冷不防会遇见全场爆满的景象。我去的那个中午，老板环视着人满为患的店内，满脸歉意地说："照眼下的状况，2 点以后再来可以吗？"然而即便是 2 点以后，客人依然络绎不绝。这里最受欢迎的招牌午餐名叫"海菜寺旬彩套餐"，包括四道时令小菜、蔬菜沙拉、相模湾鲜鱼刺身、酱烧湘南地鱼、牛肉盖饭和味噌汤，盛惠价格 6000 日元——即便在被称为"有钱人家后花园"的镰仓，也不是便宜的午餐。

　　海菜寺不温不火开了 10 年，突然热闹非常。要说契机，是因为彼时正在播出一部名为《有喜欢的人》的夏季月九 🦐，剧中三兄弟共同经营的海边餐厅"SeaSons"，原型便是这家店。有夏天，有大海，有烟火，有纯爱，谁不想去偶遇一次山崎贤人和三浦翔平呢？我也是众多巡礼者之一，坐下才意识到，店里虽然也有三位工作人员，却和剧中的少年形象相去甚远。但并不沮丧，因为主厨是真正的资历深厚：

他年轻时在东京的怀石料理老铺苦心钻研,后辗转于美国、马来西亚,以及香港、上海和台湾的五星级酒店,10年前回到日本后定居镰仓。

那位主厨跟我说,剧组每周都来取景,餐厅没付广告费:"听说那家电视台的制片人常在附近闲逛,之前也偶然光顾过我们的店。"饭后甜点端上来,他建议道:"没有中午那么晒了,要不要去露台坐一会儿?"我站在那个露台,突然想起一个熟悉的场景:另一部日剧《倒数第二次恋爱》(以下简称《倒二》)中,小泉今日子和中井贵一也曾坐在这里畅谈人生。那部剧集与《有喜欢的人》出自同一家电视台,穿插着大量空镜头,可以作为镰仓风景宣传片。如此说来,海菜寺老板口中制片人的"偶然光顾"就一点也不偶然了，显而易见，他应该就是传说中的"镰仓中毒症候群"患者。

"镰仓中毒症候群"，诱因多半来自"对湘南海岸的爱"，病情发作"基本是在夏天"。这种病无法根治，以下任何一个词汇都会令患者们病情加重：大海、夕阳、电车、青春、恋爱、水族馆、花火大会……我从海菜寺的露台望出去，湘南晴朗的海面尽收眼底，更远处的江之岛漂浮在白云之下，红色屋顶的民宅林立在沿海公路一侧，在海浪撞击海岸的背景音中，间或有江之电从脚下穿行而过，是心中理想的夏天模样。

江之电在山海间

对日剧日影迷来说，镰仓的浪漫是由江之电串联起来的。

这辆从 1902 年就出现在镰仓人生活中的电车，如今也每天往返于藤泽站和镰仓站之间，穿行于湘南海岸线和居民生活区中——它是镰仓人的双脚，每天通勤上学的交通工具，它也是观光客的眼睛，带他们享受古都风情的人气路线。

摇晃在江之电车厢中的"湘南人情味"，从百年前就一直存在着。

20 多年前，居住在鹤冈八幡宫附近的安西笃子在《镰仓：与山海共度的生活》中提及过这种情绪："以人类年龄计算，江之电已是90 岁高龄。现在它依然健朗地咔嗒咔嗒前进着，深受大众喜爱。虽说现在推出了设有优先座席的新式车厢，但不知为何，每当我看到如同老爷爷一般的旧式车厢时，总会特别兴奋。从腰越站到稻村崎站的短短 3 公里之间，湘南的海透过车窗塞满了整个车厢，发出炫目的光

穿过民家的江之电

芒。那一刻，每个乘客脸上都露出幸福的表情。"

　　没有大海的电车是不完美的，湘南的海是这里亘古不变的主角："镰仓三面环山，南边有海。八幡宫的三座鸟居前，或是在下马的四角，只要驻足往南方望去，就算看不到海，也能感受到那个方向的明亮。有时候还可以微微闻到海潮的气味，到了盛暑时期，风是很凉的。总之，在镰仓，无论站在什么地方，都无法不意识到海的存在。"因此到了这个城市，方向感会变得很强：无论从哪一个车站走出来，往北便一路到山，向南便一路到海。

　　"稻村崎"的下一站"极乐寺"，因附近的一间同名寺院而得名。这个在《倒二》里每集都会出现的车站，是"中老年恋爱组"拌嘴吵

架和谈情说爱的主要场所,杀青后众主演的签名海报被贴在车站口的玻璃窗里,前来拍照的观众络绎不绝。后来它又成为是枝裕和《海街日记》的取景地,是距离绫濑遥和长泽雅美的四姐妹之家最近的车站。

　　《倒二》中几位主角的家也是一间餐厅,不是海菜寺那样的高级和食店,而是带着院子的家庭咖啡馆"Cafe 坂之下",就在与极乐寺车站只有 10 分钟步行距离的民宅里。"Cafe 坂之下"原本就是镰仓的名店,店内昭和风情的设计混搭北欧家具,招牌料理是 pancake(煎饼),常有专程从东京赶来一探究竟的美食专家。电视制作人是在看到杂志报道后找到这里的,店主真子是三个孩子的妈妈,身为家庭主妇的她,一直在思考"自己有些什么是可以教给孩子的呢",同时她心中还有个久未熄灭的声音："在仅有一次的人生里，想多做些自己喜欢的事。"
这间店是她在"身为妻子和母亲"与"实现自我价值"之间找到的
平衡方案——与女主角同龄，有类似的苦恼和挣扎，最后的选择也有
共鸣，兴许就是这样的价值观打动了《倒二》的制作人吧。

从"极乐寺"的下一站"长谷"走出来，有一间小小的御灵神
社，鸟居下是铁道宅男最青睐的取景地之一，能拍到从隧道中驶出的
江之电。神社入口处有一家经营了 300 年的老铺和果子屋"力饼家"，
是小泉今日子在《倒二》里第一次考察镰仓时的短暂停留之所，也是
广濑丝丝和前田旺志郎在《海街日记》里途经的地方，他们还在这里
吃了福面馒头。"力饼家"制作传统风味的和果子，我吃过一次，实
在是甜过头了！但日本人不惧甜，这使它得以将"不使用添加物""制
作朴素廉价的点心"的初衷传承到了九代目，当地人若是到外地探亲
访友，总是会买一份带去，好像它就是一种镰仓态度。

他们在镰仓谈恋爱

江之电沿线最出名的是江之岛站，岛上有传闻许愿很灵验的神
社和可以俯瞰镰仓全貌的灯塔，在年青一代中是人气很高的约会场
所——我曾经在某个暴雨台风天爬上灯塔，发现四周皆是不为风雨所
动的少男少女，这才明白为何身边有位常常独自旅行的朋友每次到了
江之岛都从不上灯塔。

松本润和上野树里演过一部电影《向阳处的她》。原著曾被评为
"日本女人最想让男人阅读的恋爱小说"第一名，讲的是江之岛上的
某只猫幻化成女子后与人类相遇的爱情故事。他们自然是要在江之岛

上约会的：参拜江岛神社边津宫，在恋人之丘上敲响龙恋之钟，最后去了江之岛的水族馆——论及日本爱情片中出镜率最高的水族馆，非新江之岛水族馆莫属，甚至能从中总结出一套"水族馆约会指南"。

《倒二》告诉你，中年人不必买票进馆，坐在门口台阶上聊聊人生就很美好；《向阳处的她》告诉你，和喜欢的人肩并肩站在大水槽前，是年轻时候最心动的恋爱回忆；《有喜欢的人》告诉你，比站在大水槽前更浪漫的是夜闯水族馆，被保安发现后手牵手一起逃跑；几年前还有一部名叫《流星》的月九，竹野内丰扮演的男主角就是这间水族馆的工作人员，它让许多的日剧观众迷上了水母这种神奇生物。男主角说：不要对着流星许愿，对着水母许愿，比较灵验。

以水母为主角的水族馆和以鲨鱼为主角的水族馆有着两种世界观。我在去过以巨大水槽闻名的冲绳美丽海水族馆之后，才意识到江之岛的水族馆是最好的，它让并不罕见的鱼类也闪闪发光，每到夏天都会推出各种主题活动，比如在水族馆留宿一夜，或是利用灯光秀感受海底的日升月落——有一年夏天的灯光秀名叫"然后，你就成了鱼"，在海洋世界的潮起潮落中，它令我真切感受到：水族馆是人类的一场美梦，而数以亿计的鱼是这场梦的主角。

其实在日剧迷蜂拥而至之前，早有一部动画让镰仓成了圣地。动画片头的场景发生在镰仓高校前站前的第一个踏切 处，它的名字无人不知：《灌篮高手》。说镰仓高校前站是江之电沿线最美的车站也不为过，眼前就是扑面而来的大海，一条坂道以海为起点，通往顶

踏切：道口，铁路与公路的交叉处。——编者注

新江之岛水族馆
的美梦

纵身入

山海

端的镰仓高校——那间学校未必是动画里湘北高中的原型，但一定是青春的隐喻：一次我走近了去，正是暑期特训期间，满场奔跑的棒球少年，"砰"地发出击球的清脆声音；又有一次，只在车站坐着，前面涌来一群刚下课的中学生，吵吵闹闹之间，突然有个晒得黝黑的姑娘用力挥起手来，朝着在海边进行长跑训练的少年放声喊道："健君，加油啊！"你就也会猝不及防地想起来，那些心中的烟花还未熄灭，也曾勇敢地挥过手的岁月。

在镰仓，青春属于任何年龄。拍摄完《倒二》之后，51 岁的中井贵一成了镰仓市观光大使。他在一次采访中说："电视剧播出过半，极乐寺站前人来人往，和拍摄第一集时的冷清大相径庭。细问之下，原来大家都是看过剧之后来巡礼的。如今电视上净是些面向 20 多岁年轻人的作品，而我们想传达属于 40 岁和 50 岁的人们的青春。这个年龄的人，一定会喜欢镰仓的，不是吗？"

为什么他们都选择在镰仓谈恋爱？因为镰仓就是永恒的青春啊。

遇得见小津安二郎和川端康成

中井贵一与镰仓的渊源不止于此，这个小城是他父亲与母亲相遇的地方，而曾祖母过去在城里开了一家名叫"月之濑"的食堂，小津安二郎常来光顾，后来女优原节子在小津电影中常梳的标志性发髻，原型就来自中井贵一的母亲。

小津安二郎是最著名的镰仓爱好者，他的电影几乎都讲述了发生在这里的故事，自己更是生活于此也长眠于此，因此文艺青年们来了，总要特意去一趟北镰仓的圆觉寺，那是电影《晚春》中举办茶会的地方，也葬着60岁的小津。络绎不绝的祭拜者记得小津钟情于威士忌这件事，摆放在他墓前的酒瓶子因此从未间断。早几年，一些忠实影迷会专挑小津的忌日来扫墓，偶尔也有人目击到深居简出的原节子在墓前默默地点燃线香——前些年的秋天原节子去世，他们那一段说不清楚的情事，便真的只成了传说。

小津的墓碑很好认，黑色墓石上只写有一个简洁明了的汉字：無。他曾在侵华战争期间到过中国，从上海、南京，一路行至武汉和南昌，这个"無"字是他从这段与中国的短短交集中得到的纪念品。1938年，小津在一封写给导演沟口健二的信中记录了这件事："现在所居住的宿舍后山有一个（古）鸡鸣寺。雨过天晴时常常爬上寺院。长满青苔的石板上面是绿叶形成的隧道，穿过这个隧道，上面就是寺院了。东边是□□山，爬过城墙，有一个湖，湖上满是青莲，通过隐隐的草木叶子，可以一览□□的城镇。这个寺院是梁武帝时皇帝敕令所建，已有一千二三百年的历史了。弘法大师空海曾经游览过这个寺院，非常著名。如今非常荒凉，寂寥得很。我请这里的住持二空写了个字。我并不认为字写得很好，然而寺印却非常不错，总之另给你寄去。眼下正在□□待命。我想把整个寺院看个遍。精神非常好。"因为保密的需要，信中特意将南京、紫金山、玄武湖等暴露地标的关键词隐去了。往后研究小津的学者中，有人认为这个"無"字是他的战争观，也有人认为它诉说了日本人特有的物哀和无常感。小津过世后，大家一致认定这是他最喜欢的汉字，于是由圆觉寺派管长朝比奈宗源将之重写一遍，刻在了墓石上。

圆觉寺去得多了，渐渐知道距小津数步之遥，还葬着木下惠介，而对面的松岭院里，有田中绢代之墓。前者是和小津同在松竹电影公司工作的名导，后者是小津的御用女演员。我有一次在松岭院看见对联，上联是用毛笔写着的简单几个字："山野草和茶花"，觉得像是小津电影的精髓，也像是镰仓的关键词，后来再去已不见踪影。不少资料称松竹的另一位大牌导演小林正树也葬于同一间寺内，我多次寻访未果，寺院僧人也不似指出小津安二郎的墓碑时那般胸有成竹，小林正树是否埋葬于此大概会成为永久的谜题了。松竹大船的影迷，把圆觉寺视为日本影史上一个重要的地标，对于在人前总是拘谨的小津来说，这似乎也是最好的安排：葬在寺院里，意味着生前死后的人际关系基本没有什么变化。

写出西方第一部小津研究专著《小津》的美国作家唐纳德·里奇也来过圆觉寺，在这里听日本禅学权威铃木大拙讲过一次"南泉斩猫"的故事，并不太懂。小津死后第三年，铃木大拙也逝世，就葬在与圆觉寺一条马路之隔的东庆寺。而黑泽明则要难见得多，他的墓地位于4公里以外的安养院。我曾向一个住在附近的老头打听黑泽明墓地所在，然而他一脸茫然，深信自家门口不可能葬着这等大师，最终把我扔在寺院前，遗憾地表示"已经关门了呢"，接着就消失在寺院后拥挤而老旧的民宅中。半小时后，我才在后山写着"游客留步"的墓园里找到了"黑泽家"的墓石，没有祭酒，没有佛花，冷冷清清，只有一只被脚步声惊起的黑猫"咻"地跑过，吓人一跳。

在圆觉寺也经常能看到猫，瘫在山门前的一只花斑，看见来往

松竹大船：指松竹电影公司的大船摄影所。——编者注

生人从不畏惧，悠闲地享受着时光。喂食的僧人说它的名字叫"shii 酱"，是个小男孩，有时候圆觉寺的门票上也印着一只猫，说是常年躺在勒使门上的"kana 酱"，在寺里生活了 15 年，也成了名猫，常有杂志来拍摄，但最近身体似乎不太好，"毕竟年龄相当于人类的 90 岁了啊"。

　　每年夏天我都会去一次北镰仓，海边小城和小津安二郎那些黑

酱：日语中一种表示亲昵的称谓，通常加在名字后面。——编者注

白底色下的场景相比并无变化，无处不是日常生活的极致。也寻访过他在此地所住的百年旅馆，还有隐藏在漆黑山洞背后的神秘旧居，便越发感慨，他果真是长眠在了最钟情的地方。一位镰仓住民指引我去了离圆觉寺不远的净智寺后山，那里有一处隐秘的山洞。山洞豁然开朗的另一头，是小津安二郎晚年居住的宅院——记不清在什么地方看过他大醉后跌进竹林的逸事，那片竹林如今还在。

镰仓五山之首的建长寺也在附近，在枫叶间还只投下细碎光影的7月，桔梗还没谢，莲花就开了，走过境内的剪刀声和扫帚声，闻到夏季新鲜的青草味。走至寺院深处，有一间回春院，门口也是墓地。一座墓前栽有垂枝樱，墓石上刻着明石海人的和歌："就像生活在深海中的鱼族，若不自燃，便只有漆黑一片。"是导演大岛渚的字迹，

大
岛
渚
的
墓
碑

他是这墓地的主人，因名字中的"渚"取自笠冈的海岸，便从濑户内海深处专程打捞了石头当作墓碑，上面还攀附着细碎的白色贝壳。我坐在回春院看池，水不在池里，流转在树上，心想一个人怎么能以为自己是条鱼呢？不过如果是大岛渚，好像就能理解，用力发光的人，总能见着光。

稍远一些的镰仓灵园，那里葬着川端康成。川端康成也是镰仓响当当的名人，"镰仓文士"中的一员。川端康成的旧宅在长谷站附近，后山有镰仓最古老的神社——甘绳神明社。这是被他写进小说《山音》里的地方，充斥着将死者的恐惧："夜间，在镰仓的所谓山涧深处，有时会听见波涛声。信吾疑是海浪声，其实是山音。它很像远处的风声，但有一种地声般深沉的底力……他确实听见了山音，恍如魔鬼鸣山而过。"

旧宅如今成了川端康成纪念会，常年大门紧闭，不知是否还能听见山音。每年只有一天，隔壁的镰仓文学馆会举办川端康成诞辰纪念活动，组织一个数十人的小团体前往旧宅参观。镰仓文学馆也是有趣的，这里能看到小津安二郎叼着烟拔河的照片，其实文学馆也出现了三岛由纪夫的小说《春雪》中。运气好的时候，能在文学馆的庭院里遇到一辆面包车改装的移动咖啡吧，贩卖用伏见稻荷涌水煮的文学馆混合咖啡，两张椅子摆在树荫下，任你坐下来读书到关门。就连老板也是这么做的——放一张黑胶唱片，咖啡端上来后，就自顾自读小说去了。

其实还想去看看川端康成的终末。他晚年在稍远处的逗子渔港附近买了一间四楼的公寓，只住进去三个月就口吞煤气管自杀了。没有留下只言片语。逗子的海似乎总令人沉默，后来森山大道和中平卓

盛夏的明月院

明月院中，兔子和乌龟站在一起，旁边的木板上写着：负伤中，请不要触碰

纵身入

山海

马也常流连于这一带，只拍下了极为克制的几幅照片。我也想跟着两人的夏日回忆去得再远一些，三浦半岛的最前端或者横须贺的海军基地，不与观光客为伍，海却是特别好的。

它是一段好时光

镰仓的紫阳花有名，最有名的赏花地是"关东十刹"之一的明月院，在坂道两侧开满了花的 6 月中旬，门前几百米外就排起了长队，需要专门的工作人员维护秩序。但紫阳花季人满为患的明月院，转到盛夏就是另一番场景，繁花落尽后余下满目翠绿，衬托绿意的是人潮退去后的寂静，连写御朱印的工作人员也感慨："寺院就该是这样冷清的状态啊。"又建议我来年在紫阳花刚结苞时再来一次，体会那种初生的感动。常来寺院的中年妇人和工作人员聊起桌上的插花，说是镰仓少见的白云木，眼看花期将过，某位旧识赶紧剪下几枝送来。明月院是日本少数几间拥有"丸窗"的寺院，佛教文化里，这种圆形窗户有包容宇宙万物之意，我也是在那时才看清楚，明月院的"丸窗"上方还写着一行字：窗外好日。

作为"镰仓中毒症候群"的患者之一，我偶尔会想：什么才是镰仓的好日子？想起来的是那个等待海菜寺空位的中午，沿着铁轨随意溜达，途中发现了一家餐厅，面向铁轨的一面装着巨大的窗户，每当江之电驶过，列车仿佛就倾倒进了整个房间。我坐在门口的露天位上喝着啤酒，不时驶过的电车就像是专程来与我干一杯。店员走出来和我闲聊，她是个刚从东京搬来的年轻女孩，人生理想是生活在离大海最近的地方，她对这样的镰仓感到满意。

餐厅是由三个年轻男孩合资开的，一日三餐都供应，光顾的当地人远多于游客，很多人匆匆吃过早餐以后，就搭电车去上班。店主教会了我生鸡蛋拌饭的正确吃法：要先把蛋清和蛋黄分开，将蛋黄调匀，而蛋清维持原状，再一起浇到米饭上。他还教给了我一个新概念：电车每隔12分钟会经过一班，在当地人心中，这叫作"江之电时间"。结账离开时，这位店主塞给我一张传单，说他想做更多有趣的事情，在附近寂静的海岸改装了一栋古民家，很快就要作为民宿开业了，"如果明年夏天再来镰仓，就来住住看吧？"

离餐厅不远处的海滨公园，那天傍晚有一场花火大会。镰仓的花火大会不像大阪那样，人人都穿着浴衣，提前好几个小时就要去河边占座。在镰仓的花火大会，大家都是一副"下了班之后顺路来看一眼"的姿态，随意在高高的堤坝上坐下，拉开一罐冰冷的啤酒。

每逢花火升空前，广播里总要说上几句赞助商或赞助人的名字，这也是惯例。起初没有什么特别，都是企业或公共机构：小町商店会、牙科医院、镰仓灵园……到了后半程，突然画风一转："阿酱，谢谢你和我结婚。来生也继续在一起吧。""就让爸爸最喜欢的巨大烟火，在天空中尽情绽放吧。大家都要变得幸福哦！""诗织，生日快乐。爷爷。""真美，一定会让你成为世界上最幸福的人，和我结婚吧！"这种洋溢着小城气质的花火大会，有点好笑，又有点感动，最后那条求婚的信息刚播到一半，远方天空的月亮便升了起来，亘古不变和转瞬即逝共存的这一刻，就是镰仓的好时光。

夏天过去了，夏天还会再来。在《倒二》那部电视剧里，中井贵一对即将离开镰仓的加濑亮说过一句话："镰仓任何时候都会这样等着你的。"

傍晚的江之岛

拥有「江之电」时间的餐厅

有关夏日湘南的几个片段

光明寺观莲会

听说材木座海岸的光明寺正在举行观莲会。学习花道以来，总是心心念念着莲花，无论如何也不想错过这一场。不顾是深夜，匆匆拨通了寺院的电话，良久才有一个小和尚接起。说明来意，对方沉默半晌，支支吾吾道："你是想参加明天傍晚的'净土莲想'吗？"原来观莲是不必预约的，但是傍晚还有一场小型演出，前半场是演唱会，后半场是朗诵和讲述怪谈故事，坐在寺院的长廊里隔着莲池观看，是乘凉消暑的余兴节目。"就是这个！"在听筒那端来来去去的仓促脚步声中，小和尚又支支吾吾了一会儿，想必寺院在这个时节总是繁忙，他也是临时被派来处理事务的，又问过我的名字和电话，便算是预约上了。

于是在日本列岛最炎热的这个夏天，我又一次来到了镰仓。光明寺傍晚的风很大，鹤唳风声中夹杂着知了疯狂的叫声，莲池前已坐定了不少人，并不闲聊，只是寂静地望着莲池，等待着开场的一刻。寺院里的僧人不时走到众人之中，叮嘱着如果感觉要中暑了一定要进屋吹冷气，像为这炎夏感到抱歉似的。其实热也并非全是坏事，今年的莲花开得比往年都好。又听另一位僧人说，池子里的莲花是大贺莲，由一颗从泥炭层中发掘出的古莲子孕育而来。那颗种子犹如化石一般，人们认定它是2000年前的植物，于是又称之为"两千年莲"。

登场演唱的是湘南男子二人组，话筒立在莲池中央一座小小的石桥上，歌词中都是些"镰仓""江之电""海滩""祭典""夏天"之类的当地元素，弹奏的却是尤克里里，大概镰仓是全日本最像夏威

光明寺观莲会

纵身入

山海

夷的地方吧？这样的组合倒也很有意思。两人都说从未离开过镰仓，唱的都是这附近的日常生活景象，发行过 5 张专辑，除了观莲会这样的特别活动，还会在每个满月夜举行小型演出，夏日里就巡回于附近海滩上的各个海之家 🐌，一点儿都不清闲。

那日的观客大约有七八十人，一些人对演唱者已很熟悉，偶尔会跟着唱一两句，稀疏地鼓掌吹哨。多数时候是沉默，缓缓摇动着印有广告的纸团扇，不知那是从哪场祭典活动上拿来的赠品。唱到高潮处，忽而吹来一阵风，莲花也齐齐鼓起掌来，伴奏的是铺天盖地的蝉鸣、海风掠过声和寺院报时的撞钟声。我看过很多热闹的演唱会，却第一次身处这样彻底融于自然的安静时刻，很是恍神。

"我是在材木座出生的，父亲在 8 年前去世了，那日也像今天一样，是一个猛暑的天气。如今我也成了父亲，有个 4 岁的孩子，所以要唱这首歌，有很多回忆。"桥上的人说着，唱起来一首《江之岛》。来月就是他父亲的忌日，时间已经过去太久，唱歌的人不会再为死去的人哭泣，伤感也淡化成美好的回忆，最适合发生在这小小的寺院里。

偶尔歌声会被打断。一个皮肤黝黑的女人推着轮椅站在墙角，轮椅上坐着一个歪着头的男人，不知他能不能听懂歌词的深意，只是间或要发出一两声"啊啊呀呀"的叫唤。唱歌的人并不恼怒，举起手来跟他示好，观众们一齐回过头去，脸上都挂着微笑。不必猜测那对男女的关系，我回过头去看了几次，他们始终紧紧地握着手，脸上露出安宁的神情，那时候飘荡在长廊里的歌词在唱着些什么呢？

🐌 海之家：日本夏季沿海小城开设在海边的民宿和餐厅。——编者注是"纵向是你，横向是我"，是"相互交织成布，也许总有一天会呵护某个人的痛苦"。哦，是中岛美雪的名曲《线》。眼前是那样资质平平的歌手，也许永远都红不起来，可是在这样一个宁静的傍晚，谁会在乎他们红或是不红呢？他们已经在一个夏日给予人最大的感动。

又有穿黄袍的僧人登场，齐齐坐在莲池旁，开始吟诵《阿弥陀经》，笙和笛一起伴奏，有人朗诵着"万岁千秋乐未央"。不知道是心理作用还是天气真的凉了下来，在听到小泉八云的怪谈故事《无耳的芳一》时，我确实感觉到了一阵凉意。正是黄昏降临的"邪魔时"，池水在摇动，荷叶在摇动，花苞和落下的花瓣在摇动，水草和树林在摇动，在世界摇曳之间，群鸟纷纷乱飞，是燕子或是麻雀。

莲池的对岸，在寺院的语境里就是"彼岸"，有一座新建的八角堂。好多次我抬起头，只见佛堂里一尊阿弥陀佛像，就站在二楼的窗前，始终凝视着我。第一次视线交汇之时，我不禁惊得叫了一声，旁边一位老人全程好奇地偷望着我这个外来者，这时便缓缓开了口："这尊佛像啊，视线穿过了由比滨和江之岛，一直眺望着远方的富士山。"彼时我的人生正经历着某些心绪难宁的变故，那一刻似乎稍稍得到了慰藉：也许回忆皆伤，抬头再看，那尊佛像却永远站在最高的窗前，永远凝视着你。

镰仓的寺院和京都的不同，它没那么重，尚有少年感。大约是多亏了海的缘故。在京都和奈良流连于山之寺，在镰仓再看到海之寺就觉得很惊喜，它们的规模与京都的自是不能比，可若是在小小的寺院里观看佛像之时，突然闻到一阵潮水的味道，就会凝结成无法忘怀的绝妙体验。材木座海岸的光明寺，是镰仓离海最近的寺院，关于它，听闻有人有着更绝妙的体验：在不远处的海水浴场里游泳，游至海水刚刚漫过胸部之时，猛然一回头，就看到这寺院的山门突然出现，仿若漂浮在海天的尽头。

回家后我找到一张照片，原来登上光明寺的后山，还能眺望茫茫海上的江之岛，以及更远处的富士山，在冬季晴朗的日子里，它披着一层皑皑积雪。"若是站在这山上，即使海啸来了也很安全吧！"材木座民宿的老板是这么跟我说的。

那天我在离开之前，看见那佛像下的池中有一朵正含苞的莲花，毫无疑问在次日清晨就会绽放。次日寺院里要举办献灯会，参道上挂满了灯笼。这献灯会原本是为了祭奠材木座的海难身亡者而举行，从前会在海里放灯笼，近年来演变为由孩童提着灯笼向海边巡游。走出山门，我又回头去拍灯笼，就有一只黑白两色猫从我身边跑过，并不惊惧，直直盯着我。是听说这寺里有很多猫来着。

夏日的海滨城市，临近 7 点天还没黑，半轮月亮就挂在天上。我朝着有海水气味的方向走去，扛着帆板的男人从我身边经过，遛狗的老人从我身边经过，接着就是走在材木座的海滩上了。人们在海滩上做拜日瑜伽，一个小孩拿着渔网跑来跑去，一个青年坐在栈桥上长久地望着海的彼岸，另一个男人拿着冲浪板加速冲进大海。白天聚集在海之家的人群已经消散了，只有一长串的灯还亮着，夕阳染红了海，把所有的人都变成剪影。

我突然后悔没在寺院里逗留得更久。若是在光明寺里，此时一定也是月光洒下莲池，后山虫鸣阵阵了吧？此时的光明寺，若是站定久立，从遥远的地方一定会传来窸窣细碎的声响，是那样吧，是潮骚。

材木座散步夜

周末，在镰仓站和东京的友人碰头，临近正午热不堪言，决定搭巴士去报国寺。报国寺有镰仓首屈一指的竹林，寺内栽种着2000株孟宗竹，四季绿意盎然。林间兴许凉快些吧——出于这样一种侥幸心理。门票就是黑白的，画着两三水墨竹枝，和其他寺院设计的缤纷的彩色小纸片相比，显出一种寂静清幽。

报国寺里亦有枯山水，见多了京都的庭园，只觉得镰仓寺院的枯山水一点意思也没有，缺少风雅，又不够大气。但竹林真是非常好的，穿过一条细细小径朝深处走去，叶片发出窸窣的声响。这样的竹林会让人想起岚山，规模没有那么大，却有更胜一筹之感——因为小，才多了置身其中的意味，像是在自家后山，不用5分钟就能走到尽头。深处有一间茅草搭起的"休耕庵"，用作茶室，席位纷纷面朝竹林而设，众人在此眺望竹林，享用抹茶和甜点。

不料抹茶端上来却是滚烫的，友人毕竟年轻，不解这盛夏里不思变通的传统行事，皱着眉喝下，又嫌苦，把甜得齁人的和果子一气儿全吞了。夏日观竹林，不能再见竹笋，妙处只是光线的游移，于密不透风的枝叶之中，仍有碎裂的阳光，在地面的一层枯叶上投下斑驳的光明，若有风来，光明就要微微颤抖。林间细流，头顶鸟叫，无论磅礴微弱，总是竹林标配。隔壁一对穿着浴衣的小情侣久久坐着，嘟囔着"凉快下来了呢，不太想走了"，原来热茶真有冰镇人心的功效。

"听说川端康成写《山音》，是受到报国寺竹林沙沙作响的启发呢。"友人读着一本旅游手册，转过头来对我说。

"那写的不是他在长谷寺旧宅的后山吗？"我听过另一种说法。

"可是你看这书上说，川端康成和林房雄都有在报国寺居住的经历，就是冲这竹林而来。"友人指着旅游手册上的粗黑文字。

镰仓的寺院是这样，总想跟文士发生点关系，似乎因此就能变得高级起来。如果旅游手册所说是真，这竹林如何才能发出小说中描述的那种令人心悸的声响呢？想必是在台风来袭的暴风骤雨中，一定是个深夜吧。

从报国寺出来，早就过了午饭时间，两人饿得不行，看见路口立着牌子，说是有家石窑餐厅，不知所以寻了去，原来是在另一间寺院内。

"只是想去餐厅啊。"我们向工作人员打听。

"那也是要买门票的。"工作人员表情严肃，指着窗口的牌子。

乖乖掏出钱包，倒是只要 100 日元。净妙寺是容易被游客忽视的寺院，只有一间小小的本堂，似乎没什么看头，其实也排在镰仓五山的第五位。走入后山，一路上坡，在这样古香古色的寺院中，突然出现了一栋西洋风建筑，我和友人都觉得不可思议，原来正是那间餐厅。我们原本抱定心思要吃比萨，服务员却连连抱歉，原来这里用石窑烤的是面包。所幸那面包真是美味，镰仓的蔬菜也果真名不虚传。

酷暑天不宜在户外久留，手机里又跳出了某地热死数人的新闻，和友人达成共识：午饭后立刻回到材木座。难得订到了当地最有名的民宿，一幢有着近百年建筑历史的古民家，不过三个房间，夏季总是爆满，因为走向海也只需要三分钟。这家民宿开发了各种周边产品，比如环保袋手帕胶带，都很可爱，还会带宿客去附近的寺院里参加坐禅和瑜伽。我看民宿的吧台上摆着各种酿造果酒，苹果啦梅子啦柚子啦柠檬啦，想要喝一杯杏子酒，偏偏只有那杏子酒还没有酿好。

此后便倒在和室的榻榻米上睡了个漫长的午觉，木造的旧宅隔音效果很是不好，但凡有汽车驶过便如地动山摇一般，摩托车经过也会发出轰鸣，三三两两的人路过就能听见他们在聊些什么。这些声响出现在这样炎热的天气里，倒像是种夏日独有的温情，意外地让人睡得很好。一觉睡至傍晚，两人睡眼惺忪地交换意见：夏日观光就应该追加一个项目，在午后的榻榻米上吹着冷气大睡一场。

民宿老板推荐说，附近有镰仓最有名的手打荞麦面，不吃一碗恐怕会抱憾而归，但晚餐需要预约，也只好放弃。又被一家越南料理店的河粉吸引，一路溜达过去，店内熙熙攘攘，门口立着牌子：本日晚上 7 点前都是包场时段。

"好像是年轻的妈妈们在聚会呢。"友人隔着玻璃门往里张望。

"难得周末，是不用给爸爸们做饭的缘故吧？"两人都没有耐心再等，在周边小巷间随意乱走一通，不知道路，但因有潮风气味，知道是一路朝着海的方向。狭窄的小路两旁有很多衰败的大宅子，种植着苍老而高大的松树，房屋实在是太旧了，探头进去窥视一番，仍然不知道是否有人居住。墙头挂着不知名的果子，走近了一看："哎呀，似乎是柿子呢。"栗子般大小，翠绿可爱，还是头一回见到幼年的柿子长成这样，从前在和歌山一带见到的都是黄澄澄的成熟果实，沉甸甸的，一个个比拳头还大。

在江户时代，镰仓八幡宫周边是武士聚集的地带，材木座这一带则更多是工商业者的居住地，神社佛阁的建筑木材全都从这里的海岸运入。如今此地不再做港口用，街道上的店铺也数量锐减，商店街上也不过只有三间酒铺、三间鱼店和两间蔬菜店。当地人以此为豪：这个街区没有便利店和超市，但老式的澡堂和零食专卖店还都在营业着。

与几站之外的镰仓站相比，材木座是仍有人生活其中的住宅街，大批观光客不会专程前来，这令它残留着从前的下町风情，若是走进深处，真是十分寂静。除了一两个在家门口洒水的，不见行人踪影。

"你还记得山崎老师吗？"我和友人是多年前在大阪的语言学校认识的，我因为有工作，半年后就无暇再去，而她是在游学，一年两年地继续读了下去。

"是那个很会撒娇的女老师吧？"我上过两三个月她的课，只记得她化着无懈可击的妆容，无论在男老师还是男学生面前都散发出少女特有的神态语气，看不出已是四十几岁的年龄。

"嗯，井上老师不喜欢她，说她滥用女性优势。"井上老师是来往过很长时间的一位，在我们离开后不久也从那间语言学校辞职了。

"如果这是井上老师的话，倒也能够想象。"井上老师有常年在法国留学的经历，无论是对日本的职场制度还是女性做派，都有种认定其太过保守落后的深恶痛绝。

"你知道吗？山崎老师很早之前就结婚了，和丈夫两地分居有十几年吧，丈夫在东京工作，她独自带着孩子住在神户西宫。如今孩子都上高中了。"友人这么一说，我有些惊讶，这位老师偶尔会在课上提及她的私生活，例如每天的例行公事是泡澡之后喝一杯红酒之类，营造出一种单身贵族的氛围，我也真的就这么认为了。

友人又说："她叮嘱我一定不要告诉同学，可我实在是好奇极了，这么长时间地异地生活，一定有什么隐情吧？"

对我等外来者来说，日本人的私生活谜团重重，在八卦和猜测中，我们路过昭和时代的家屋，路过干涸的河流，路过交叉路口荒废的神社，路过一户人家挂着两个姓氏的门牌……材木座的街道仿佛永远地停留在过去的时间里，如此便一路到了海滩。

镰仓三方环山，唯南边是海。因受到相模湾黑潮的影响，镰仓的海是首都圈中最温暖的，自西向东分布着好几片海岸：七里滨、稻村崎、由比滨和材木座——几乎全是冲浪胜地，有种说法还称日本的冲浪运动始于七里滨。我好几次来，看到点点帆板颠簸在清晨暴雨中的汹涌波涛之上，走在街道上的人们也总是同一个造型，晒得黑乎乎的。

每当到了夏天，进入海水浴场开放的季节，镰仓的海岸就会变得炫目起来。由比滨、材木座海岸和腰越三大海水浴场扬起旗帜，根据海浪的不同状况变换三种颜色：蓝色表示可以游泳，黄色警示游泳要多加小心，红色则是禁止游泳。

材木座是三个海水浴场中最安静的一个，因而当地人来得最多。每年只有一天可以称得上热闹：6月第二个周日的"乱材祭"，人们抬着轿子从这个街区的五间神社分头出发，在材木座海岸会集，在沙滩上举行了神事之后，一路将轿子抬进大海里。同样的海之祭典，我在茅崎也曾看过，为了能在早晨7点准时抵达海滩，一间神社的祭典人员甚至在凌晨2点就要出发，百年来都是如此。据说从前更热闹些：到了这一天，学校要放假，农家和渔师也要休息，全村的人都要参加庆典。京都人感谢山，镰仓人感激海，京都人在山里合掌，镰仓人在海里祈祷，于神明之前，虔诚的心情都是一样的。

材木座海岸有这两年才新建的餐厅，面朝大海，宜观看日落。两天之后便是镰仓花火大会，民宿老板告诉我：隔壁的由比滨游客纷攘，便利店门口也排着长队，而安静的材木座海岸就很好。这间朝海的餐厅也推出了花火大会特别套餐，四楼的阳台上有着绝佳的观景位，一问人均价格却要 1.5 万日元，想来还不如在京都吃螃蟹，遂作罢。

只是坐下来随意吃了个晚饭。年轻的店员有一张娃娃脸，大概是暑期来打工的大学生，晒得黝黑却穿着一件白色 T 恤，说话间露出羞涩的少年笑容，符合湘南住民带给人的典型印象。

"上次我来，这酒吧还没开业呢。"友人示意我看隔壁吵闹一片的酒吧。

"日本还蛮难见到这样夜店风格的地方，我又是从京都来，就更少见了。"漫天红霞逐渐浮现之时，酒吧里蹦迪的人群已经进入了狂欢时刻。

"是啊，楼下是面朝大海的瑜伽教室，楼上是面朝大海的夜店。真不愧是湘南啊。"

夕阳渐渐燃烧起来，不远处的海滩上，又有年轻人在放线香花火了。偶尔天上也会蹿起一束小型花火，周围的人就会纷纷发出"哇"的声音，很是捧场。海滩上到处是牵着狗散步的男女老少身影，听说材木座地区连狗的数量都比其他地区多，令我对它又多了许多好感。

那天从海岸走回民宿的路上，突然远处传来"嗒嗒嗒嗒"的声音，一匹白马迎面跑来。

"为什么镰仓会有马？"两人都很错愕，目瞪口呆地看着那马车驶近。

马车到了眼前，才看见上面写着"PONY TAXI"（出租马车）几个字，一个满脸络腮胡的男人驾着它飞驰而去。

"镰仓的晚上真的很不一样。很凉快，又安静，都没有人。"

"还有白马出租车。"我觉得好笑，那真是非常不真实的魔幻感。

材木座的大海彼岸，天气晴朗之际，能看见浅浅的富士山轮廓。这海岸再往东一些，就是德富芦花从前居住的逗子，他写过许多在湘南海岸眺望富士山的情形，日出日落，雨天雪天，总有风情。我想起他写过一个黎明，说富士山如何从睡梦中醒来："看看吧，山巅东边的一角染上的蔷薇红。请定睛凝视吧，富士山峰的红霞眼看着将拂晓的灰暗驱散。一分钟，两分钟，由肩到胸。看吧，那耸立天际的珊瑚般的富士，那桃红溢香的雪白的肌肤。山，晶莹剔透起来了。"德富芦花说，想请有情趣之人看的正是湘南此刻的黎明。因此我在夏日深夜，头一回想经历镰仓的冬日了。

那年夏天，茅崎的海

前年夏天我在茅崎馆醒来时，是凌晨 2 点，外面铺天盖地下起了暴雨，和狂躁的海浪合奏气势恢宏的交响曲。雨势极为猛烈，像是压抑了整个夏天，要等到花火大会无事终了，才终于安然地宣泄情绪。我爬起来关上空调，打开窗户点燃蚊香，久违地睡了个好觉。次日清晨睁眼，仰头看见格子窗的白纸上，映着萧索的植物影子，寥寥几笔中，有大千世界。木门下方的缝隙里投射进来几缕阳光，能推测它们一直以这个角度降临，在榻榻米上留下了浅色的灼痕。又过了半个小时，我才从布团里爬出来，晃到一楼去吃早餐，旅馆的女将 森治子女士会在早上烤一条鱼，在沙拉里搁上几片火腿，炒蛋时再加些小银鱼，又

端上了一盆秋天的橘子。于是我在将要离开之际，感到了夏天的逝去。

　　这年在酷暑之中，又打了电话去茅崎馆，等了好长时间才有人接起，从前总是很迅速的。幸好想住的那间房还空着，报上名字和手机号之后，电话那端还没有挂断的意思。

　　"丁桑，你是第一次来吗？"我一开始就听出了她的声音，是森治子女士。

　　"前年住过一次呢，大前年也来了。"前年是在 7 月，也是一早打电话预约，森治子女士也说了一模一样的话："入住那天是周一，

　　桑：日本人对人的尊称。——编者注

没有早餐也没关系吗？"

得知我是故地重游，森治子女士的语气明显轻松了，絮絮叨叨说起八卦来："其实今天有德国的电视台包下全馆在拍摄，所以电话才接听得那么迟，抱歉呢。""是枝导演原本也预订了 6 月的房间，实在太忙了又临时取消了。"等等。

两个月前，是枝裕和的《小偷家族》在戛纳电影节上拿下了金棕榈奖，他在采访中有意无意提及剧本是在茅崎馆里完成的，想必是因此引来了海外媒体的关注。其实从十几年前开始，是枝裕和便常常来到这间湘南海岸的旅馆短住，《步履不停》后几乎所有的作品都是在这里构思的。来到此地的契机，他本人也说过：当时想写一个发生在海边的故事，被熟人推荐到了这间开设于 1899 年的旅馆，"从东京搭乘电车大约需要一个小时，刚好是能够避开都市喧嚣的距离。在这里做自己想做的事，慢慢整理思绪，调整作息规律。很早起来，吃完早饭便去海边散步、写作，然后泡澡，继续写作……保持这样的作息之后，意外地非常不错"。从此这里成了心头好。"我没有特别喜欢小津导演哟"，是枝裕和常常这样说，但他在茅崎馆写作时住的房间，总是小津安二郎住过的那一间。

一个房间里走出来两位享誉国际的日本电影大师，即便隔着六七十年的时间，也是一种充满宿命感的遥遥相望吧。那个名为"二番"的房间，之所以成了日本电影史上大名鼎鼎的存在，是因为过去它是小津安二郎的定宿之处。彼时松竹电影厂就在隔壁大船站，小津就近在这里写完了《晚春》《麦秋》《茶泡饭之味》《东京物语》等代表作，如今馆内还摆放着他当时的工作照，以及渔夫帽、剧本之类的爱物。

　　但凡住过一次茅崎馆的人，总会有些念念不忘的理由。我第一次去，是在初夏的傍晚，晚饭后从旅馆漫步去海边，沿途成群的少男少女骑着自行车呼啸而过，大学生模样的男女六人组久久地在湘南的海岸边放着线香花火，我心中兀地腾起某种青春期未完结的遗憾，像一个永远填不满的虫洞。归时已是夜里，坂道上远远望见茅崎馆在妖艳的蓝色天空下亮起灯来，令人怀疑它是这个世界上不曾存在的某处。

　　在这间旅馆我总是半夜醒来。第一夜不是因为雨声，是感觉有一道亮光久久停留在脸上，晃眼得很。"难不成是外星人的飞碟登陆了？"我挣扎着爬到窗前，只见头顶一轮明亮的镰仓圆月，挂在薄暗的天空正中央，照耀出底下的云朵和树枝的清晰轮廓，盛夏繁茂的庭院被照得亮堂堂。蝉虫低吟，间或浮现起更微弱的声响，是远处隐隐的海浪，正拍着岸。就是它了，我想，就是当年是枝裕和在这家旅馆里创作《步履不停》时听到的声响，后来他在《浪声》一文里描述过它："最令人激动的是，每到夜晚，从黑暗的中庭就会传来白天听不到的海浪声……事后回想，身处那种反复的韵律中，意识和神经全都会敏锐起来。"

第三次来到茅崎，我和旅伴在一个炎热的午后抵达，那日是大暑，森治子女士在玄关等候，向我感叹："是今年之中最热的一天了。""二番"房间的床之间 🐚 里摆放着旧式空调，说是开了整整半日，才终于凉快下来。这样的天气，在旅馆里吹着冷气久久不愿出去，旅伴倒头睡下，我坐在窗前读一本书。夏蝉鸣叫不止，乌鸦偶尔乱飞一阵，只需要等待傍晚，等天气再凉快一点。

窗外是茅崎馆的庭院，青松在炎夏里并不颓废萎靡，展现出葱郁的勃勃生机。这庭院从馆内的四面八方都可以进入，一直延伸到海边。那些年小津安二郎也坐在这扇窗前写过剧本，停笔多在半夜，总是拉开门走下台阶，穿过庭院一路散步到海岸去。小津在茅崎馆住了多久呢？一年之中大约在 150 到 200 天之间。也是这次才听说，其实他最初是住在"一番"的，后来才长期住在"二番"和"三番"。原节子姐妹住在"十一番"，是一楼里直面庭院的大房间。

我曾读过《日刊体育》记者石坂昌写的《小津安二郎和茅崎

🐚 床之间：日式房间内的凹间、壁龛，可挂条幅或放置摆设。——编者注馆》，书中颇多想象和演绎，因是从二手书店买来的书，扉页夹着前任主人剪下的报纸，简短的书评里有一句："一生未婚的小津去世于1963年12月12日，他60岁生日当天。两个女人放声大哭，一个是原节子，另一个是茅崎馆的女佣，在空无一人的'二番'房间里，整天一动也不动。"听起来又是一个意难平的故事，却无从捕捉前因后果，只能坐在这个悲伤的房间里，凭空脑补出不少故事。

如果抬头看看"二番"的天井，就会发现头顶的木头上染了一层黑乎乎的油烟，这也是小津的杰作。因为住得太久，他早已不是一个旅客，而成了定居者，他本人也意识到了这一点，便把炭炉、火盆、茶柜和餐具统统搬进房间，香烟、洋酒和调味料也存货充足，常有其他演员和编剧上门拜访，就坐在他的房间里喝酒吃肉。小津的少年时代在三重县松阪市度过，当地最出名的是代表日本的高级和牛，因此小津就爱吃一道牛肉寿喜烧，经常在这房间里亲手烹制咖喱寿喜烧，招待各方来客。森治子女士偶尔感慨说："茅崎馆里竟然连一个小津先生的签名都没有留下。"我抬头看看那天井上的油烟：这不是亲笔签名又是什么呢？

森治子女士也拉开"二番"隔壁的房间指了指，说国木田独步在这里住过。我第一次知道这件事。都怪小津的存在感太强，令人们忽视了大文豪。后来我在玄关的长桌上拿走了一张海报，是正在举行的国木田独步110周年忌企划展的传单。茅崎从前有家南湖院，是日本有名的肺结核疗养地，国木是在1908年2月患病住院的，这种病在当时仍是不治之症，他从此再也没有回到东京，把人生最后的141天留给了海边小城茅崎。

傍晚降临时，庭院的松林上升起一轮淡淡的残月。月亮升起来，我和旅伴也出了门。海边仅有的一家便利店前立着一个站牌，上书几个大字：桑田さんの海前。

歌手桑田佳佑是茅崎出身的人中最有名的，因为南天群星 🐚 的很多MV都在此地取景，后来这些街道和海岸也都冠上了"Southern"（南）的名字，几年前这处海边的公交站索性直接改名叫"桑田桑的海边"，据说还有一间"桑田桑的神社"，简单直白。对在这个地方生活的人来说，桑田桑是他们的一点儿荣誉和骄傲。听说南天群星直到2000年才第一次在这个小城举办了演唱会，也是迄今仅有的一场。露天演唱会给附近的居民带来了噪声和混乱，桑田桑就在前一天招待他们免费观看了彩排。又据次日演唱会的到场者报告，现场几乎没有狂热粉丝的身影，全是带着孙子前来的当地爷爷奶奶，开唱前孩童在场子里跑来跑去。看到如此带有生活气息的南天群星，也是茅崎住民才有的特权。

在仅有的一间便利店里买了酒，我和旅伴决定走去海滩。那日他刚结束工作从东京赶来，穿着一双发亮的黑皮鞋，并不适合走向海，但是"如果不去看看海，桑田桑要生气的"，他坚持道。

月光明亮起来，尽管不过半轮，倾洒于海面上却发出耀眼光辉。茅崎一直是这样，月色总比别处更加皎洁。旅伴喝一罐啤酒，我喝一罐荔枝酒，身后的海之家早就结束了一天的营业，连灯光也没有，年轻情侣便坐在廊前的黑影中放起线香花火来。我和旅伴绝不会做这样的浪漫事，只是喝着酒，拆开一袋毛豆来吃。海边远方的守望台上，既没有人，也没有未来。

🐚 南天群星：日本流行乐队，桑田佳佑是其中的主唱。——编者注

"你知道行定勋拍过一部关于大海的电影吗？"眼前的景象让我想起影片中一个模糊的镜头。

"きょうのできごと？"这名字直译成中文，应该是"发生在今天的事"。

"就是那部。那部电影有一个特别好的中文译名，叫作'日出前向青春告别'。"

"不是日落时吗？"

"日出时。日出时不是万事万物开始时吗？我们都这样以为。在这样的时刻，猝然要向青春告别——才惊觉名字取得真是好啊。"

说起来，小津电影里出现过的镰仓的海，也全都是在茅崎海岸拍摄的。他在很多个早晨也常来此散步，构思着镜头，或是和编剧野田高梧讨论剧本，遇上冬天晴朗的日子，他们能望见遥远的伊豆大岛。关于小津是否光顾过此地的昼食店或是居酒屋，实在无据可查，但我前两次在从湘南海岸回旅馆的路上，都会看见一家挂着红灯笼的居酒屋，任何时候都有男人们在热闹地举杯，却到底是没有勇气踏入。

第三次来到茅崎，因有旅伴，终于得以进入那间挂着红灯笼的居酒屋。墙壁上挂一面小黑板，菜式都写在上面，种类很少，不过是烤串煮毛豆之类，唯一的主食是咖喱饭，便宜得惊人。隔壁桌早坐着三个湘南气质的男女，我俩继续喝着啤酒，沉默的时候就听着他们的对话。

"中间和右边的是情侣，左边的那位是前男友，"旅伴下了定论，"他们在讨论给前男友介绍对象的事呢。"我偷偷看了一眼，现任和前任是同一种类型，也许湘南的男生都有着这样冲浪少年的气质。

那晚回到茅崎馆，走过长廊，看见一只壁虎趴在窗户上，一动

不动。深夜醒来，竖起耳朵想听海浪声，却被一阵又一阵暴走族的
摩托车发动机声盖了过去。我又想起来，第一次从茅崎馆离开那天，
看见住宅区别墅二楼的窗前站着一个裸女——日子久了，竟然不知那
是湘南的日常还是凭空生出的幻觉。

　　次日清晨，旅伴离开，我又去了海滩前的早餐店，两年前的早
晨下着暴雨，我坐在长廊上看了很久茅崎狂暴的海，而这一天阳光
炽烈，已经不能再坐在户外。正是早上 10 点，居住在海滨小城的一
家五口排着队走向海，每个人身上都背着游泳装备，海之家陆续开始
营业，门前聚集了不少皮肤黝黑的冲浪少年。湘南海岸连绵不断的海
之家过了中午会变得热闹非凡，人们躺在沙滩的阳伞下，或是在海中
玩着帆板，人人晒得一副黑黝黝的样子，随意走进某间海之家，吃一

份炒面喝两杯啤酒，再来一碗刨冰，仅凭这些就能安然度过整个夏天。茅崎的出租车司机告诉我，去年夏天连日雨水不断，海之家经营惨淡，今年倒是非常景气，可这持续上升的高温也实在太反常了。

夏天还剩下半个月，海水浴的季节过去之后，海之家就会从海滩上撤去，一整年不知所踪。离开茅崎之后，我和旅伴就永远地告别了。感情到了最后总是疲惫，即便在告别之际，也仍有一些谎言并未拆穿。那个下午旅伴在睡觉，我坐在窗前，读的是已经读了好几遍的张爱玲的《小团圆》。

"以为'总不至于'的事，一步步成了真的了，"我几乎要背下来这个段落了，"她也甚至于都没怪自己怎么这么糊涂，会早没想到。唯一的感觉是一条路走到了尽头，一件事情结束了。"

8月我在大阪，听说在茅崎附近由比滨的海水浴场上，头一回被冲上来了巨大的鲸鱼尸骸。《日出前向青春告别》里似乎也有一头搁浅的鲸鱼，隐隐记得人们慌乱地想要把它送回大海。那头鲸鱼最后获救了吗？我早就记不得了。

我和旅伴站在海滩上聊起这部电影的时候，不知为何有一架直升机轰鸣在头顶，令人疑心它在下一秒就要原地爆炸。

"如果要写小说，此情此景应该这么描写吧，"我看着茅崎的海，不知旅伴脸上流露出怎样的神情，只是继续说下去，"那一天，我和那个人正望向茫茫海面，突然一架直升机在头顶爆炸。那之后，一切都变了。现在唯一还记得的，只是那一天的月光，比以往任何时候更明亮，照耀在太平洋上。"

我心里很清楚，头顶的飞机不会爆炸，命运不会对这样的两人给予特别遭遇，不过是一段过往即将被摧毁，既无碎片，皆为粉尘。

　　根府川不能说是一个容易抵达的地方，无论从北边的东京还是南边的大阪来，都要在小田原或是热海站换一次车。但这个东海道线上唯一的无人车站拥有绝佳的风景，它面朝整个相模湾，湘南的海仿佛触手可及。简陋的车站里摆着几张木桌木椅，唯一吸引人的是一幅小小的挂画，上面有女诗人茨木则子写下的《根府川的海》：

　　根府川

　　东海道上的小站，

　　绽放着红色美人蕉的车站，

　　满满养分滋润的硕大花朵，

　　无论何时都面朝蔚蓝无边的大海。

　　高高的美人蕉的花哟，

沉静的相模湾的海哟，

海面上闪耀的一片波光，

啊，就像是十几岁的时代那样耀眼。

　　这是湘南的海典型的青春意境，尽管挂画上省略了诗中的一段现实描写：年轻的友人走在身边，讲述着自己和中尉的恋情，装在口袋里的出征动员令是青春的尾声。无知单纯而徒然的岁月转眼逝去，再回到这片海已是战争结束 8 年后，茫然眺望着什么也没有的远方。即便是战争时代，也不妨碍根府川的海成为青春的象征，代表着黑暗的现实中闪闪发光的少年时代。

　　70 岁的杉本博司忘不掉的也是这片海。"童年时代，从行驶在旧东海道线上的湘南电车中见到的海景，是我最初的记忆。从热海开往小田原的电车穿过隧道，地平线的锐利令双眼醒来，大海无边无际，我终于意识到了'我存在于这里'这件事。"湘南的海，成就了杉本博司的摄影代表作《海景》系列，如今又成就了他的艺术生涯集大成之作：他在面朝相模湾的山面斜坡上建立了一个"小田原文化财团"，在大片柑橘园上建造而成的江之浦测候所在 2017 年秋天问世，他要"从这里向全世界传达日本文化的精髓"。

　　直至半年后的一个夏日午后，我才第一次来到江之浦测候所。很难用一个词语来形容这是一个怎样的地方：长长的玻璃画廊，红锈钢铁隧道，巨石和玻璃的野外舞台，传统的茶室和庭园，各个时代的屋门和收藏品散落其中……它可以是一间美术馆，可以是一座主题公园，甚是可以是一部日本美术建筑史。

　　但杉本博司说，这是一间"测候所"，在日语里，这个词是指那些用于观测地震、火山运动和潮位之类的专业场所。是有什么艺术隐喻吗？不，他真的把这里看作一个观测太阳运行轨道的场所，也是一个测量人类自身和宇宙距离的场所。

　　事情要从 20 年前濑户内海直岛上的护王神社讲起，那是杉本博司尝试建筑的最初几件作品。护王神社建好后，他打算在附近的另一座孤岛上打造一个百米游泳池，让春分秋分之际的太阳光线刚好通过泳池的中心线，以此隐喻西方极乐净土中的"褉池"。杉本博司把做好的泳池模型拿给福武总一郎看，对方说："你这么有钱，干脆自己做吧！"

　　杉本博司于是来到小田原一带寻找土地，执意要建立一个测试太阳轨道的场所。"古代人只要看到了太阳轨道的变化，就会意识到季节的变迁和时间的流逝。冬至是死亡和重生的象征，夏至是一年之中最重要的折返点，春分和秋分则是通过点，这不仅限于日本，而是全世界各民族共通的概念。"泳池的最初构想结合了他对人类意识起源的兴趣，转化为艺术和建筑的形式，数年后，在这片超过 1 万坪的土地上，杉本博司打造了两个遥拜所：夏至中心轴线上的玻璃画廊和冬至中心轴线上的钢铁隧道。

夏至中心轴线上的玻璃画廊，杉本博司称之为"夏至光遥拜所"。这是一条长达 100 米的画廊，面朝大海，前端悬空，里面挂满了杉本博司的海景摄影作品，奇妙的一幕将会在夏至的早上降临，从海上升起的太阳会在短短几分钟之内将光辉灌满这个空间。

"冬至光遥拜隧道"则有点儿像直岛上的那间护王神社，在一个黑漆漆的地下隧道中，尽头的出口像一个画框，将眼前的大海巧妙地收入其中。冬至的早上，阳光洒向相模湾，穿过 70 米的隧道照射在另一端装置的圆形舞台上——修建舞台的材料是 1895 年京都市电的铺路石，周围乱立的巨石亦有来处：它们原是为了建造江户城从附近的山中开采运出，前往江户的途中遭遇沉船事故而长久地散落在根府川的海底。

江之浦测候所需要预约才能参观，春分之日至 10 月期间每天开放三次，10 月至次年春分期间每天两次，严格限定入场人数，参观时间两小时。原因是杉本博司研究过人口密度，认为让每个人拥有 50 坪土地是最符合古代人体感的。江之浦测候所希望借由节气让人类最古老的记忆苏醒——在遥远的古代，人类最初有意识去做的事情，

坪：日本面积单位，1 坪 =3.3057 平方米。——编者注

就是面向天空确认自己所在的场所，这同样是艺术的起源。

节气是江之浦测候所中最关键的时间点。仿造奈良祭神石舞台建造的平台，每当到了春分和秋分，台上的石桥就会与太阳的轴线重合，面朝大海的三角冢，在这两个日子里则会指向正午太阳的方向。

冬至和夏至两天会特别举行"光遥拜会"，参加者需要进行抽选。去年参加过冬至遥拜会的友人说，早上6点刚过就要在根府川车站搭乘送迎巴士。那天的日出时刻是早上6点49分，需要分秒不失地守在隧道前，当那一道光从隧道尽头直面而来，穿过微寒的黑暗，他确信自己在一瞬间同时拥有了太阳与海。

同时拥有太阳和海的地方，恒有的光不会退场。冬至光遥拜隧道中有一口水井，从凿痕上可以判断是镰仓室町时代的文物，井中装满细碎的光学玻璃，顶上开了一个窗口，平日里能反射阳光，下雨的日子，则能看见雨点一滴一滴落下的样子。隧道旁也有一个用光学玻璃建造的舞台，采用了京都清水寺的"悬造"建筑样式，冬至早上的阳光会投射进玻璃小孔内，闪闪发光。

京都五条大桥和岚山渡月桥的基石，法隆寺若草伽蓝、奈良元兴寺、川原寺和比叡山日吉大社的基石，藤原京的石桥和瓦，大和内山永久寺的十三重塔，镰仓时代的铁宝塔，桃山时代的铁灯笼……在江之浦测候所里，杉本博司几乎拿出了他全部的收藏品。正门是建造于室町时代的镰仓明月院正门，传统的禅宗样式，竹质的墙壁则和桂离宫的表门、伊势神宫的茶室墙壁如出一辙。等待室里有一张大大的木头长桌，木材是树龄超过1000岁的屋久杉，支撑着长桌一侧的是高野山大观寺的石水钵。造园手法全部来自日本最古老的庭园书——平安末期橘俊纲编写的《作庭记》。地下一层的存包处有一个小小的

庭园，一块江户时代熊野街道和吉野街道的分岔路道标就立在这里。等候室外则有一个室町时代的水井，是从前北大路鲁山人在信乐的旅途中买下来的，据说被雨水打湿后，会呈现出美妙的绯色。

说到杉本博司的情怀，还要提及京都妙喜庵里千利休留下的茶室"待庵"。杉本博司认为这间充满了贫穷气息的狭小草庵，最是日本的风流，于是他分毫不差地照搬了待庵的平面设计，让江之浦测候所里有了侘寂的一角：仅有两叠的极小的空间，简陋粗糙的土壁，阳光从窗缝投映于阴暗的空间中，变幻着光与影的交错。茶室的材料和设计皆是待庵的翻版，除了屋顶——原本制成屋顶的薄木板被替换成了生锈的白铁皮，来自这片土地上从前的一间蜜柑小屋。"如果利休活在这个时代，应该也会用这样的材料吧。"杉本博司说。如此一来，茶室就变成了一件打击乐器，遇上下雨天，听着从天而降的雨点打在屋顶上的声音，喝一杯茶，就是这茶室的名字：雨听天。

如果在春分和秋分的日出之时来到江之浦测候所，一定要去看看"雨听天"门口两块光学玻璃制成的"石头"，阳光投射在上面发出刺眼光芒，折射后穿过茶室下方的蹲口进入室内。床之间里挂着一幅字，日本禅宗里最被滥用的"日日是好日"在杉本博司笔下变成了"日日是口实"。"好日"和"口实"在日语里发音相同，而后者却表达了"每一天都是借口"的戏谑和调侃。

江之浦测候所是一个远离了现代与都会，却更加靠近历史与时间的所在。它的材料是杉本博司收藏的文物，更是大海、群山、树林、泥土、天空和太阳。随着气候的变化和时间的流转，每个人在这里会看到各异的风景，却拥有同样的感动。

曾经看过杉本博司的某个电视采访，讲的是他忙碌在测候所里的日日夜夜，火红的太阳从海面上升起来，被冬至光遥拜隧道的出口框起来，变成一幅燃烧的画，像是内心的投影。杉本博司用了十年找到这个理想的场所，又用了十年从无到有。他穿着工人的服装砍树拉线，将柑橘园一点点变成理想乡，他指着海的远方，说那里就是他心灵的故乡。

在江之浦测候所完工时的记者发布会上，杉本博司说：这个建筑的耐用度是按照一万年的时间基准来计算的。又有记者问：如果富士山爆发了怎么办？他回答："至少基石会留下来吧！从某种角度说，我大概是做了个遗迹。"杉本博司说直到50岁他都没想过自己的作品能够卖出那么高的价钱，江户子不留隔夜钱 ，是时候把从艺术中得到的钱，以公共设施的形式还原到艺术中去了。

如果试着以一万年为单位来思考生命，江之浦测候所也许能成为一个让人的心灵不再恐惧的场所。也许这是能看透已经 70 多岁的杉本博司生死观的场所，在那个采访里，他望着人生最初记忆的湘南的海，明确地提及了死亡。

"所谓死亡这件事，并不是完全消失在一个什么都没有的场所，而是回到另一个储备着生命力的场所，不是吗？"

江户子不留隔夜钱：日本著名谚语，意指东京人不在金钱上斤斤计较。——编者注

冲绳

在大海和群星
相遇的地方

在北海道旅行的一个夜晚，众人放起歌来。北国的代表曲目是《在天际以及大地之间》和《知床旅情》，前奏才刚刚响起，在座者就纷纷缩起脖子，直呼："好冷！"再多听几首，便觉得心中苦闷，无限凄凉。"不能这样下去了，"其中有位提议，"不如我们来听岛歌🐚？"

"我去过他们的演唱会哟。"我从手机里找出来两年前的一个视频，是 BEGIN 在台上演唱《岛人之宝》的场景。三味线⛰的旋律中，北国的空气里竟也弥漫着夏日潮湿的海风味道，心情明媚起来，人人

🐚 岛歌：起源于琉球群岛的一种民谣。——编者注
⛰ 三味线：日本传统弦乐器。——编者注

露出欢喜神情。我就是在那个时候开始想念冲绳的。隔着3000多公里的距离，在岛国最北边的大地上，想念起最南边海面上的离岛。

生命中最美好的夏天，我都是在冲绳度过的。每年的6月24日是那霸的"歌之日"，要在海滨的公园里举行岛歌演唱会。我去过太多戒备森严的演唱会，"歌之日"最接近音乐本身，因它呈现出一种日常：人们随意穿着人字拖就来了，在草地上铺起野餐毯；第一次在演唱会上看见全家便利店的移动贩卖车，卖的只是啤酒、烧鸟和便当，也是第一次在演唱会上看见人们捧着刨冰，狂喝泡盛，在吃吃喝喝之间，兴致上来了就起身大合唱，跳起欢乐的舞蹈。海风炎热咸湿，不远处就是无边大海，天空中停留着成群的洁白云朵，一些故意躲得远远的人，在一朵厚重的云下搭起帐篷，或索性直接躺在草地上睡觉。有一家小店，除了几篮子鲜花外什么也不卖。艳丽的蝴蝶石斛，冲绳人都要买一朵戴在头上。这场演唱会的发起者正是 BEGIN，三个出生于石垣岛的大叔，将岛歌唱到了全国各地。6月的冲绳在梅雨之中，未必是最好的季节，选在这个日子开演唱会，因为前一天是纪念冲绳终战的"慰灵之日"。战争时代，人们无暇唱歌跳舞，但冲绳人不能忍耐，即便藏身山中，躲在防空洞里也要偷偷唱歌跳舞，以得到活下去的勇气。终战之日，人们的身心都达到了极限，却强忍着悲伤和痛苦，大声唱起歌来，以舞蹈迎接未来。"即便战争结束了，但反思战争和面对生活的态度没有改变"，这就是冲绳人。

　　起初去冲绳，是为了寻找一些逝去的光阴。去了《恋战冲绳》里的海边酒店，《恋人啊》里开满夏花的悬崖，也去了《没关系，是爱情啊》里的山中咖啡馆，一路跋涉到深山尽头，整个下午坐在二楼的露台前——山间只有这孤零零的一间屋子，再无客人到来，蚊子、蝴蝶和蜻蜓全都乱飞。我拿着一把芭蕉叶做成的扇子，洒了满身驱蚊水，只是看山看树看屋顶石狮，在亚热带植物的连绵香气中，感觉自己破裂的某处正在慢慢愈合。

　　再去冲绳，就只是为了生活的片刻。在备濑的防风林里住过一阵，有一栋距离海岸和落日只有数步之遥的古民家，每天睡到中午去附近的家庭餐厅吃一份苦瓜炒豆腐，整个下午坐在缘侧上喝啤酒，直到太阳落下才去海里游泳，晚上就坐在路灯下写稿，浪声阵阵，经常会有健壮的寄居蟹缓缓爬到脚边。起得早的时候，也去海里游泳，对着早上7点的大海刷牙，是诚恳地觉得这世界值得被爱的片刻。也在北部偏僻的山里住过，那里没有大海，只有树木，整夜听见蛙鸣声，像勤奋的木工通宵达旦地工作。一次我记错了早班巴士时间，在甘蔗林里静坐了半个小时，早起的山羊在黎明之前就叫个不停，也因

备濑的防风林

054

055

此得以目睹公交车司机开着私家车来车站上班的景象，得以透过脏兮兮的车窗望见漫天朝霞，是明白过来生命可以随时抛弃意义的片刻。如果神明爱人，会让他拥有一颗随时出走的心，让他在某一刻明白：这世界永远都看不够。我的片刻，总是发生在冲绳。

　　我去过岛上的陶窑集落。虽说都开辟了小小的卖店，但并不热闹，店里的人躲在工坊里，不太招揽外来者。从前柳宗悦钟爱琉球烧，认为它是日本的工艺之光，我触摸着那些碗盘壶杯的某个瞬间，突然感觉到了泥土喷发而出的力量。"用这个碗吃饭，一定会让米也变得更美味吧？""这个杯子的粗糙质感，正好用来喝深煎咖啡。"试着和工坊里的人交流，人们也如陶器一般质朴。从前岛上的人们试图改造自然，变泥土为己用，但不能忘记对神明的敬畏，于是在陶器上描绘出诡异奇怪的花纹，是以供奉。其中鱼类最多，也有群花，绚烂多彩。柳宗悦钟爱琉球烧，说它没有变成高不可攀的艺术品，不被工业化和现代风气侵蚀，出于农村山村的生活需求而存在，因此保留着传统性和民俗性。我走在集落冷清的小路上，看见远方窑炉冒出滚滚黑烟，也有感动涌上心头。那是此地几百年来从未改变过的，人们以单一的方式重复着同样的事。也去了市中心的壶屋通，从前也是陶窑的聚集地，现在更像商店街，将各家工坊的作品收罗于此，熙攘热闹。我在一家店买了许多食器，不小心磕坏一个碗，充满歉意地想要买下，店主老太太却坚持只收一半的钱，还邀我一起喝了个下午茶。10 天后那些饭碗和盘子寄到家里，与朴素的料理搭配，越发喜欢。

　　日本料理中，我最热爱的也是冲绳料理。连续三年去岛上学习潜水，到底没能克服恐惧，最后放弃的那一次，潜水教练叹了一口气，带我去了一家他私藏的冲绳料理店，吃到了非常美味的苦瓜炒豆腐，让放弃的短暂失落也变成了欢乐的收尾。隔年在冲绳旅行时偶遇大学时代的友人，也带着他们去了一次，大家都连连称赞，唱起歌来："真想不到当初我们也讨厌吃苦瓜。"我是到了冲绳才爱吃苦瓜的，后来在当地的居酒屋里遇见的某位跟我说："你爱喝啤酒，就会爱吃苦瓜。"像是得出了科学结论："两者都是成年人的标志。"苦瓜炒豆腐的秘诀是加入午餐肉，后者原来是美国驻兵带来的易储存的军需食物，冲绳人将之发扬光大，开发出了花样繁多的品类，摆在超市中醒目的位置，能有几十种之多。除了用普通猪肉制成的午餐肉，也有用岛上著名的黑猪肉、牛肉、鸡肉或者鱼肉制成的，有的用来炒有的用来煮，有的用来做饭团有的用来做汉堡，当然也有专用于苦瓜炒豆腐的一种。每次离开冲绳之前，我都会邮寄整箱回家，是来自海岛的最不能舍弃

我的冲绳日常

的伴手礼。

　　海葡萄也好吃，只能在冲绳吃到，带着海水的味道，如果和胡麻豆腐一起作为下酒菜，能够照亮生命。冲绳的早餐桌上很难遇到生鸡蛋，就自创了用海葡萄纳豆温泉蛋来拌饭的吃法，倒也不错。早餐后去超市买一根 600 日元的西瓜冰棍，穿着 300 日元买来的人字拖，背着 400 日元的购物袋，路过大门紧闭的棒球场，一路摇晃到海边，也是一种冲绳日常，我已经能够熟练地爬上高高的防波堤了。有段时间，冲绳的便利店里还能买到一种特别的泡盛咖啡，喝过之后，就会在酒店里醉倒半日，但醉也无妨，冲绳的日子就应该微醺着过。

　　我在世界各地都遭遇过温暖浓郁的人情，无处可及冲绳。一次要下巴士才发现没有零钱，面带愁容望向司机。司机问了一圈车厢里的乘客，无计可施。他想了片刻，问道："你今天还会搭冲绳巴士吗?""大概会的吧。"我说。"那你先下车吧,把票价记住,到时候投在那辆车里就好。"如此就放心地放我离开。又有一次打车回酒店,觉得司机越开越远,毫不客气地提醒了他。那司机停下来看了看导航地图,一边绕回去一边按下计价器:"就收你起步价吧。"让前一秒还在疑心冲绳人宰客的我惭愧了许久。

也不知为何,我总把帽子弄丢在冲绳。一次过了两天才回去拿,店员笑嘻嘻地走进厨房,从放蔬菜的架子上把帽子拿出来。一次到了机场才发现,打电话去问,那头笑着说:"就是那个超大的草帽吧,一直等你来电话呢。"次日就给我快递回了大阪。我对冲绳常有一种失而复得的心情,不只是因为一个帽子那么简单。

在居酒屋里遇见的冲绳人总是热情,他们爱和人交谈,和初次遇见的外来者也能很快喝成一片。没有距离感,是冲绳人的气质。他们常常推荐我去自己的"秘密基地",去过很遥远的一家,是一位民宿老板最爱的店,他说:"那边有个爷爷,烤串烤得无比好吃。"坚持要开车送我去。到了以后他跟店主打过招呼,自作主张替我点了盐烧猪肉,旁边一桌是他的熟识,拼命劝我:"你一定要吃那道生卷心菜,快点啊!"我到冲绳总感觉像是走到了远方亲戚家,不需要做任何开场白。喝到微醺,店主打了电话给民宿老板,他又开着车来接我了。

每次去冲绳,总有人跟我说:"第一眼看到你,还以为你是冲绳人呢!"我低头看看自己黑炭一样的胳膊,只好微笑。被当成冲绳人已经不是一两天的事了,后来到了日本其他地方,也会自我介绍说:"我是冲绳人。"谎话说得多了,就骗过了自己,觉得我在日本大概真的有故乡,就在冲绳。

第一次离开冲绳时,在飞机上读到日本女演员大冢宁宁写的杂志专栏，谈及自己但凡有拍戏空档，定会立刻飞往冲绳，短则几天，长则数月，只有漫步在岛上，才能对"呼吸"这个寻常动作产生真切实感。她写道："对于出生在东京的我，冲绳是比故乡更加重要的地方。那片美丽的大海能够永恒地存在下去——我现在如此希望着。"她每年要去好几次，持续了10年以上，甚至出版了一本书，写的是岛上的幸福时光。

我懂得那份热爱冲绳的深情。在日本，海与海之间存在着世界观的差异。爱濑户内海的人，多半有些艺术气质；爱湘南海岸的人，多半有些青春情结；爱冲绳的人，多半热烈而自由，是真的渴望群星和大海。在这些群星和大海相遇的岛上，我特别想看日出日落，想看漫天星辰闪耀在海面上，想看住在这里的人们四季经过了怎样的生活。从前我以为人生就是走向海，到了冲绳之后，才知道人生是不断地走向海。这个宇宙上只要有冲绳在，我就能永远实现和夏天和大海在一起的愿望。

石垣岛果然是充满行为艺术的

石垣岛尽管也是冲绳的一部分，从那霸搭乘飞机不到一小时就能到达，但岛上的住民不这么想，在他们眼里，只有本岛和本岛周边的小岛是冲绳 🐾，更远的地方，则被统称为"其他的岛"。当我到达这

🐾 冲绳由冲绳本岛和附近遍布的离岛组成，本岛以那霸市为中心。石垣岛属于其中一个离岛。——编著注

空中所见的八重山诸岛

个长满树木的小岛时，出租车司机热衷于向我介绍各种植物水果——远处茂密的是甘蔗林，矮小的菠萝树只能长到小腿肚，又叹息芒果还不到季节，否则真是好吃得很。透过甘蔗林的枝叶，能隐隐看见海面，那不是近乎无限的透明，而是远方深层的蓝和眼前层叠的绿，是玻璃是宝石是翡翠是玛瑙，像随时就会碎裂。

"真是完全不同于本岛的海啊！"

面对我的惊叹，那位司机直接表达出了内心的骄傲："本岛的海？那也能叫海？"

石垣岛的这位司机是真正的岛民，年少时在本岛求学，大学毕业后在那霸工作了好些年，永远在那里住下去的念头却一次也没有。偶尔他也去大阪和东京——只是一段旅途，无法想象定居生活，总是很快要回来的。石垣岛的司机告诉我他的世界观：东京人就该生活在东京，大阪人就该生活在大阪，岛民就该永远生活在岛上。人生的问题，本质上是土壤的问题，就像这岛上的甘蔗林。

我在石垣岛多停留了几日，是为了潜水。这里是日本最遥远的具备潜水证书认定资格的离岛，海水澄明，珊瑚礁富有层次，鱼类缤纷奇异，成为日本潜水爱好者的圣地。那位潜水教练是广岛人，移居石垣岛上超过 30 年，他的助手——一位年轻的女孩则从东京来，也在这岛上生活了 10 年。如果不是他们告诉我，我不会猜到他们另有故乡。这个岛上的外来者也像货真价实的本地人，这并不仅指肤色，还来自一种在日本其他地方难遇的热情和随意，两三句话就能磨灭距离的亲切感。也许因为他们都非常爱笑，不是礼节性的微笑，而是在严肃谈话之间，下一秒就能哈哈大笑起来。

和石垣岛的潜水教练坐在甲板上哈哈大笑的时候，远处是竹富

石垣島的海

岛层次分明的大海。我们刚刚完成了第一潜，我内心依然紧张，察觉到人生的残酷真相：我恐怕是有深海恐惧症。在水下的每一秒，都像是马上就要死掉的绝望时刻。石垣岛的潜水教练跟我聊起恐惧，聊起那些依靠海水浴场克服恐慌的人，聊起那些六十几岁才开始挑战潜水的人，聊起他在海底救起一个人的过往经历。

"面对大海，比起无畏，还是有恐惧感更好。几十年来，除了天气糟糕的日子，我每天都会潜进海里，比谁都熟悉这片海。"尽管如此，他说："我也还是恐惧的，并不知道下一秒会在海里遇见什么。"

他说起一次在海上遭遇狂风暴雨，海浪淹没至小船第二层，以为自己马上就要死掉的绝望时刻。又讲起在事故中去世的某位相识，也是因为冒犯和破坏了这片海，才会那般惨烈地死去。"真的，海神在看着哟。"他说这些话的时候也是哈哈大笑的，又说痛恨为了迅速挣钱把一群人聚集在一起草率发放潜水证书的同行，无论在哪里偶然遇到，他都一定会过去训斥几句。"如果只是为了钱，是配不上这片海的。"石垣岛的潜水教练告诉我他的价值观：如果哪天我的客人在海里出了事故，我这辈子就再也不干这份工作了。

"和大海相处，要慢慢来，不要着急，着急就会失去意义。人生也是如此。"石垣岛的潜水教练说。

"所以，我今天不要第二潜了。"我说。

"我从刚才就知道会变成这样，"他又哈哈大笑起来，"看你这副失去了干劲的安详样子。"

这天来潜水的游客只有两个，我还不是最糟糕的，船舱里还躺着一个在岛上酒店里工作的山东人。这个年轻人不仅晕船，不敢潜水，甚至不会游泳。但他热爱海岛，热爱到跑来此地工作，并打算永远生活下去。石垣岛的世界果然是充满行为艺术的。

我也短暂考虑过在石垣岛上生活。查了许多资料，想出来几个移居方案，却都不能实现。听说岛上每年会迎来超过 5000 名移住者，然而只经过一年，其中的 4000 人就会花光积蓄回到城市，剩下的 1000 人大多也过着无业游民的生活。在这个岛上，实在是没有那么多工作机会，只能放弃不切实际的幻想。

同时放弃的还有潜水这件事。"我又不是鱼，怎么可能一直待在海底？"等我也能像石垣岛的潜水教练那样哈哈大笑的时候，就这么笑着跟他说了。即使我学不会潜水，也不会失去伪装成冲绳人的资格。我从潜水教练那里得知了一个真相：真正的冲绳人根本不潜水，很多人甚至都不会游泳，不会下到海里。这大概和"京都人不会穿着和服出现在清水寺门口"是同样的道理吧。

我问他："要如何辨别冲绳人？"

他说："在海滩上 BBQ（烧烤）的那些就是。"

石垣岛的潜水教练还做过另外一件冲绳人不会做的事情：深夜带客人出海看星空。石垣岛是日本唯一的星空保护区，论及岛国最美的星空，这里永远排得进前三名。石垣岛的潜水教练带客人看星空，定要选择一个最偏僻的、没有丝毫城市光亮的地方，只能是在海中央。

我没跟着石垣岛的潜水教练去看海上星空，去了山上的另一处。空旷的山顶排列着几十把椅子，所有人都躺下来仰望星空，一个年轻的女孩拿着激光灯扫向每一颗星星，一一介绍。我沿着那束光线，见到了久违的北极星和北斗星，认识了木星、土星和火星，甚至还见到了一颗快速飞过的人造卫星。夜更深些的时候，有人拿出三味线，也在漫天星光中唱了一首悠扬的岛歌。来自远方的海风在脸上留下黏热的盐分，悠然飘过的云朵遮住了北斗七星的"勺子"。

有那么一刻，我以为我的旅途可以到此结束，但石垣岛仍不是最好的避世之处，那些真正的"冲绳控"，每当到了夏天便会迫不及待地上岛，会将这里当作中转站——下了飞机，换乘小船，经过更南方的海上之道，奔赴零星散落在海面上的八重山诸岛。

竹富日落之后

八重山诸岛中人气最高的竹富岛，距离石垣岛只有 15 分钟船程，是个只住了 300 多人的可爱小岛。因为是珊瑚岛，地势平坦，几乎没有坂道，骑自行车绕岛一周只要一个半小时。岛上不见娱乐场所和购物中心的踪影，就连便利店也一间没有，住民生活的集落位于岛中央，白沙小道从家屋之间向四面八方伸展，所有的道路都通向海。

我读了司马辽太郎的冲绳游记，得知他曾于 40 多年前在岛上的一间"高那旅馆"短暂滞留，说它"弥漫着一股素人气息，又有些童话风情"。开业于 1952 年的高那旅馆，是竹富岛上年代最久远的民宿，彼时为了不破坏景观，岛上禁止修建酒店，也不允许在沙滩上搭帐篷，只能住在岛民开的民宿里。高那旅馆就是岛民自己开的民宿。它如今还在，我便追寻着司马辽太郎的足迹去了。书中写的那位外表凶悍内心温柔的老太太早已去世，旅馆由高那家的子女三人继承下来：桂子和弘子两姐妹负责住宿，哥哥利则负责料理，也都到了六十几岁的年纪。

我走进高那旅馆的那天，一位不知道是桂子还是弘子的老太太正坐在客厅里和一个女人寒暄，那女人带着土产前来，两人不知说起了什么，脸上都露出怀念的神情。我坐在一旁填写入住登记表，老太太转向我："晚饭几点开始好呢？"不等我回答，就自作主张地决定了："6点半吧！今天的日落时间是7点26分，吃完饭慢慢散步到西栈桥，时间刚好。"高那旅馆的晚餐时间是随着竹富岛的日落时间变化的，日落是这个岛上的大事件。

高那旅馆的晚餐至今是我心中的日本第一。内容是八重山乡土的家庭料理，有吞拿鱼刺身、烤鲑鱼、炸大虾、盐烧石垣牛，又有茄子天妇罗、拔丝红芋、苦瓜炒豆腐和五花肉生姜烧，还有岛豆腐和煎鱼糕，初夏时节常有新鲜的菠萝和西瓜，饭后还会端上咖啡和自制蛋糕。真是美味，但分量实在太多，我向不断端上菜来的高那家老太太求饶，她总是笑嘻嘻："加把油，全都吃掉吧！"民宿里的住客都在同一时间用餐，便能在傍晚知道当天都住着些什么人。那位在客厅里见过一面的女人坐在我的邻座，原来是从名古屋来的朝子小姐。她也是独自前来，不太看得出年龄，大约40岁或者50岁。她说因为喜欢竹富岛，每年都来，不觉已经有20多年，一直住在这里，目睹着高那家的岁月变迁。

"去了那边的展望塔吗？"朝子小姐向我推荐她在岛上最喜欢的地标。

"最高点的那个吧？下午去过一次。"我回答。"なごみの塔"（平静之塔）是岛上最高的建筑，狭窄陡峭，每次最多能容两人上下，塔下经常排着长队。

"晚上也爬上去试试看哦。"朝子小姐说。

"能看见星空吗？"

"能看见全部亮起温暖灯光的竹富岛。"

朝子小姐是高那家的熟客。熟客会在晚餐结束后自觉收拾好碗筷，擦干净桌子关上电视，最后推开隔壁房间的门，向正围坐在地上用餐的高那一家打招呼："谢谢款待啦！"

　　"好好享受日落哦！"里面的人大声说。

　　日落是竹富岛上的大事件。太阳从西边的海平面落下前的 20 分钟，你会在岛上唯一通往西栈桥的小道上遭遇一波人潮，他们或骑车，或小跑，奔赴西边的海。我在最后一分钟赶到，看见一个燃烧的太阳从金光粼粼的大海上缓缓沉下，落至不见，残留在水面上的最后一丝余光仍是魔幻的。潮水随着落日退去，一个年轻的男生坐在海岸的树丛前，面朝大海弹着三味线，显然是初学者，还控制不住音调的走向。

　　"听过这首歌吗？"朝子小姐走过来坐在我身边，一起望向那位初学者。

　　"是《岛歌》吧？"

　　"嗯，看见那片海岸了吗？"朝子小姐指指左边，"那张专辑的封面就是在那个位置拍的。我第一次来的时候，拼命寻找了一番。"

　　"是那个三人乐队的专辑吗？"

　　"是四个人哦。"1986 年成立的 THE BOOM，创作了冲绳乐坛最有名的代表性曲目，但没能坚持到 30 周年，2014 年就解散了。

　　"四个人现在都在哪里呢？东京？"

　　"一半的人已经回到冲绳了。"

　　"《三线之花》也是他们唱的？"

　　"这首是来自三个人的组合了。"朝子小姐说。好在还有石垣岛的三个大叔组成的 BEGIN，虽说比 THE BOOM 晚两年出道，但如今依然活跃，每年都推出新歌。

朝子小姐又给我讲了一些竹富岛的风俗，天色渐渐暗淡下来，等到最后一丝光亮也从海面上消失的时候，我们起身准备离开。"你听！"朝子小姐突然拽住我，"是《在竹富岛相见吧》。"这是我最喜欢的BEGIN的一首歌，唱的是这座小岛上的种种。于是两人又踌躇坐下，听完了海岸上断断续续的，不停在寻找正确音调的三味线演奏。

"三味线小哥是来进修音乐了呢。"朝子小姐笑笑。

"也许面朝大海演奏三味线是他的梦想吧。"

和朝子小姐告别后，我在集落里晃悠了一圈，最后又独自登上了なごみの塔。群星还未升起，竹富岛已经沉浸在夜色之中，红瓦石墙，屋顶上站立着形态各异的狮子，墙头上攀爬着灿烂绽放的三角梅，

三味线小哥

从几个世纪前延续下来的古村落，家家户户流淌出昏黄的光亮，微微的灯火将白沙道染成了蜜柑色，寂静安详，就像即将要沉沉睡去。

小岛睡得早，因此醒得也早。早上 6 点出门散步，各处都是"沙沙沙"的声音，人们正在清扫家门口的白沙小道，让它变得一尘不染。这是自古传下来的习惯，是让小岛保持干净的秘诀。30 年前，岛上住民还制定了一份《竹富岛宪章》，核心的几条是：不买卖土地，不污染环境，不乱扔垃圾，不破坏习俗，最低限度地开发观光资源，保护祖先传下的原始风景。

午后我去了岛上唯一一间陶窑，店里的陶器用冲绳独特的白泥制成，绘制着南国的传统纹样。我下船时在港口的商店看到一个盘子，上面画着头顶大鱼的小女孩从芭蕉树下走过，心中喜欢，于是找到出处来。这家店还有亲手制作冲绳狮子的体验项目，店主随手捏出一头狮子向我讲解要点：如何捏身体，如何捏头，眼睛和鼻子长什么样，讲了 10 分钟，然后将狮子迅速毁掉，说道："你自由发挥吧。"我足足花了一个小时，才捏出来一个古怪的家伙，心虚地递过去，店主不以为意："冲绳狮子本身就是奇怪的东西，所以啊，古怪就很好。"竹富岛家家户户屋檐上的狮子，形态各异，并没有统一样式，外来者看来是装饰品，却满足了居住者的实际需求。兴许是为了安慰我，店主又说："只要表现出凶狠的样子，能够使恶灵退散就好了。"

这位店主自称姓"水野"，也不是土生土长的岛民。他是横滨人，20 年前在一次旅行中迷恋上竹富岛，不久便用行李将自家小车塞得满满的，没日没夜开了 4 天来到岛上，再也没有回去。我见到他的时候，他已经 46 岁，这间陶窑是他唯一的生活来源，自己设计琉球传统陶土食器，渐渐在业界有了些名气，作品不仅摆进了竹富岛观光中心，

也成为高级酒店的定制品，偶尔还应邀到东京代官山举办个展——对于从年轻时就开始追求陶艺的他来说，这几乎是梦想成真的生活。

水野说冲绳其实有着保守的社会结构，排外和告密的事情都很盛行，也是源于传统。他比其他人更快地融入了岛上的生活，诀窍是"要常和村里的男人们一起喝酒"，"积极参加岛上的各种祭祀活动"之类，"打太鼓渐渐打得熟练的时候，是获得岛人认可的开始"。但并非所有的事情都一帆风顺，冲绳是典型的男权社会，女性地位低，不太能出现在社交场合中，成长在城市的妻子颇不适应，移住三年后，就与他离了婚独自回到城市。过了许多年，水野遇到前来岛上采风的摄影师晓子，才又结了婚生了女儿，如今一起生活在岛上。竹富岛老龄化严重，小学校里偶尔会发生欺凌事件，岛人之间的纠纷和摩擦也不在少数，但海岛生活让水野接受了这一切。如今他依然感慨："真的是很喜欢大海，进入夏季后每天都会去海边，有时玩冲浪板，有时在蝠鲼鱼身下游泳……果然还是住在这里好啊。"想过悠闲的生活，想和美丽的自然在一起，是搬到离岛上的人们共同的动机。我能瞥见的只是片段，只是在捏制一个狮子的过程中，天空中突然飘起细雨，一个邮递员走进来送信，站在门口大喊一声："乌龟先生！"转头一看，一只褐色的海龟正沿着细碎的白沙道缓缓爬进来。狮子捏好后水野坚持要替我拍张照，日本人拍照时喜欢喊"cheese"（日语发音：chizi），但他让我试着喊"狮子"（日语发音：shisa）。喊前者时会露出嘴角上扬的浅笑，喊后者时则会变成张口的开怀大笑，这样的笑容在冲绳人脸上最常见。

已经来过竹富岛二十几次的朝子小姐，自然不会对捏狮子感兴趣，她甚至不去游泳，连海边也不去。她起得很早，趁着还凉爽的时候随着高那家的利则老先生去林间小路散步，炎热的午后躲在房间里读书，但日落时总能在西边的栈桥上遇见她。

第二天竹富日落之后，我们一起缓慢地走回民宿。经过一片墓地，朝子小姐领着我进去，指着某块气派非凡的墓碑让我看，上面写着几个大字：高那家。像是遇见了熟人，我赶紧鞠躬打招呼："多谢照顾了。"我在高那家的墓前跟朝子小姐说起了最近读到的故事：在冲绳，没结婚的女人不能被埋进自家的墓地，如果以独身的状态去世，只能将骨灰撒进大海里。朝子小姐无意和我探讨女权问题，她喜欢说一些高兴的事情：冲绳的扫墓活动和日本各地不同，岛民会在旧历里的某天，大概是春天的时候，全家人带上豪华的料理，整整齐齐坐在墓前和死者一起吃饭。

"所以到了每年的那一天，留在家里的基本上都是移住的外来者。"朝子小姐说。她对竹富岛的了如指掌令我瞠目结舌。

不久后，令朝子小姐瞠目结舌的人也出现了。我们坐在民宿里聊天，一个穿着深色牛仔裤和粉色长袖衬衫的青年走进来，脸上的皮肤被晒得红红的。岛上的人绝对不会这么穿，连观光客都不会，充满了违和感。朝子小姐疑惑地偷瞄了他好几眼，终于忍不住开口了："我说，你被晒得有点严重啊。"

"啊……大概是今天一直在拼命骑车环岛的缘故吧。"小青年说。

"暂时会在岛上住一阵吗？"

"不，明天就回东京了。"

"已经是最后一天了啊，之前去了哪里？"

"其实昨天还在札幌出差来着。"

"从北海道来啊，难怪穿成这副不伦不类的样子。"朝子小姐露

出释然的表情，后来见到人就嚷嚷："这位小哥啊，真是厉害，专程从北海道来骑自行车的！"高那家还住着另一位骑自行车的，每天清晨穿得像是运动会选手一样出发，正在进行环日本岛一周的自行车旅程，这也是朝子小姐告诉我的。

　　夜晚的竹富岛是个充满野趣的地方，聊天间无意挥手能打死一只瓢虫，嗡嗡作响的自动贩卖机上趴着睡去的壁虎，院子里还有毛毛虫排着队爬过。高那家的老太太突然问我："要去看螃蟹吗？"据说岛上有一种特别的"椰子蟹"，和生活在海里的螃蟹不同，是长在树林里的品种，靠吃椰子为生，但竹富岛上却没有椰子树，实在是奇妙。

　　于是和朝子小姐还有北海道来的青年，一起搭上高那家破旧的小面包车，前往岛上刚好能通过一辆车的林间小径。在车灯照亮的白沙道上，举着手电筒努力寻找椰子蟹的身影。途经许多横睡在路中央的流浪猫，许多躲在草丛里的山羊，许多缓缓爬上岸来的寄居蟹……终于，才有那么一只小小的，还处在幼年时期的椰子蟹现身了。它安然地趴在草丛旁，深紫色的硬壳泛着诡异的荧光，像是不明的外星生物。后来听说，高那家的利则老先生是捕捉椰子蟹的名人，从前在NHK（日本放送协会）的电视节目中出现过，拥有许多粉丝。

看过椰子蟹的夜晚，高那家的面包车开到了海滩前。众人朝漆黑的大海走去，看见无数在夜间欢腾的热带鱼，一条接一条跃出海面。"盛夏时节，岛上的居民会在这片海滩上举行 BBQ 大会，"高那家的老太太说，"到了 2 月，坐在民宿的玄关门口，还能看见 ×× 星呢。"我没能听清楚那颗星星的名字，但此时抬头也是广阔星空。不必等到冬天，如果再过两个月站在这片海滩上，就能看见一条耀眼的银河，从日落之后的竹富岛上升起，一直通向宇宙的秘密入口。

如此，离开高那家的早晨，我便有些舍不得。还是分不清楚桂子和弘子老太太，不知究竟是其中哪位开着面包车把我送到了港口，递过来她亲手做的琉球玻璃，张开双臂用力地拥抱了我一下："有时间再来看我们呀！"我想起清晨穿着睡衣从房间冲出来跟我挥手大声说"再来呀"的朝子小姐，突然明白为什么有些人要一次又一次回到同一个地方。

我没和朝子小姐交换联络方式，住在高那家的人不用彼此留下线索，因为他们不会失散，在未来的某个暑假，一定还会再相见。过了一年，听说なごみの塔因为年久失修已经禁止攀登，又过了一年，听说它又开始维修，很快就要复原。我时常在脸书上看见水野的岛上生活动态，像是反对岛上兴建酒店啦，支持征收入岛税用于环境保护啦，他变得和当地人一样，情绪激昂地维护着岛上的一切不被外来资本侵入。我从他那里看到：竹富岛会在 10 月里举行种子祭，是冲绳少有的残留下来的传统仪式，气氛热烈，就很想也去看一看。不知道再去竹富岛的时候，三味线小哥是不是已经能弹得稍微好一点了呢？

波照间之蓝

　　从地图上看，波照间岛是一个尽头。官方把它认定为"全日本最南端的有人岛"，再往南就只剩下茫茫无边的太平洋了。在这个小岛上，没有旅行团，没有观光巴士，建好了机场却没有飞机到来，只能从石垣岛搭乘高速船前往。海浪太大，欠航是常有的事，即便顺利出航，对身体也是不小的考验，像是搭乘海上过山车一样刺激。石垣岛上有许多人，因为惧怕这样的海浪，一次也没有靠近过波照间岛。我吞了好几片晕船药，执意要去看看世界尽头的大海颜色——"波照间"这个词，在日语里意味着：世界尽头的珊瑚礁。

　　岛上那些年迈的居民说，更南边还有另外一个岛，姑且称之为"南波照间岛"。来自南波照间岛的活人一个也没有，当然它也不存在于日本地图上，但是波照间岛上的老人笃信，在茫茫大海中向南向南再向南，就一定能找得到南波照间岛。有个传说发生在 400 年前，彼时波照间岛处于本岛王府的统治下，每年必须按时进贡。某年遇到灾害，颗粒无收，岛民们苦不堪言，决定集体逃亡。趁着本岛的官役们驾着大船前来收贡时，他们举行了盛大的宴会，将官役们一个个灌得烂醉，开着大船逃走了。逃走的岛民最终抵达的就是那个名叫南波照间岛的地方。离岛的神和本岛的神不属于一个世界观，内陆人的神明从天上来，冲绳人的神明则来自远方的岛。在现实中，波照间岛上乘着大船离开，最后行踪不明的诸位，也许是进行了一场宗教意义上的集体自杀仪式，死在了前往南方求助神明解救的海浪中。但留在岛上的人需要继续活下去的勇气，把希望寄托在海的彼方。南波照间岛是极乐之岛。

我因为这个故事动了前往波照间岛的念头。在这之前，我对这个小岛仅有的了解只限于一种名叫"泡波"的冲绳泡盛酒，它在岛上制造，在岛上流通，岛外鲜见。听说那霸有些居酒屋把"能喝到泡波哦"作为宣传语，偶有东京的居酒屋入手了一瓶，要卖到3000日元一杯。泡盛本是高度蒸馏酒，价格便宜低廉，泡波却得到了"幻之泡盛"的名声。冲绳人还有个引以为豪的说法：泡波是一种喝得再多也不会宿醉的酒。

上船前给民宿老板打了电话，他便开车来港口接我。在岛上，这是能快速抵达集落的唯一方式，如果愿意也可以步行，但波照间岛比竹富岛大得多，需要走上两个小时或者更久。岛上没有公交车，没有租车公司，连出租车也没有，因此也没有信号灯。没有观光机构，没有可以去的景点，我非要出门，民宿的老板就借给我一辆自行车。

在波照间岛上的一天应该是这样的：早上去北边的海里游泳或浮潜，中午在坂道上吃一碗刨冰，下午骑着自行车穿过两旁都是甘蔗林的小径，前往立着"日本最南端之碑"的断崖，晚上就在天文馆的楼顶寻找海平面上的南十字座。不能再找出更多一件事了。在波照间岛上骑自行车，起初很容易迷路，从集落通往海滨的小路需要穿过若干空旷的田地和甘蔗林，全都长得一模一样，带给人一种不知身处何处

的茫然感。很少能遇见人。在居住着 538 人的波照间岛上，同时居住着 429 头黑毛和牛和 338 头野生山羊，遇见动物的概率比遇见人的概率更大。山羊全是野生的，以一种懒散的姿态遍布全岛，我每每望向它们，总能接收到一种奇怪的监视眼神。那不是动物应该有的眼神。

　　多兜几个圈，我就掌握了在波照间岛上找到方向的诀窍：只要觅着海水的味道前行，海平线定会猛然闯进视线。尽管实际距离要比目测距离远得多，但大海恒在道路尽头，沿着坂道俯冲而下，就能一直冲进海里。该怎么描述在波照间岛上游泳的感觉呢？从波照间岛的大海里，可以一路游进天空。我生平第一次意识到，所谓海，并不是用来让人观看的，它也会紧紧拥抱人。该怎么描述波照间海水的颜色呢？

任何已经出现的词语都不能准确形容它。那样层次复杂的蓝绿深浅，像玻璃又像宝石一般闪耀，当地人给它取了一个名字：波照间之蓝。

我每天去游泳的西滨附近，有一间坂道上的冰店，也开发了一款名叫"波照间之蓝"的刨冰，完美地再现了海水的颜色。店主夫妇是从关西搬来岛上的移住者，11年前开这家店的初衷，也是为了眼前这片藏在甘蔗林后的大海。我喜爱坐在这家店的榻榻米上吃一碗黑糖刨冰，岛上有黑糖工厂，黑糖的口味比其他地方更加浓厚。吃黑糖刨冰的时候，我能清晰看见风从海的方向吹来，掠过门前的竹帘，摇晃着铁质风铃，发出清脆的金属声。

就是在这家冰店，我遇见了从大阪来的 A 小姐和从埼玉来的阳子小姐。A 小姐在岛上做志愿支援工作，一有空就偷跑出来浮潜。和这个岛上最常遇见的那些人一样，她的 T 恤里穿着泳衣，T 恤外套着防晒衣，永远是一副湿漉漉等着被晒干的样子。阳子小姐对岛上的一切清清楚楚，她每年都来。

"是喜欢大海的缘故吗？"我问阳子小姐。

"倒也不是，我原本是个讨厌海的人。"见我惊讶，她解释道，"关东一带的海水，不永远都是一副脏兮兮的样子吗？所以我一直很讨厌海来着。许多年前第一次来到波照间，吓了一跳：海水原本是这样的颜色啊。于是每年都想来看看它。"人为了美景究竟可以付出多少代价呢？听阳子小姐说起某个人，专程跑来岛上自杀，从南边的悬崖上纵身跳进大海——前因后果不太清楚，似乎并未死成，伤势严重，双腿完全残废……又听说，最近似乎终于郁郁地去世了。

这天下午，我骑着自行车和阳子小姐同行，环岛绕了一圈，去了南边那人跳下去的悬崖。悬崖上立着标识：日本最南端之碑。不同于北边海水那种复杂难喻的"波照间之蓝"，南边悬崖下的大海像是浓度极高的硫酸铜溶液叠加出的深沉的蓝。也不同于北边海滨的熙攘和热闹，南边的海崖空无一人，只有懒散的山羊一家四口，站在不远处的亭子里，漠然地监视着我们的到来。

"你看远处那些植物，7 月至 9 月的台风天，海浪会刮至它们的位置。"阳子小姐说，台风肆虐之时，海浪会淹没山羊的基地，席卷远处的甘蔗林。波照间岛的甘蔗林并非景观，也不只是农作物，更主要的功能是防风林。岛人遵循着风的规律生活，日子远不如外来者体会的那般轻松惬意：公共设施被破坏和大规模停电是常事；台风若是不来，又会因少雨造成农作物受害和海水升温，大量的珊瑚因此死去。

她指给我看地上那些石化珊瑚的痕迹，沿着清晰的脉络，长出了无数石灰色的植物。朝颜也开着，周遭没有可以供它向上攀爬的树，便一路在地上蔓延至尽头。

"所以说，这里原本是海底。"阳子小姐接着说，"想到此刻我们正站在百年之前的海底，不觉得宇宙十分奇妙吗？"

"不觉得宇宙十分奇妙吗？"后来波照间岛天文馆的馆长也说了这句话。因为台风，馆内昂贵的天文望远镜已经坏掉了许多年。全宇宙共有88个星座，在波照间岛上能够观测到84个。自古岛民便有跟随群星生活的习惯，何时播种，何时收割，何时出海，何时打鱼，皆由星空的指示决定。天文馆是二十几年前才修建的，正对着最南端的海平线，12月到第二年6月之间，能看见南十字座高悬于此，最初是在凌晨5点，然后是凌晨3点、凌晨1点……我站在天文馆楼顶的那天晚上9点，就看见南十字座出现在咫尺之遥的海面上，只停留了短短10分钟，但这已经值得庆幸——下雨的日子见不着它，满月的日子见不着它，再有不到半个月时间，它就又要隐匿半年了。

天文馆馆长是个浑身弥漫着宅男气息的怪人，说起头顶群星时侃侃而谈，其余时候则一言不发。"不觉得宇宙十分奇妙吗？"他说，"我之所以要讲解星座，无非是想请诸位一定要知道，宇宙中有生命的星球数不胜数，其实人类什么都不懂啊。"又指着一个西方的星座："像一颗心是不是？我擅自为它命名了，叫 heart（心）座。这个星座只能在波照间岛看到，你们的城市啊，没有心。"

但正如阳子小姐所说，岛民的生活也不都是那么浪漫的。离开的那天我就体会了岛上生活的无常感。还在吃早餐，民宿老板就匆匆跑来催促："你最好搭第一班船走，今天的情况不太妙啊。"收拾好行

天文馆门口的山羊

李赶到港口，后面几班船果然欠航了，几位刚抵达的游客，无奈只在码头上停留了短短 5 分钟，便又搭着同一班船回到了石垣岛。在波照间岛，不是所有阳光明媚的日子都适合出海，事情是由海浪决定的。

又过了些日子，我在查资料时看到一个故事：10 年前，某个前往波照间岛旅行的年轻女子深夜未归，民宿主人连夜出来寻找，终于在西滨发现了她的尸体，倒在一间浴室里。后来凶手落网，果然是同行的男子，想想就知道是因为情感纠纷。都市传说从这里开始：听说在那间浴室和隔壁厕所里留下的血痕，这么多年来，洗了又再现，洗了又再现，当地人再不肯踏进半步。在西滨的那些天我确实感到奇怪：为什么明明有间浴室，人们却都要在屋外直接用水龙头冲洗？幸亏当时我不知情，还能每天如故地在小屋里冲洗，浑身湿漉漉地去坂道上的冰店，吃一碗黑糖刨冰。

有天收到天文馆馆长发来的相片，是在波照间岛的夜晚一起看到的星空，南十字座清晰地悬挂于群星和大海交汇之处——在波照间岛人的传说中，那里即是神明居住的岛屿。我的脑海里偶然会闪现出最后一个晚上从天文馆走出来时所见的景象：又遇见了白天那几只山羊，仰身躺在大门口，用永远慵懒的眼神监视着众人。我突然产生了一种感觉，觉得波照间岛实在不像是日本，而像是在宇宙中的某处，觉得神明如果真的存在于波照间岛，那么他们的形态可能是……山羊。又深深怀疑：那奇怪的馆长也绝不是地球人，大概就来自南波照间岛。

去往与那国的大船

和阳子小姐在石垣岛分别时，她留给了我波照间岛的名物黑糖和最后三颗晕船药，说："既然要去与那国岛，这种东西还是带上为好。"几分钟后就证明了这样的担忧一点也不必要，来港口接她的岛民大叔指着远方一艘巨大的轮船对我说："喏，那就是你待会儿要搭的船。前不久刚刚更新换代，很气派是不是？船程也大大缩短了，4小时就能到。"

看到那艘船的瞬间我立刻升起一种幻灭感。在我的想象中，不该是以这样的方式前往与那国的。应该搭乘一艘极小的高速船，只能容下不超过10个人，在大海中颠簸不断，试图在船上站立就会摔倒——去往与那国的小船，会让人生不如死，至少在十多年前，五岛医生的遭遇就是这样。我之所以突兀地来到这个日本最西端的岛屿，全是因为一部名为《五岛医生诊疗所》的日剧，我心中全日本最著名的医生就住在与那国岛上。在那部剧集里，吉冈秀隆扮演一位从东京远道而来的医生，抱着桅杆对着大海狂吐了5小时，才终于抵达岛上，这暗示着"与那国"这个名字的另一层含意：渡难。去往与那国的小船已不复存在，大船在每周二和周五从石垣岛出发，大概是冲绳诸岛中最豪华的一艘船。尽管它更大的意义在于运货，但二楼客舱里还是气派地划分出了若干区域：豪华软座区、和式榻榻米区、洋式高低床区和甲板观景区，甚至还有一间沙龙厅。

立着"日本最西端之碑"的与那国岛是一座断崖之岛，沿海皆是悬崖绝壁。岛上既无神社也无寺院，岛民居住在久部良、祖纳和比川三个集落。西边的久部良是渔师聚集地，站在海边的悬崖上，有时能隐隐看见远方的台湾山脉。北边的祖纳是政府部门所在的中心集落。南边的比川则是拥有美丽海滨的人口稀少之地，却也有一所小学校，我从某扇窗户望进去，见两个女孩正全神贯注地盯着讲台上皮肤黝黑的年轻男老师，看起来是在上自然课。在这样的岛上，一个年级只有两个学生不是什么奇怪的事。沿着小学校一直往海岸的方向走，不久就能看见五岛医生诊疗所，当年剧组花了1000万日元建起这处外景地，戏拍完了也没有拆，在海风如此猛烈的地区，修建新屋不是一件简单的事，能保留至现在则更加不容易。

在五岛医生诊疗所里，时间永恒地停留在一个片刻。一切如同电视剧里那样：五岛医生的自行车和草鞋、白大褂和听诊器，彩子的护士服，从只有两张病床的房间里望出去所见的灰色大海……病历表里还残存着一张发黄的样本，抽屉里放着好几张东大病院的医生名片，诊室门口贴着"快乐饮酒的10条法则"和五岛医生的卡通画像……见不到工作人员的身影，全靠游客自觉地在挂号处放上300日元的参观费。从比川集落回到祖纳集落的巴士几个小时才有一班，在等待下一班巴士到来的时间里，我坐在诊疗所大厅的榻榻米上看电视——那台年代久远的机器里，成日有《五岛医生诊疗所》的DVD循环播放着。

不久后来了个年轻女孩，穿着干净的球鞋和白纱长裙，妆容精致，一眼就知道不是岛上的人。她说从秋田县来，在岛上的诊疗所里有位旧相识，被介绍过来打短期工。这间屋子由祖纳集落真正的诊疗所工作人员负责日常维护和清扫，但人手常年不足。女孩也住在祖纳的民宿里，房钱免费，条件不十分好，好在待在岛上的时间也不会太久，盛夏到来前就会离开。

后来，女孩的岛民朋友来找她，三人一起坐在榻榻米上看电视。

"哇，西瓜很好吃的样子。"电视里也是夏天。

"只可惜很快就要吃不到了。"女孩的朋友说。

"为什么？"

想必他已经看了这个场景许多遍，像一个预言家："这个欧吉桑就快死了。"

那天回到祖纳，旅馆的晚餐里竟也出现了西瓜，是和我搭乘同一艘大船从石垣岛而来的。与那国岛上不栽培西瓜，只种植甘蔗。大船每周来两次，除了当季的西瓜和香蕉，还会带来啤酒、蔬菜、大米和生活用品。每到周二和周五下午，岛上仅有的两家超市——都是船运公司开的，就会像是刚遭受了打劫般乱作一团。接着这两天的傍晚，是超市生意最好的时候，要想买到新鲜的食材就要趁这时。

我在与那国岛上第一次遇见安桑的时候，他就在一间超市门口搬运那些从船上卸下的货物，头上扎着一块毛巾，汗水浸湿了 T 恤。看我一眼就知道我是外人，友好地寒暄了两句。第二天中午我再遇见他，却是在对街一间名叫"橙"的咖啡馆里。岛上餐厅屈指可数，这是唯一一家我能找到的还开着门的。走进去，安桑站在里面，原来他是店主。在与那国岛上开一间咖啡馆并不能维持生计，所以每当大船驶来的时候，他就在对街超市兼职做搬运工。岛上残留的多是老人，劳动力不足。

那天的午饭菜单上只有咖喱饭，美味程度却是我没有料到的。不是那种改良过的日式温和口感，满满的香辛料味道非常浓郁。

"在冲绳很难吃到这么正宗的咖喱呢。"

"因为我是北海道人。"安桑指了指挂在墙上的一顶帽子，"看出来了吗？《来自北国》的周边。"

仔细看看，店里的北海道元素确实有许多：札幌制面厂限定出品的速食面，北海道新干线开业的纪念啤酒罐，北斗七星号卧铺列车的站牌……日本南边的岛屿上竟然有一个来自北国的人？我感到惊讶。安桑说他是函馆人，大学毕业后在东京洋食店进行了漫长的"修行"，沉迷于香辛料的魅力，发誓有朝一日定要拥有自己的店。他是个摄影爱好者，几年前初次来八重山群岛时爱上了这里，动了移住的念头。他曾在波照间岛上的黑糖工厂里当过一年厨师，去年才搬到与那国岛，花了近一年时间筹备，咖啡馆终于开业了。

　　这是一间只能容纳十来个人的小店，有时卖咖喱，有时卖烤肉，香辛料是专门从东南亚购入的，邮寄到岛上，价格不菲，食材一定要用新鲜蔬菜。大船每周来两次，物资并不充裕，且价格远远高于岛外，因此几乎赚不到钱。店里的客人一半是岛民，一半来自岛外，因为40年前的"援农队"政策，前来支援与那国岛的北海道人其实不少。如何制作出日本最北端和最南端的人同样喜欢的料理，是安桑眼下修行的课题。

　　"在这样的岛上，不会觉得寂寞吗？"我问他。

　　"有熟人，也常有岛外的朋友来玩，还有每天光临的岛民，就十分满足。"安桑说，"相比之下，在东京更寂寞吧？"城市里没有人情，当年那部电视剧中，五岛医生来到岛上便不肯回去，可能也是出于同样的心情。

　　与那国岛是一座真正意义上的孤岛，直至大正时代岛上都没有文字，使用着自创的象形文。不会写情书也可以谈恋爱，没有文字也不影响生活。但文字是和外界接触的有效工具，很长一段时间里，与那国岛没有和外界沟通的方式。听说从前祖纳集落的岛民送别旅人时，送人的和要走的一起流泪不止，从这个岛上出航就是赌上生死的旅程。如今虽然可以坐飞机直达，但是这种浓厚的人情仍作为与那国

与那国晚霞

人血液中的一部分留存了下来。

　　一个下午我去最西边的悬崖，路上见证了一场小规模堵车事件，罪魁祸首是大名鼎鼎的与那国马，它们在公路上悠闲散步，进退随心。安桑告诉我，与那国马全是野马，它们是如何出现在这孤岛上的至今是个谜，但琉球弧上的纯种日本马如今只剩下这一种，成为天然纪念物。正如牛支配着石垣岛，山羊支配着波照间岛，马支配着与那国岛，支配着冲绳离岛的也许绝非人类。与那国马矮小健硕，也被岛民的性格感染，有了人情味，如果人类靠近，它们有时也会假装逃跑，绝非出于真心，步伐缓慢，嘴里咀嚼着青草。

　　像与那国马一样，这个岛上的大多数存在都是土生土长的。经常出现的外来者是资深的潜水客，附近的海底拥有沉睡万年的遗迹，有些季节还能看见壮观的锤头鲨风暴，然而我还没能克服对深海的恐惧，只能在陆地上无所事事地度过了四天。每天去安桑的店里吃过午饭，回到空调开到最大的旅馆房间，坐在窗前喝啤酒读书。到了第三天，随身携带的有字的印刷物已经全部读完了，再坐在窗前就只能放空，听见楼下旅馆接待台前无人接听的电话铃声，听见推开超市门走进去的大叔嚷嚷着要买烟，听见傍晚旅馆里的潜水客们和汽车声一起归来，偶尔还会听见零星几个反对自卫队驻岛的游行者高声呐喊着经过。过了晚饭时间，就步行去海边。

某天散步时，发现有荒芜的墓群。形状各异的巨大石墓沿着海岸线一字排开，数量惊人，蔓延至天际，是岛人口中的"死者之都"。这种能够抵御上百年海风侵蚀的"门中墓"据说是从福建传来的厚葬形式，此前当地人都是在海边的石崖上挖洞，把尸体摆放进去，任海风侵蚀直至湮灭，称为"风葬"，是薄葬。在沉寂的墓地前有零散石块，不知做何用途。这里成了我每天的目的地。坐在那些石块上看世界，天空确实是圆的，大地确实是方的，海也真的是无边无际。

连续几个傍晚，我没有遇见任何人，连岛上随处可见的马和羊也没了踪影——我确确实实就在那些瞬间，身处宇宙的空无一人之处，得到了关于生命无穷无尽的暗示：像是造物主炫技一般，满天燃烧起红霞，过于盛大，过于妖媚，像是为了魅惑谁的灵魂。往后我每每看起那些红霞的照片，仍然会如同当时一样浑身战栗。冲绳诸岛上并不存在人间和冥界的清楚界线，当身后沉睡着数不清的亡灵，眼前骤然出现漫天红霞时，才会骤然意识到离岛之旅的意义：面朝大海，便是面朝神明。

在这个全日本太阳最后落下的岛屿上，我眼睁睁看着红霞的降临和逝去，大地和天空最终连续成一片完整无边的黑暗，这才会站起身来，回到集落去，回到城市去，回到人群中去。但在走回人群之前我明白：我已经不那么需要人群了。

如果西表岛上也有五岛医生

和友人结伴去西表岛住两日，是为了看岛上山河，森林瀑布。西表岛是琉球群岛中的第二大岛屿，我们搭乘岛内小船去森林深处看瀑布，在下午4点前就要匆匆折返。因为西表岛的河流也会涨潮落潮，错过时机水路就会消失，我从密林中小跑而归，坐在船尾看见身后潮水渐次退去，泥土中露出红树林根茎，一些高大的树木，竟有多达几十条根茎错综复杂地支撑着。

正是日本黄金周期间，我们好不容易住进的一家酒店，服务态度不佳，晚餐令人频频皱眉。工作人员指着黑板上的告示问："此时正是萤火虫活动的季节，要不要参加我们的夜间观赏团啊？"那上面标注的价格难免有宰客之嫌，犹豫片刻，打消了念头。我们决定出门找间居酒屋，但周遭荒芜。酒店的人说，拐角处有一间绿色的咖啡店，也许能够喝两杯，但空荡荡的街道上一片荒凉，绕了好几圈，除了一只被拴在树下的山羊正漫不经心地吃着草，别无他物。

正当我们站在傍晚微凉的海风中一筹莫展时，西表岛的牙医就出现了：身后的大楼外传来马达发动的声音，转眼一个中年男人骑着摩托车出现在眼前，询问之后，笑着把我们带到对街一幢隐蔽的小屋门前："我猜你们要找的是这里吧？"哪里是什么绿色的咖啡馆，分

明是海蓝色的。店里的几桌客人正喝得热闹，骑摩托车的男人推门进去，跟店主打了个招呼就匆匆离去，临走前嘱咐道："我出去有点事，待会儿回来。"他刚离去我就听见隔壁桌讨论："那个人好像是牙医哦。"这才想起来，我们身后那栋楼，似乎真的是牙科诊所。

"你们是当地人吗？"我转头问隔壁桌的那两人。

"不是哦，我们也是从横滨来旅游的。"

"可你们为什么知道那个人是牙医呢？"

"因为我们昨天也来喝酒了啊。"

西表岛的居酒屋是这样一个地方，无论什么人来到这里，总能比在其他地方更快地熟络起来。这是一家没有规定打烊时间的店，全看店里的客人喝到几时尽兴，也要看店主的心情如何。喝了店主推荐的泡盛"请福"，也吃了招牌的菠萝刨冰，就和酒客们愉快地聊成了一片。听说邻桌的两位男士经常一起出来旅行，向各自的妻子谎称是出差；听说次日的冲绳将会有一场暴雨，离岛的小船也许会停运。当炒章鱼端上来的时候，牙医果然回来了，兴致勃勃："要去看萤火虫吗？"

才知道这位42岁的大畠 桑也是横滨人，他从东京的某间医学院毕业之后，原本打算和做牙齿整形的父亲一起开家小小的医院，不料父亲突然病故，他因此改变了人生方向。在东京的大学医院工作了一阵子之后，一次来到冲绳旅游，听说西表岛上医生紧缺，便做了岛上唯一的牙医，已经在这里待了6年。

大畠桑执意要买单，出门时摩托车已经换成了小汽车，说要载我们去看萤火虫。深夜的岛上有人在遛狗，有人在遛山羊。据说在岛民之中，一些人把山羊当宠物，一些人把山羊当食物，就连吃山羊刺身的也大有人在。"冲绳人也吃野猪哦，野猪刺身实在是美味极了。"大畠桑说，一路带我们走进深山之中。这天是满月夜，却也能够看见北斗七星明亮地悬挂于头顶，来自宇宙的光辉照耀着大地，不开手电筒就能辨别山道的方向，路旁遍布着星星点点的萤火之光，一动不动，因为发光的还只是幼虫。草丛里时而传来阵阵骚动，大畠桑说那一闪而过的身影正是我翘首以盼的西表岛野生山猫。

到了山谷之中，早已过了萤火虫活动的时间。看不到它们漫天

纵身入
山海

畠：日文汉字，音田。——编者注

飞舞的景象，只有那么零星几只，发出微弱而孤单的光。

"能发光的都是雄性萤火虫，简单直接，出于求爱的目的。求爱成功的萤火虫都去睡觉了，眼前还能看见的都是被剩下的可怜虫。"大畠桑说，5月是西表岛上观赏萤火虫的好时节，再过些日子它们就会集体死去，生命的本质和蝉相似，"和我作为牙医的生活也相似"。

大畠桑的意思是，他在岛上的生活，也和这些萤火虫拼命发光然后死去一样——是拼命工作然后去旅游。他是个热爱自由的人，不工作的日子就在旅途中，去过很多国家，再过一周就准备动身去西班牙。他也会说一些中文，曾在旅途中遇见过一个台北的女孩，短暂交往过一阵。

大畠桑是岛上的名人，平日里走在路上，经常会有小孩子指着他："妈妈，快看！是牙医！"那场景就像是在动物园看见了熊猫一样。偶尔去超市里买高级的石垣牛肉，就会被人吐槽："果然是医生，太奢侈了，有钱人啊。"也有售货员在认出他来的瞬间，会突然感觉牙齿疼痛，当场预约了看病时间。西表岛上居住着2400人，全部的牙齿都归他管，尽管如此，在这样寂寞的离岛上连续待上一周依然是很闷的，所以他每周要去两次附近的石垣岛，健身游泳，和朋友喝酒，在港口的酒店住一晚。石垣岛上没人会在路上认出他来，这让大畠桑觉得安心。偶尔他也买廉价机票去台湾和香港，大阪也常去，冲绳人没有泡汤的习惯，作为一个传统的日本人，他非常想念温泉。

看过萤火虫，大畠桑带我们去了最南边公园里的展望台。月光皎洁，照耀在海面上，听见潮水激烈地撞击在岸上。回程中又拜访了小学校对面开了35年的民宿，主人是大畠桑的朋友，冰箱里常年为他存着啤酒和红酒，深夜下班时他总会在这里喝到尽兴，醉着走路回家只要 15 分钟。民宿里有个人请我们喝加了新鲜薄荷的冰啤酒，切了当季的菠萝端上来，又拉着我去天台上看星星：南十字座正在缓缓沉落，还剩下最左边的一颗挂在天边。但这人也不是民宿主人，是从东京远道而来的游客，28 年前第一次来到这间民宿后，每年都要再来七八次，他拍摄的西表岛写真全都挂在民宿的墙壁上，俨然鸠占鹊巢。

"你知道有一部叫《五岛医生诊疗所》的电视剧吗？我曾经因为这部剧去了南边的与那国岛。"一起喝酒的时候，我问大畠桑。

"当然，不知道看过多少遍。"

"你不正是五岛医生本人吗？"

他有些不同意，原因是："五岛医生从不旅游。"

西表岛上的牙医大畠桑是这样一个人，他认识那些从全世界来到西表岛的人，又跑去全世界交朋友，认为自己是一个无论在哪里都能做牙医的人。两天后我在石垣岛机场时，大畠桑又一次出现了，隔着候机厅的玻璃跟我猛挥手，说是刚巧来机场给朋友送货。这个世界上就是有一种人，无论在哪里都能活得随心所欲。

在拥有太阳的岛屿上

认识一位在大阪开着小小陶艺教室的老先生，已经八十几岁，每年到了 6 月，总要休假一周去宫古岛。年事已高，不能再进行深海潜水，他就在海面上浮潜，终日待在海里只是看鱼，看不够五彩缤纷的热带鱼。

宫古岛拥有洁白海岸，有人说它才是冲绳最美丽的岛屿。从那霸机场出发的航班每小时就有一班，飞行时间 40 分钟，但驾驶员经常很着急，30 分钟就能飞到。我为了躲避游客，决定住在宫古群岛北边更偏僻的小岛上，名为"下地岛"，面积不到 10 平方公里，餐厅和民宿皆寥寥，需要从机场打车前往。好在离岛上的司机大多健谈，且岛民天生热情，不会令这段路途寂寞。司机途中自顾自地停靠在长长的跨海大桥上，暂停计价器，建议我下车多拍些照。又会指着路边的人形警察立牌向我讲解，说它的名字叫"守る君"，意为"守护着这个岛的人"，如今是宫古岛"红人"，在岛上随处可见，近来还开发了周边，饼干玩偶 T 恤之类，竟然卖得很好。

我住在一幢面向大海的楼里，因被强烈的阳光和海风侵蚀，楼的外观看上去破败不堪，可以用作鬼片拍摄地。司机耐心教会我旅馆名字的发音：TI-DA，是宫古岛方言，意即"太阳"。当地人把这个岛视为太阳的故乡也不是没有道理，只要在岛上暴走一天，就立刻会晒出岛民同款的炭烧黑肤色，抹上三层防晒霜也无济于事。也是司机告诉我的：6 月里的平均气温同样是 31℃，但在宫古岛和在东京大阪的体感完全不同，岛上的太阳直直射下来，拥有非同寻常的杀伤力。"经常有些湘南来的傻子，一整天泡在宫古岛的海里，晚上就被送医院了，一看，严重晒伤。"他对此乐不可支，说自己就从不下海。

如果先到过本岛再来离岛，就会觉得离岛的海水颜色美得不真实，但宫古岛最初让我心跳漏掉半拍的，却不是大海，而是陆地。抵达时已临近傍晚，没有居酒屋可光顾，世界还很明亮，云朵是夏日典型的形状，像一棵棵硕大的花椰菜。小径两旁植物丰茂，欣欣向荣，连空气也是有味道的，带着甘蔗的甜和野果的涩，偶尔有骑自行车的小女孩和遛狗的男人从我身边经过，都会笑着说："你好呀。"在旅馆

下地岛的黄金海岸

大堂遇见来自北海道的女孩——我在冲绳遇见的北海道人最多，大约是人们对于身边没有的东西总有向往之情——问有没有推荐的去处，她不假思索地回答道："最美的就是眼前这片海了。"出租车司机临走前也是这么说的："你可真会选地方，眼前就是绝景。"我看着浅滩上嶙峋的珊瑚礁，不太明白美在哪里。

　　但很快我就明白了，因为散步回来太阳就开始下落。世界在一天的尾声中变得金光灿灿，坐在房间的阳台上久违地喝了可乐——刚从冰箱里拿出来，还滴着水珠。嶙峋的珊瑚礁漂浮在金色的海水里，像黄金国度里的诸神各自占有的领地。过去曾听人说见到绚烂的极光

会产生敬畏惊惧，在这样壮丽的落日前其实也会。太阳还没完全落到海平面之下，一轮弯月已经挂在屋檐上。晚些时候再推门出来，会发现它已经悬于海面之上了，越来越亮，也像吸收了太阳最后的光辉。

　　房间没有窗帘，只留一扇纸门，因此次日清晨 5 点刚过就会被天光晃醒，看见海上的一抹玫瑰色，知道又将是一个大晴天。旅馆里只有三辆自行车，早餐后借了一辆骑去机场。下地岛拥有全日本唯一一处有飞行员训练基地的机场，因此有长长的栈桥，从清晨开始周围就停满车辆，有人在岸上钓鱼，有人在海里浮潜，有人静静坐在防波堤上。有位背着专业相机的大叔穿戴严实，阻拦住我的急切：你且等等再等等，先目睹这海水是如何一点点变得蔚蓝起来，如何因为深浅分明而呈现出蓝绿层叠。宫古岛上海水最美丽的时刻，是在早上10点刚过。因为那样层次分明的海水颜色和拍岸浪声，傍晚我又去了一次。许多人蹲守在此，也都静默不语，直至粉红色的云朵像海马一般飘走，停机坪上亮起五彩的地灯，海面上飞过的鸟群也喧闹起来，钓鱼的人和慢跑的人却还是持续着深海一样的沉默。

更北边的伊良部岛上，有一个不为外人所知的天文台，岛上没有街灯，每个月有一半时间月色黯淡，能看见群星降落，以压倒性的姿态占领天空。月光变得强烈的前一天，我在深夜11点去了天文台，在那里遇见了一位名叫"平良"的星空讲解员，他在空地上摆了几个充气沙发，要求人们平躺下来仰望星空。星空真的就像被撒下的天罗地网，又像悬结于宇宙之间的闪耀彩灯。依然是蝉鸣阵阵的酷暑，却不住想要沉睡过去，在半梦半醒之间，眼前猛然会划过一条光线：是流星啊。

此时刚刚进入盛夏，牛郎星和织女星一起出现，在一条分明的界线两端遥遥相望。

"这不是云层，是银河哦，"平良说，"在牛郎星和织女星之间，隔着整整16年。这边这位打招呼说：'么西么西（喂），你好吗？'那边那位听到了回答：'么西么西，我很好。'一来一去，说一句话要经过32年。"

打一个招呼需要经过漫长的时间，宫古岛上的生活就是以这种速度运行的。那日观星直到凌晨，平良开车送我回去，车厢里放着昭和时代的老歌，依然是漆黑一片的夜色中，小道纷乱纵横，已在岛上生活多时的他也时常要停下车来，判断去路。后来他关掉冷气，

平良桑为我拍下的一枚

我打开车窗，探头出去看见群星缓慢流淌，总觉得自己会消失在这片星空下的甘蔗林里，又或者，此刻的我们其实已经是消失后的结果了。

"你一直生活在宫古岛吗？"

"不，三年前才移住过来的。"

平良说他也是因为热爱宫古岛的海，才头脑发热定居下来，每个月有一半时间讲解星空，为人们在群星照耀下拍一张写真，也能维持生活，算是以一种浪漫的方式拥有了大海和星空。有时候，最令人羡慕的生活也只是这样：渴望大海和星空的人，终于都生活在了太阳的岛屿上。

然后就到了久高岛

友人神秘兮兮地向我提起本岛附近的久高岛，说它是冲绳残留的最后的"神之岛"，一滴水一把土一根草木都是岛上的公共财产，是神之物，又说岛上的女性都是神女。语焉不详，听得我一头雾水。

后来我在东京的冈本太郎纪念馆看到一场冲绳主题的小型展览，照片中的人们有一种坚定而纯粹的力量。冈本太郎先后去了两次久高岛。佛教把西方视为极乐净土，冲绳则刚好相反，被看作那霸神域的斋场御岳就在本岛的最东边，而久高岛又在斋场御岳东方的海面上，传说是琉球创世之神最先降临的岛屿。后一次去久高岛，冈本太郎参加了岛上每隔 12 年举行一次的神女祭典。这个小岛沿袭着古时日本人的传统，认为女人才有资格与神对话。神女祭典的正式名称是"イザイホー"，但凡生长在这个小岛上的已婚女性，都必须在年满 30 岁时参加这个继承灵力的神女就任仪式，自 500 年前就是如此。在冲绳的方言里，神女写作"ノロ"，日本许多海岛上都有"ノロ"，但久高岛是神之岛，是唯一一个女性只要达到一定的年龄和条件，就都必须成为"ノロ"的地方。冈本太郎描写久高岛上的女人，说："和所谓的女人味不同，她们漫溢着素朴和生活感，充满了不可思议的温柔。这个岛上的女人们，寂漠中又有某种孤独感，那是类似于'永恒的女性'一样的厚重感。"

斋场御岳：冲绳的史迹。御岳是古代琉球国的一种宗教设施，大多数为森林、泉、川之类的空间，中间有石碑。——编者注从那霸乘船去久高岛，只要 15 分钟。我已经看不到令人向往的神女祭典了：如今岛上居住着 180 人，65 岁以上的人口占据大半，平均年龄 50 岁。年轻人都去了岛外，能满足神女资格的人越来越少，终于没有继任者。12 年一次的"イザイホー"在 1978 年举行了最后一次，从此成为只能存在于后来者想象中的"幻之仪式"。但岛上依然飘浮着和本岛截然不同的气味，没有汽车，没有人影，阳光刺眼，空气清明，500 年前久高岛的样子，也延续到了今天。

第二次来到久高岛的冈本太郎，偷偷闯进了西海岸的密林中打开棺材，拍摄那些面朝大海进行"风葬"的白骨，文章发表后遭到岛民的抗议，闹出大新闻，直至他去世后也依旧争议不断。一个艺术家该如何处理热爱和尊重、参与和缺席的关系，是永远无解的难题，但至少我被他记录下来的那份热爱打动了。我记得他如此描述风葬："这是一项残酷却清洁，给感官带来强烈冲击的仪式。但是，比起着急地烧成灰或是埋起来，我总是觉得，这样在悠久的时间中一点点经过风吹日晒，慢慢消失，也许才是正确的做法。"久高岛不会为死去的人举办任何祭奠仪式，只是单纯地把尸体放回神明栖息的领地，相信死者的灵魂也在暗夜里沿着地底之道回到了东方的世界。西海岸的密林禁止外人入内，但即便我今天如同冈本太郎那样大胆地闯进去，也看不到他所见的景象了。一种说法是在"冈本太郎事件"后，久高岛一度声名大噪，好几个入侵者依样画葫芦地闯进风葬密林中，岛人不堪其扰，于是逐渐取消了风葬这一习俗。

我在久高岛的正午烈日下租了辆自行车，沿着海边向密林骑去。岛上无疑是美的，在绿油油的甘蔗林和高大的野生波罗蜜丛林中，开辟出细碎的石沙小径，通常有两条，一条通往面前的远方，另一条通往身后的远方，两者之间杂草兀自生长。因为是隆起的珊瑚岛，岛上的最高海拔只有 17 米，没有山，海风就穿岛而过。树木生得低矮，透过阿檀灌木丛，能看见翡翠绿的海一尘不染，如同绘画。在这样的地方，无论天空还是大海，都显得异常辽阔。岛上不能积水，无法种植水稻，但经常会路过小小的菜地，栽种着大葱和青菜，是岛人的家庭菜园。久高岛上的人们依靠简单的农业和渔业自给自足，直到几十年前，岛上还没有水电煤气，岛民贫穷却不被贫穷所苦，过着清贫朴素的生活。

和冲绳其他小岛一样，久高岛的密林中也有一处"御岳"，作为神境，无人居住。我骑行的终点站在岛中央御岳的入口，神女以外的人们最远只能到此进行遥拜。茂盛的山棕覆盖着前方的小径，四季常绿的枝叶狭长，在堆积着落叶的地面上投下斑驳。比起本岛的寺院或神社，冲绳的御岳让我感触最深，因这里没有建筑，没有鸟居、参道和社殿，却一样充满了神圣庄严的气息，那是来自清水奇岩，来自茂密树林，来自污垢的自然神明。

久高岛实在很小，两个小时就能骑行一周。直到我回到港口之前，它都十分寂静，有时候甚至连风声和浪声都不存在，是一座失去了声音的岛屿。没有声音的时候，视觉就会变得敏感，满目的炎热阳光和波光粼粼。我被晒得满脸通红，冲进港口小小的杂货店买啤酒。店里坐着一位脸庞黝黑的老太太，看上去约莫 80 岁的样子，目光如炬，死死盯住我，递钱过去也不收。大约过了 30 秒，我心中掠过一丝不安：是不是我触犯了岛上的什么规矩？是因为神之岛上禁止女人喝酒吗？不安逐渐变成惶恐，老太太才终于开了口："你长得实在太像我的孙女了！"

那个老太太的脸上有海风和森林的痕迹，说这句话的时候，如同波涛一般的皱纹有了起伏变化，知道是浅浅的笑容。猛然想起冈本太郎说过的话，便明白过来什么是永恒的女性的温柔，什么是质朴的生活感和寡淡的孤独。离开久高岛很久了，我一直记得老太太的眼睛，装满了与眼角皱纹并不匹配的清澈眼神。后来我又看到一部50年前的神女祭典纪录片，意识到老太太也许是其中一位。那部片子的导演在岛上住了三个月，感慨地说："神女是拥有奇丽之心的人，能够感觉到她们的崇高感，但又是内心温柔的普通人。"我感觉到的正是这样，我还感觉到，那个老太太的眼神一直看到了我心里去，直到今天她仍然时时注视着我。

　　我还有一点喜欢久高岛的原因，是后来去港口吃了一碗海葡萄盖饭。大大的落地窗外，草坪是以大海和防波堤为背景，几丛紫色的花开得艳丽。有风吹过，晾晒在架子上的彩色毛巾飞舞起来，更近的地方，几只野猫七横八竖地躺在阳光下，呼呼大睡。

　　"为什么猫酱全都跑到这里呼呼大睡呢？"一个小女孩趴在玻璃前，不可思议地看着眼前的景象。不只是在这里，在这个周日的下午3点，久高岛上全部的猫都在呼呼大睡，令人怀疑它们是不是被集体催了眠。

　　在久高岛上的猫都在呼呼大睡的时候，离开的船还未到来。候船室里拥挤不堪，我走出来站在海风中，一个女孩叫住了我，示意她旁边有个空位。

　　"一个人旅行吗？"她说。

　　"是啊，总是一个人呢。"我说。

　　"刚刚在那霸的巴士上我就注意到你了，心想：这女孩也是一个人呢。"

"巴士上就见过吗？我只记得船上你坐在我旁边的位置。你从哪里来？"

"大阪。"

"哎呀，我也是。"

聊了聊才知道，两人的公司竟然只隔着一站路，还都是同年出生。这个名叫和美的女孩正在学中文，当场便向我展示了一句："桌子比椅子高。"每一次，都有热爱冲绳的人更新着我的想象。和美说她爱冲绳爱到了每个月都要来的地步。"下次在大阪有机会一起吃午饭吧？"于是这样约定了。

海螺里的一株植物

纵
身
入

山
海

我们坐在港口闲聊的时候，一只猫正在脚下呼呼大睡，眼前的桌上摆着一只巨型海螺，不知是谁将它从海中带回，风干了塞满泥土，栽进一株小小的植物，已长得有些个头了。那首歌是怎么唱的来着？"开始时挨一些苦，栽种绝处的花。"

一个人旅行不寂寞吗？经常有人这样问我。一个人旅行怎么会寂寞呢？一个人旅行的时候，不仅会拥有最完整的自己，还能在短暂的人生里，尽可能多地拥有相遇。和活着的人相遇，也和死去的人相遇。相遇的时候，才知道原来还有这样的道路可以走，知道世界广阔不在于无边无际，而在于无处不可包容，才知道你想要自由，而其实自由是什么都不要，人生随性最好。

最后终将沿着海滩走回去

这个晚上，我沿着长长的海滩走到了尽头，又从尽头走了回来。心中隐约浮起模糊的记忆轮廓，似乎曾经也有那么一个晚上，和谁在深夜的海边走到了无边无际。我拼命回想，却无论如何也想不起来当时身边是谁。和谁聊过些什么关于人生或是未来的话题，都已随那日的海风消散于世界片隅，但我却清楚地记得当晚那片海，是冬天的海，泛起白沫，真的很脏。

在一个月亮逐渐明亮而完整起来的夜晚，星空就不再耀眼，但依然能看见微微光辉。每年夏天都要前来拥抱一次大海，矫情做作的仪式感，却是我治疗自己的方式。

生长于山里的子民若渴望海，是因为山藏起了一切而海毫无保留地展示于眼前，因此对于付出感情时善于留有余地的人，在面对大海的时候，才会变得格外真挚和诚恳，才愿意坦承自己的虚弱和无底气。

这些日子以来，我在每一个早晨对着它刷牙，晚上同样对着它刷牙，认真地说过早安和晚安，按时迎接日出日落，从漫天星空升起直到月光洒满海面，然后终于在今天，内心感觉到满足，便明白再继续已是浪费，知道属于告别的时刻正在降临：是时候和这片海说再见了。

我不太确定我有没有治好自己，答案多半是暧昧的。克服自己是这宇宙上最大的难题，我清楚这不是一个简单的疗程。也许等待我的依然是不能安睡的夜，是我比任何人都熟悉的凌晨三点四点五点的

面朝大海的少年

天色，但我还是愿意更乐观一些，暗示自己正在逐渐好起来。

就像我数度走到海岸线的尽头再折返回来，生命的长度和宽度都不会发生变化，可是后来我抬起胳膊，感觉到皮肤上布满盐分——也许生命被改变的程度，只是这样一丁点而已，有一天你会发现你的皮肤已渗透了咸咸的夏天的味道。

往西走去正是落日余晖，往东走回月光洒满海面，这是我第一次看到月光如何抚摸着海滩，洒在细沙和海螺之上，也洒在我的头发和身体之上。当已经在旅途中热闹了太久，就再也不想和谁分享此刻的寂静，一旦开始尝试孤独，多半就会爱上绝对的孤独，这是魔咒。

因此作为一个从来不许诺的人，一个知道自己从来都做不到所以不再许诺的人，一个意识到那些年轻冲动的诺言是如何在无意中成为施害手段的人，最后仅有的坦诚是面对自己许下的诺言。今天我在海边想了又想，还是暗自咬牙，决定要继续做一个更真诚、更努力，活得比以前更加用力，也活得比以前更加不讨好的人。知道了自律和克制的好，是最终能够让内心归于从容的唯一航标。

没有谁能过好这一生，可谁规定非要过好这一生呢？只要每一个夏天，还能再来看看海。

我会用自由换取自由，也会用爱换取爱，会用灵魂换一把手枪，再用希望换一把野草。尽管并不擅长，尽管那从来都不是一场等价交换。所谓原因，是这样特别痛苦，但是特别上瘾。

除此之外，也没有什么再想要的。然后就是 7 月了。

这是第几次来到濑户内了？坐在早上 8 点开往直岛的轮船上，冬日的海面一片茫茫。熟悉的景色，多少都沾染上了时光经过的痕迹。港口的白色钢筋雕塑风化得厉害，像一张被随意丢弃的渔网。艺术祭刚结束不久，岛上寂静了许多，"这里的一切也都旧了啊"，心中暗暗想道。

陪同一行人兜兜转转，初次到来的那个炎夏的激情，在我心中已然消失无踪。行至安藤忠雄博物馆门口，便不愿进去，站在门口等待众人。这小小的博物馆原本是当地民家，位于本村住宅区深处，对街还留着岛上从前的神社，进去转了一圈，工人正在修葺，院内除了一棵澄黄的银杏树外再无别的可看，又回来站在门口发呆。

同行的小林最先出来，见我站着，问："你干吗呢？"

"我看到了今天最好的风景，就不进去了。"

"看到什么了？"小林环视了一圈，满脸迷茫地走过来站在我旁边。

"从前这个岛上有一户人家，墙头有棵高大的柿子树，夏天郁郁葱葱，可惜总是挨不到秋天过去就掉光了叶子。每当秋天到来，这家人看着对面寺院里高大的银杏树金灿灿的，心中郁郁度过了许多年。终于有一年秋天，新嫁进这家的媳妇想到了一个让柿子树在秋天重获新生的法子。"

"是什么？"

"她为柿子树绘制了靛蓝色的暖帘，那是几年前去世的母亲教给她的手艺。虽然生疏，但画得大致符合理想，仿佛在夜色中挂满了橙色的柿子，枝干延续到画布以外。"我指着正对面的那扇门给小林看，"如此一来，就像那棵树上也结满了果子。秋天是不是很好？"

"秋天是很好。"小林笑着说，"你这篇文案要卖100万吧？"

我很喜欢那扇门，院墙内掉光叶子的柿子树真的和暖帘联结起来，变成一棵在秋天焕发生机的树。不久之后，有人发给了我这里在春天的样子，纯白底色的暖帘上绘着翠绿宽阔的叶片，暖帘被风吹拂，叶片就随之飘扬，也像是从那棵树上垂下的。

所以它在春天长满绿叶，秋天挂满果实啊。我心中又有了好奇：到了冬天，如果海面上也落下细雪的时候，这棵树又会变成什么样呢？只是这样一个念头，就让我对濑户内的美好记忆又回来了。岛上诸物，就算从此也将持续不断地老去，亦有生命在更新，故地重游的人将会因此再度升起热爱之情。

关于濑户内海的美好记忆，始于一个旅途即将结束的午后，那时我坐在港口等候一班迟迟不来的船，长久地凝视着墙上的宣传海报："初次见面，欢迎回来。"

在直岛，海直到黑暗尽头

直岛上有地中美术馆，被称为是安藤忠雄的"最高杰作"，建于丘陵南斜面的盐田之上。为了不破坏自然景致，建筑大部分埋在地里，看不见外观，除非从空中俯视，才能看见地面上散布着的几个不规则几何图形。

比起观看馆内展出的莫奈画作，我更喜欢在这里寻找光。在一间有如墓穴的地下美术馆里，光的存在和变幻都是随机发生的。展示室与展示室之间是无尽的迷宫，迷路是会不断重复的常事，但在迷途与迷途的交叉点，又终将殊途同归于被阳光填满的中庭：三角形的那个铺满了石灰岩，四角形的那个木贼疯长，抬头就看见建筑将蓝天切割于同样的几何画框之中。三角与四角的光影，也就是这样无处不在地投射于馆内各处，随着天气的变化在墙壁与地面间游移，在走廊的阴暗明媚变幻中，道路也因此有了表情。我迷失在道路的光影之中，直至尽头的咖啡馆，才知此处可以看见海。户外开辟了一处崖上高台，可以随手拿一个草垫坐在海风之中，还能喝到微微泛着气泡的可乐和橄榄做的苏打水，前者液体的蓝，后者标签的蓝，都是天蓝的蓝，是濑户内的蓝。而真正的濑户内，在一瓶汽水冒着气泡的时间里，始终于脚下闪耀着太阳的光辉，有船驶过的时候，就会划出一道细长的波纹。

在我的视野之内，南边一些的海面上凸起了一座小小的高丘，密林中藏着另一栋安藤忠雄的建筑，是一家名叫"Benesse House"（贝尼斯之家）的酒店。站在酒店的阳台上，也能远远看见海。一个微醺的秋夜我就站在那里，因为没有电视，只能打开桌面音响，听着收音机里传来久违的电台主持人的说话声，比以往任何时刻都更清晰地感受到夜的意境：白天分明还很温柔的濑户内海，此时如何躁动地发出海浪拍岸的声响；一万只秋虫以迭起的鸣叫作为伴唱，微雨之后的海风夹杂着寒意，却不妨碍星空高高在上。望向海的途中，视线经过星空之下的栈桥，那里立着草间弥生的黄色大南瓜，仿佛漂浮于海面之上，是直岛上最著名的建筑。听旅馆的工作人员说，曾有一次暴风雨来袭，巨浪卷得比南瓜还高，待到回归风平浪静，南瓜的"把手"却不见了。正在众人犯愁之时，一位出海归来的渔师登门拜访："我在海上捕获了这玩意儿，不是你们南瓜上的吗?!"工作人员说岛上刚刚准备建造艺术设施时，岛民很长一段时间不能理解艺术的意义何在，心中很抗拒外来的现代改造。"南瓜把手捕获事件"发生时，双方已经磨合了近 10 年，岛民似乎渐渐接纳艺术的进入了。

　　次日早晨我从酒店走去美术馆的餐厅吃早餐，要先经过一段海岸，再沿着盘山路向上。坐在那间餐厅里能看见全世界的海，都在杉本博司的镜头里。我看着来自世界各地的海平面虚像，和眼前濑户内海真实存在的海平线，毫厘不差地连成了一条水平线，心想它们可真是得到了善待啊。又有一次在山脚下的海岸，看到远处的岩石上挂着一个奇怪的画框，同行的众人猜测了许久，认定那是探照灯，为了让船在漆黑的夜里顺利靠岸而设。可探照灯外为何要加个画框呢？原来那并非探照灯，也是杉本博司拍摄的一幅南太平洋海景。他的初衷是："将照片置于严酷的自然环境中，加速风化和腐蚀过程，如此经过 10 年，待到风化得恰到好处时，再把照片放回美术馆吧。"意外的是，想象中的变化并未发生，照片几乎还是当初那样。

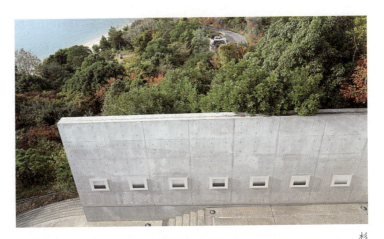

"没有发生变化这件事更加有趣。如果把这幅写真放在各种各样的地方，那里的时间是否就会停止呢？"

我在直岛上留下了不能克服的恐惧。安藤忠雄在从前的寺院遗迹上修建了一间崭新的"南寺"。这幢由烧杉板建成的房屋内部彻底隔绝了光源，我不明所以，贸然随众人走进去，往前踏一步便进入了伸手不见五指的漆黑。摸索出路毫无线索，起初还侥幸地等待光明降临，但转机迟迟不来，陷入了彻底的混乱、失序、恐慌和绝望之中。后来听闻，这幢建筑将人置于彻底的黑暗世界有个寓意："在日常生活中，应该没有机会接触到如此程度的黑暗。可是在南寺里，直到眼睛终于能看见些什么为止，人不得不一直待在无边的黑暗中。但即便是在那样的黑暗中，只要花上些时间，也能捕捉到光明——对于我们的身体中还沉睡着这样的能力，实在感到惊讶。"但我什么都没看见。没有光影绰绰，绝望的尽头没有迎来光明，到最后都是一个彻底黑暗的世界，并且到最后也没能习惯黑暗。那段 15 分钟的路程，令我感受到了失明带来的恐慌，那种被幽闭在漫长黑暗中想要大喊大叫的心情，后来曾数度出现在噩梦之中。某个深夜对着镜子刷牙时，它又像梦魇一般袭来。那天我拿出了健康保险证，在写着"死后器官捐献意愿"的背面找到了"眼角膜"那一栏，狠狠打了个钩，并暗自发誓：那样漆黑的房间，永远不要再踏入第二次。

　　我在直岛上留下了不能忘却的美梦。杉本博司在另一处山丘上修建了一间护王神社。选择一条较为偏僻的山路向上，会在杂草丛生的荒芜之中，行至顶端的荒废果园，那里摆着一张孤零零的石凳，周围无人打扰，眺望濑户内海时就像独自坐在世界尽头。扒开世界尽头的树林就是护王神社，它原本也是一座真的神社，自古是岛民的精神寄托，但经过时间摧残变得破败不堪，杉本博司将它改造成了两个时代的结合体：外观来自伊势神宫中最古老的泷原宫样式，地下室则是古坟时代的石室墓穴样式。两个时代由光学玻璃连接起来，从地底延续至半空——玻璃是日本古坟遗迹中常见的陪葬品，这一条玻璃通道原来不是人路，而是神道。石室内漆黑，需要举着手电筒方可进入，过道狭窄，每次只能容纳一人。我极为迷恋站在过道尽头望向光明的场景，天气晴朗的日子，阳光被大海浸染，也变成一道蓝色。从黑暗中朝光走去，走进完全的光明之中，就是走到濑户内海跟前，所有关于穿越时空的想象、黑暗与光明的更迭，都是为了让海登场。这是一生追求海景的杉本博司贯穿在摄影和建筑中的同一个理念：唯海亘古不变。

海虽然不变，与海相遇的方式却有许多，如果不能克服身处黑暗和狭窄空间的恐惧，就不能了解有海在前方等待会带来何等巨大的希望。那一天和我相继走过这条过道的人们，往后各自命运变迁，难以揣测。有人真的进入了彻底漆黑的世界里，有人站在狭长的隧道里内心充满恐惧，可是我想：海总是在那里的吧。

在丰岛，好好生活

我把心跳声永远封存在了丰岛。港口附近有一间海边小屋，法国艺术家克里斯蒂安·波尔坦斯基开了一家心脏音档案馆。他将从世界各地收集来的心跳声，在这个昏暗的房间里随机播放。除了心跳声，房间里只有一个昏暗的电灯泡，随着起伏声明明灭灭。听说心跳声和指纹一样，自地球诞生以来出现在这颗星球上的 500 亿人，每个人都有自己的节奏和韵律，独一无二。我在明灭之中听了许多人的心跳，有的低沉有的高昂，就有了想象：他们有的活着有的也许已经死了，跳动激烈的那些也许是因为热爱，那么热爱的是什么，是海吗？热爱海的人和热爱山的人会拥有不一样的心跳声吗……克里斯蒂安·波尔坦斯基对这件作品的想象比我动人多了，他说："某一天，某个人也许会为了再见一次死去的朋友，专程来到丰岛。他终于听到了朋友的心跳声，也终于释怀：朋友正以另一种方式活在这个世界上。"我很喜欢这种想象，离开前也在隔壁的录音室里录下了自己的心跳声。我也对死后的世界有了期待：在我死去很久之后，这份编号 17825 的心脏音档案也许会被某个随机的人听到，那么他会听到 30 岁的我拥有怎样的心情，又会得到怎样的暗示呢？还有，我是热爱海更多一些，

丰岛的海

还是热爱山更多一些?

　　丰岛上最受欢迎的艺术作品，倒不是这间档案馆，而是另外一头的丰岛美术馆。这件由日本建筑师西泽立卫和艺术家内藤礼共同打造的作品，为了和周围的稻田处于同一高度，屋顶极低，且开了两个巨大的圆洞，刮风下雨时气流和水都会立刻进入馆内。它不同于濑户内其他小岛上的美术馆，并不展出任何绘画或雕塑作品，唯一能观赏的只是从地面上密集的小孔中不断涌出的水珠——那是岛上丰富的地下水，随自然风的吹拂，快速地流淌而下，不留一丝痕迹。人们就只是看水。有人盘腿坐上一天，有人干脆瘫在墙角。这一刻海上起了风，水珠流动的速度就要快一些；下一刻云朵飘过太阳，就在馆内投射出一片阴影。暴雨来了无处逃，在有着 12000 年历史的丰岛上，最大

的艺术家名叫自然，作品唯有水和风。

　　濑户内的诸多岛屿中，我最喜欢的也是丰岛。丰岛像独立的王国，自然丰裕，有山有海，有稻田果树，多数时候是静谧。有位岛上的大叔告诉我："十个人来到丰岛，八个都觉得比直岛好。"语气眼神中都是骄傲。丰岛的巴士很少，我就总是走路，一个夏天走在濑户内的习习凉风中，刚插秧不久的稻田水光闪闪，面对大海的斜坡上有稻草堆在燃烧，路边的薄荷长得高大，叶子巨大的三叶草都开了花，枇杷树上挂满了果子，更早一次来是在秋天，树上还都是柚子。岛民喜欢骑着摩托车遛狗，经常有老太太在地里锄草，见人路过了就说一声："你好啊！"沿途不断有开着小货车的岛民经过，总有人探出头来问一句："住哪里？要送你回去吗？"

濑户内艺术祭的发起人福武总一郎曾解释过"Benesse"这个词的意思——"好好生活"。"人人都想要得到幸福，希望自己不幸的人一个也没有。努力却不能变得幸福的理由，是没有生活在一个幸福的世界。"他说，"何为幸福的世界？是老年人也能露出笑脸的世界。看到这些腿和腰都不太好，记忆力也衰退了，却依然拥有满满笑容的老人，那些看不到将来的年轻人，也会期待自己拥有笑容的未来吧。"我在丰岛上总是遇见老人，就明白这里也许是幸福的世界。正准备走出家门的老人，笑着说"欢迎来呀"。在街巷里推着小车走过的老人，佝偻着腰微微颔首。听闻三年一度的艺术祭对岛上的老人来说就像是正月庆典或者盂兰盆节一样的热闹节日，他们会像孩童一样雀跃，笑嘻嘻地和各种来客寒暄。

　　一个善待老人的地方，就会珍惜记忆。丰岛也让记忆重生，在甲生地区有盐田千春的作品，利用废弃的集落公民馆改造而成，取名"遥远的回忆"。她搜集岛上数百间倒塌破碎的家屋门窗，召集当地居民在会馆前搭起一条时空隧道。沿长长的隧道走入馆内，屋后是一片绿油油的水田，猛然转身，视野所及又是广阔的濑户内海——据说这条隧道也是丰岛的老人们最喜欢的一件作品，就算他们还不能明白艺术让环境重生的意义，却也都从这个充斥着岛民共同回忆的建筑中，感受到了另一种遥远的共鸣。

　　我因为迷恋横尾忠则，每次来这里都要去他在岛上的美术馆。光是透过红色玻璃外墙呈现出的诡异感，便可感知到那里存在着一个死后的世界。横尾忠则建造这件作品时已经年过六十，他常说："红是死后世界的颜色。"兴许这源于童年记忆，他在故乡兵库县西胁市度过的青春时代中，天空常因空袭被大火染成赤色的海洋，连接着无

岛上老人

数死亡的生命。

　　初去横尾馆时空无一人，坐在母屋的榻榻米上观看那个极尽绚烂的庭院，一个无事可做的馆员走过来跟我闲聊，说它的设计理念来自勃克林的名画《死岛》，又说横尾听了福武总一郎"好好生活"的观念，只说了一句话："所谓好好活，就是好好死。"因此他用最擅长的死亡主题，在丰岛废弃的家屋中打造了一场"死的狂欢"：庭院里流过小河，是日本传说中生界与死界的分界线"三途之川"，也是包裹着胎儿的羊水；建筑物中央的烟囱是男性的性器，里面挂着几万张印有瀑布的明信片，是无数喷射而出的精液；精液通过三途之川流入庭院，庭院则隐喻着女性的生理构造，两者合体后诞生新的生命，孕育在羊水中。

纵
身
入

山
海

我站在那个被瀑布包裹的烟囱里时，感到一阵眩晕。在很长一段时间内，瀑布是横尾忠则创作时唯一关注的对象，契机是在他梦里反复出现的瀑布。后来他开始了世界范围的"瀑布巡礼"，去了日本人心中具有神性的那智瀑布和华严瀑布，也去了美洲的尼亚加拉瀑布和伊瓜苏大瀑布，呼朋唤友，收集了超过 13000 枚世界各地的瀑布明信片，也就是烟囱里展示的这些。横尾说过："当瀑布带着巨大的声响奔腾而下，我只能呆然站立，全部的思考停止了，肉体得到了解放。"仔细一想，这也是很暧昧的话。

在横尾忠则的死亡世界之前，我不时会想起他的挚友三岛由纪夫，那个将死亡视为终极目的，并且确实已经死去的男人。在丰岛的东北方有一座更小的岛屿犬岛，岛上有将三岛由纪夫的旧居解构后建成的美术馆。濑户内的夕阳一如既往地照耀着丰岛的时候，我想，下次就去犬岛看看三岛由纪夫吧。

然后我就在犬岛误了船

在丰岛下了船，天色临近傍晚。站在港口的巴士站前查看时刻表，下一班巴士到来的时间尚久，四周也不见出租车踪影。就是此时，身后传来一个声音："这位小姐，今晚住在岛上吗？"

"是啊。"我循声转过头去，一个大叔坐在候船室门口的长椅上抽着烟。

"没准住的是我们家哦。"大叔确实像岛上的渔民那样晒得黝黑，旁边还坐着另一位穿工作服的中年人，看起来不像是当地人。我有些迟疑，不太确定这是否只是岛民之间的一种玩笑。

潜水士之家

　　"你住在哪家？"大叔又开口了。

　　"门口站着宇宙飞行士（宇航员）的那家。"我根本没记住民宿的名字。

　　"那不是宇宙飞行士，是潜水士！"大叔和中年人一齐笑出声来。

　　竟然真的是大叔家的民宿。然而他并不是专程来港口接我的，只是为了送那个从广岛来的中年人离开。我站在旁边注视着他俩一同抽完烟，船驶入港口旋即离开，也跟着挥手送别了中年人，才搭上大叔驾驶的小货车慢悠悠朝山坡上开去。"只要是我们家的客人啊，都有一种特别的气场，我能看出来个八九不离十。"对于误打误撞捡了个客人回家这件事，大叔并不意外，"我从三岁就开始经营民宿了。"

"那个宇宙飞行士也是从你三岁起就在那里了吗？"我问。

"那是潜水士！"

那是一个立在民宿门口的等身大模型，我原本以为它来自某部科幻电影。大叔说自己的叔叔从前是濑户内海的潜水士，在这岛上还荒无人烟时就一次次潜入海底，建起港口又架起大桥，如今丰岛热闹起来，成为艺术的据点，令人怀念的水底职业也消失了，只剩下叔叔曾经的潜水服被他恋恋不舍地保存了下来，成了民宿的标志。

我住在丰岛，是为了去犬岛。犬岛距离丰岛只有 15 分钟船程，但船的班次很少，每天只有三班。大叔一早把我送到港口，万般叮咛："回来的时候打电话啊，我来港口接你。"犬岛是个只有 50 人居住的小岛，在明治产业废弃的遗址上，依托高高的烟囱和断壁残垣，建起一座废墟上的美术馆，在死了很多年之后，正在重新活过来。

我去过日本的许多艺术改造地，但比犬岛精炼所更加奇妙的美术馆一个都没有。这里确实存在着一个三岛由纪夫过去的家，数不清多少面镜子架构起迷宫，无限回廊的尽头是一个半圆形背景的房间，门窗倒挂，正中央放着一块巨石，微亮的水面之上，悬浮着一个三叠大小的房间。尽管有自然光透过窗户投射进来，依然阴暗潮湿。我被眼前如同地底祭坛一般的景象震慑，静默着站在不语的工作人员身旁，谁也没跟谁搭话。然后我终于看懂了，那不是半圆，是日食，是黑乎乎的正在被吞噬的太阳。太阳背后还藏着另一个房间，明亮的四面用玻璃框起来的房间，只能隔着玻璃观看。贴附于地面的是洋室的楼梯和便器，门和窗同样吊在空中，玻璃屋顶之上是从前留下的巨大的烟囱，直冲云霄。地面上像是枯山水，但用的不是白砂石，而是黑色的煤渣，是太阳燃烧的痕迹。另一侧有一间密室，真正夺得

犬島精煉所

纵身入

山海

了我的心，那是从前废屋的四叠半房间，成为幽灵的居所。走进去之后，前后拉门打开，便置身于两面镜子的中间，无数红色的文字在镜中流动，也流淌在我身上，像一个鲜血淋淋的灵魂，是陌生而疏离的自己，猝不及防地朝眼前镜中的我扑来。我始终未能将那些文字拼凑起来，不能理解它们的真义，不知道来自三岛由纪夫的哪部小说，但这不重要，在这样一个房间里，文字失去了意义。

人们和艺术对话，是为了拼凑起残缺的自己。我十分肯定的是，我在三岛由纪夫死去之后的家里，遇到了我之所以成为我的一部分，在那里进行的对话，我无法用语言描述。后来我走出来，在美术馆门口遇见了一个坐在轮椅上的老太太，滔滔不绝，告诉我这幢建筑的温度调节原理，告诉我她从 10 岁就在这附近玩耍了，告诉我犬岛上一条狗也没有，因为犬岛的狗如今跟在桃太郎身边 🐾 。我听她说了许久的话，才终于从失神中缓过来。她又极力建议我去附近的自然园，说这天是周末，可以自己烤比萨。于是我沿着海，路过无数冲刷到岸上的死去的透明水母，走进了种满花草的园子。有两个年轻的男生在那里工作，一个带我去菜地里采摘新鲜的香料和食材，烤制了一个颇具夏威夷风情的鲜花比萨，又跟我解释着地下水如何在这园子里循环，用这水给我做了杯咖啡。他说自己是京都人，在大阪上学，厌倦于都市生活，几年前来到犬岛上生活，制作比萨这种事也是最近才学会的。另一个从更远的东京来，在等候比萨出炉的时间里，我知道了他是福武集团的犬岛负责人，名叫青木，六年前移住到丰岛，

🐾 日本的神话传说中，桃太郎带着小白狗、小猴子和雄鸡，一起打败了鬼怪。——作者注

两年前迁徙到犬岛。刚刚 30 岁的人生已经习惯了岛上的生活，只有一件事很担忧：犬岛上没有小学校，孩子长大了怎么办？在这个居民平均年龄超过 80 岁的岛屿上，他的两个孩子是近年来仅有的新生儿。

我和青木聊了许多三岛由纪夫的故事，就"那个人是日本的最后一个男人"达成了共识。"怎么说呢？能在这个岛上遇到三岛的房间，总觉得是件不可思议的事情呢。"我感叹。

"你知道设计师柳幸典是怎么想的吗？他说过：一个无法与死去的人对话的国家，是没有未来的。"青木周末在自然园里做比萨，平日则在美术馆里工作，对那件作品非常了解。

"对了，你遇见门口的那个老太太了吗？"他想起来问我。

"嗯，多亏了她，才知道这建筑里也藏着秘密。"

青木告诉我，老太太终年在那里，最喜欢跟游客分享岛上故事。和濑户内其他的艺术岛不同，犬岛是一个由工作人员和当地人共同管理的小岛，在我们身处的这个自然园里，每天清晨都有居民自发来打理花草。岛上还有间自然学校，也作为民宿使用："下次再来犬岛一定要住一晚，外人都不知道，这岛上的日出和日落都是绝美的。有个大名鼎鼎的摄影师，就常年蛰居于岛上，不舍得离开。"

不用亲眼看见日出和日落，我已经深刻地察觉到了犬岛的美。那天我在港口又喝起啤酒，沉迷于犬岛美术馆的画册和舒缓幽宁的海景，终于心满意足之时，已经错过了最后一班回丰岛的船。只得前往另一个港口，再一次搭乘巴士换乘电车以及另一班船，终于回到丰岛时，已经是深夜了。

丰岛民宿的大叔在港口等我，从小货车里探出头来："这位小姐，今晚住在岛上吗？"

"是啊，门口站着宇宙飞行士的那家民宿。"我朝停车位走去。

"都说了那不是宇宙飞行士，是潜水士！"这次我也没忍住和大叔一起笑出声来。

丰岛夜色安详，星光闪耀之中，挂着一弯细月。空气微寒，夹杂着海水的味道。从前的人们靠海出行，漂浮在海上的小岛，对于旅人来说是能获得片刻喘息的栖息地。濑户内海安静沉稳，拥有丰富的能量和养分，日本人视它为母亲的子宫一样安宁的存在。在这个误了船的夜晚，我坐在大叔的车里，稍稍体会到了一点这种安全感。我想我已经在犬岛遇见过自己了，就又充满了与他人相遇的欲望，想要和一个具体的人分享这旅途片刻。在这个时刻，大叔问我：要不要考虑移住到岛上来？

没想到，我刚到屋久岛就被带去了澡堂。

从宫之浦港前往南边的民宿，搭乘巴士需要一个小时，天气阴沉，沿途景观并不迷人。听闻九州地区排名前三的高山都在屋久岛上，但山岳顶峰隐匿在层叠雾气之中，不能窥见巍峨。岛上地貌全由花岗岩石构成，因而没有温和美丽的沙滩，所见皆是激浪怒涛的海岸，大海暗淡无光，无法令人一见钟情。

10月里屋久岛湿热的气候让我更加不快，几天前在北九州的寒意一去不复返，填写完入住信息，满头大汗的我正在喝着一杯咖啡时，民宿的男主人走过来问："去温泉吗？"说是附近有一处尾之间温泉，是岛上仅存的古老温泉地，可以追溯到350年前，最早是受伤的野鹿前来疗伤，后来才被当地猎人偶然发现。

民宿的女主人开车载了我去，其实只要5分钟车程。沿途依旧是阴沉大海，她像是为此抱歉似的："今天屋久岛的海，怎么也说不上是好看啊。"她出生在屋久岛，大学时出岛念书，随后工作，只过了7年便回到岛上，如今已是两个孩子的妈妈，和丈夫一起经营着只有4个房间的小小民宿。我看过网上评论，人人盛赞她饭菜做得美味。

"会泡温泉吗？"她问我。

"别担心，我常去，规矩都知道。"

"屋久岛的温泉稍微有点不一样，淋浴只能用来洗头，洗完就要让给后面的人，然后再用小盆子舀温泉水洗澡。"

我无论如何都无法想象那会是怎样一幅场景，在疑惑中经过了一尊土地神石像，她停下车来："喏，就是那里。"

我确实吓了一跳，虽然人来人往极为热闹，但说那幢陈旧而古老的建筑是危房也不为过。一个老头坐在入口处的红色电话旁，我照着定价表递给他 200 日元，他面无表情地点了点头，转头继续盯着电视。

推门进去，一股浓郁的硫黄味扑鼻而来，我再次被吓了一跳：这哪里是温泉，分明是个破败的澡堂。正是下午 5 点，狭窄的浴槽边围坐着一圈人，专注地洗拭着身体。也没有椅子，就那样坦然地坐在石头地板上，几个小孩在浴池里走来走去。谁也没留意我的到来，大家看起来都是熟人，泡在温泉里的悠闲地聊着天，澡也越洗越慢，还能听到一块木板之隔的男人们大声说话的声音，若是谁愿意接过话茬来，甚至可以隔墙对话。浴池之上有整面墙的壁画，画的不是在东京钱汤里常见的富士山，似乎是这个地区人们在盂兰盆节时唱歌跳舞的民俗活动。拜这样轻松的氛围所赐，我只稍稍愣了几秒便立刻融入其中。人来得越来越多，来得晚的老太太说一句"挤一挤"，就自然地在旁边坐下，连声感叹"真烫啊真烫啊"，就像我也是个旧相识；刚学会说话的小孩跟随年轻的妈妈离开时，挥手对澡堂里的众人说："拜拜，明天见。"

温泉水是我未曾体验过的烫，看一眼墙上的温度指示，近 50℃，需要鼓足勇气才能完全浸泡下去，但最多 5 分钟，就感觉自己已成了水煮蛋。回到更衣室里，一位老太太擦拭着头发对我说道："好烫好烫！但心情很好对不对？"

我乖乖回话："心情很好呢！我还是第一次见到水质这么好的温泉。"刚开始我总疑惑身上的沐浴露为何怎么也冲洗不干净，后来才意识到那是温泉水中的矿物质，连眼前这位上了年纪的老太太，皮肤也是细腻光滑的。

"你从哪里来？"她又问我。

"京都。"

"和老公一起来旅游？"

"一个人来的，还没结婚呢。"

"还没结婚吗！"老太太的表情变成了一个惊叹号。

"嗯，不知不觉就……"

"不知不觉可不行哦！"

我一时接不上话，幸好她又开口了："已经去山里了吗？"

"这才刚到呢，明天去。欧巴桑也去山里吗？"

"不去了，腿不好了。"

"能去海边也挺好的。"

"海边也不去了，哪儿都不去了。"

老太太已经83岁了，这家温泉对当地70岁以上的老人免费，她每天都会在这个时间前来，然后回家准备晚饭。她给我看胸前一道长长的疤痕，说是一次心脏手术留下来的。

"什么时候的事？"

"有10年了吧。"

"真是太好了，"我莫名松了一口气，"幸好动了手术，所以这10年都很健康地生活着啊。"

开车来接我的民宿男主人说，尾之间集落的家庭几乎都不会在浴室里安装浴缸，他们每天都来这里泡澡，把温泉当成澡堂。他自己也非常喜欢这里，常在没有客人的中午12点独自前往。那个时间点几乎没有其他人，能够悠闲地度过放松的时光。

"今天人很多，还有个欧巴桑和我聊了几句。"我向他提起那位老太太。

"前阵子我们民宿来了个日语流利的英国客人，她一走进温泉就特别显眼，欧巴桑都来和她聊天，其中一个说要送她回民宿，才走到一半又提议：要不要去我家喝杯茶？"等到那位英国姑娘喝茶归来，晚饭时间已经过了很久，着急不已的民宿夫妇才终于松了口气，哭笑不得："岛上的欧巴桑啊，全部都很亲切呢。"

我们回到民宿，女主人正在准备晚餐，他们年幼的小女儿在厨房的台子下睡着了。我躺在八叠房间的地板上连吃了5个鹿儿岛橘子，有微微的甘甜。天色完全暗下来之后，外面的广播里开始播报通知：某班巴士暂时停运，某项福利的申请流程如何。落地门外有一个小庭院，秋天的虫子正在大合唱，我闻到自己身上还残留着硫黄的味道。这间山脚下的小屋，不像是民宿，像寄宿在一个熟人家，就在这个时刻，第一印象并不太好的屋久岛，变得亲切熟悉起来。

"丁桑，晚饭准备好了哦。"晚上7点刚过，民宿的女主人在外面喊我。

"丁桑，早饭准备好了哦。"早上7点刚过，民宿的女主人也在外面喊我。

一个半小时前我就起床了，没等到闹钟响，岛上的广播里就准点响起了晨间音乐，我拉开窗帘一看，一只蚂蚱岿然不动地趴在落地门的玻璃上。

早餐结束后，有位名叫井藤的向导来接我。今年35岁的他原本是大阪人，2004年第一次到屋久岛旅游，过了一年就移居过来。屋久岛欢迎移住者，13000位居住者中，大约有1300人是外来者。据井藤桑说，大多数移住者是因为不喜欢外面世界的社会机制，他们在屋久岛上的生存法则之一，是不寻找固定工作，每年用几个月时间打工，挣够了钱，就自由生活，直到下一次缺钱。

跟随井藤走到屋久岛的森林中

　　我要跟着井藤去森林和峡谷徒步5小时,再加上往返2小时的车程。屋久岛多山,因此多山谷,岛上90%的土地都是森林,谷中被茂盛的树木覆盖。这是过去林芙美子在小说《浮云》中写过的岛,说它"一个月里有35天在下雨"。雨水充沛之地,地表青苔繁茂,溪水河流丰裕,因而屋久岛多桥。井藤告诉我:岛上桥梁有超过100座,河流数目更是连岛上的人也数不清楚。又说从前岛上流传下来的民谣,其中某句歌词是:"每个月20天去山里,5天去海里,剩下5天在家里。"他开着小面包车沿海而行,两侧皆是民家,屋久岛群山凶险,只在海边住着人。天气越发阴沉,间或飘扬起小雨,我忧心忡忡:"天气真糟糕啊。"

冷酷仙境

"在屋久岛，坏天气才是好天气，你今天应该能拍到非常棒的照片。"

井藤说得没错，他带我走了一条和大多数人方向相反的路，很长一段时间，在朝雾笼罩的青苔森林中，我俩是唯二的人类。在屋久岛，寿命超过 1000 年的杉树才能被称为"屋久杉"，哪怕是活了 999 岁，也只能被称为"小杉"。入口处的一棵，最近刚满 1000 岁，顺利晋升屋久杉。最古老的一株"绳文杉"，推测年龄超过 7000 岁，是绳文时代的来客，因而得名。

"你知道吗？杉树是空心树。游客们来，总是伸手去摸树干，其实它们很可怜，树干是它们的心脏啊。"

"原来不是没有心，而是心脏构造略微奇怪啊。"

"你看这一棵，"他示意我看向一株残缺的树，"若干年前就只剩下左边一半，但还是继续生长到现在。"

"非常努力地活着呢。"

"杉树真的是非常努力的树，"他又指了指远处一株枯木上冒出的新芽，"你看见那些树苗了吗？"

"不是杂草吗？"

"是杉树的树苗，看这一棵，大概有 5 岁左右吧。最初它们都是这样，在倒下的枯树身上，发芽生长。"

"这样的幼苗能长成千年大树？"

"能活那么长得靠运气，屋久岛多暴雨台风，许多树木都没有枝叶，就是因为台风。现在这一棵幼苗，也许下一次再来时就已经被暴雨冲走了。"

在屋久岛的森林中，有无数死去的树木尸体，同时也有攀附于

大约5岁的杉树树苗

那些尸体之上的更多生机勃勃的生命。无论是丛生的青苔和蕨类植物，还是在已成残骸的枯干中拼命长出绿叶的新芽，或者是那些杉树根上的水洼和落叶，还有一些被暴雨冲走的其他植物的根茎，止步于山涧中某处，看上去竟是佛像模样，十二神将和千手观音，轮廓清晰。

屋久岛令我感动的，就是这些在日照暴雨风雪中继续生长的植物，它们拥有难以言喻的巨大生命力。人们把屋久岛称为"森林的博物馆"不无道理，它配得上这个称号。此地的自然是最伟大的哲学家，自然最懂得，唯有在死亡中，万般皆是生机。

在某棵 3000 岁的屋久杉附近，有一块突兀地矗立于蕨类植物中的巨石。井藤告诉我："这块石头在 5 年前突然落下，幸运的是偏离

了十几米，没有砸向屋久杉。"

"大概自然也有自己的取舍规则吧，比起屋久杉，更幸运的不应该是旁边那棵小树吗？厄运恰好落在身边。"

"它会不会察觉到自己的好运呢？"

在屋久岛上，有会喷出奇怪烟雾的蘑菇，有可以用来做天妇罗的鲜美树叶，有神社常用来制作绘马的日本冷杉，有体型只有奈良鹿一半大的野生小鹿，有土拨鼠四处挖地留下的洞穴……还有一种长得像蜘蛛的多脚虫，没有眼睛，因为黑泽明的那部电影，它被当地人改名为"座头虫"，据说《千与千寻》中锅炉爷爷的灵感便来自它，极为神似。

井藤小心地捉起一只，递到我眼前，它确实没有眼睛。"看不见这个世界，有点可怜啊。"

"怎么会？它依靠触角能好好地感知空气和水，比人类还敏锐。再说了，说不定它看见的是另一个世界呢？"

"屋久岛就是另一个世界。"

"宫崎骏当初肯定也是这么想的。"

这一天终点的青苔森林是宫崎骏动画《幽灵公主》的取景地，他曾经在岛上某间民宿住过数日，由当地人带至此处，面对眼前的森林绘制了最初的原画稿。

在屋久岛的森林里，唯一和人类历史有关的只有林道和巨石。江户时代岛津家砍伐屋久杉向朝廷进贡缴税，当地的农民每月进一次山，历经数日才会出山。井藤桑指着一块巨石告诉我："那里就是当时人们避雨和过夜的地方，我们就在那里吃午饭吧！"

民宿女主人一早替我制作了便当，我坐在巨石下，在满目青苔和森林之中，觉得简单的饭团和炸鸡也非常美味。井藤桑去溪涧打了水，用酒精炉烧沸，煮了一杯咖啡给我。临出发时我装了两瓶水在包里，一口也没喝，一路饮着山泉水前行。越往高处，泉水越甜，也是我此行才发现的秘密。

屋久岛的森林中如今也有住民：三千头屋久岛猿，一千头屋久岛鹿，奇怪的是没有棕熊和野猪。更早之前，岛上曾有猿两万，鹿两万，人两万，原本三足鼎立的天下，终究是被人类占领了。我始终没能见着传说中的屋久岛鹿，倒是在回去的车上，看见有猴子一家四口坐在马路旁，也不避开，也不讨好，悠闲地咀嚼着几片蕨类叶子。

"你有没有发现，屋久岛的猴子，毛比别的地方要更长一些？"井藤说，"那是它们的雨衣。"

这一整天都没有下雨，彼时是下午3点，雾气全部散尽，阳光洒在群山上，即便温柔，"我还是更喜欢早上的迷雾森林，那里是世界尽头与冷酷仙境"，我说。

"所以啊，"井藤露出满意的笑容，"我一大早就跟你说过，在屋久岛，坏天气才是好天气，你要记住这个世界的规则。"

终于回到民宿时，是在傍晚6点。我推门走进去："我回来了！"

女主人从厨房探出头来，手里拿着一个盘子："欢迎回来！"

另一头的餐厅里，从京都独自来旅行的大学女生坐在那里，前一晚我们一起喝酒聊天至深夜。她像等候已久似的，兴奋地冲我挥手："去温泉吗？"

"去！"

在奄美大岛，我知道什么是自由

到达奄美大岛那天，天气并不太好，我坐在开往海边旅馆的小面包车上，沿途看见阴沉灰暗的海，是我在这年第一次看见海，也不梦幻。岛上的人说，奄美自从进入梅雨季以来就每天淅沥下个不停，此地的雨季比别处更加漫长，持续两个月以上。

"所以，植物才会长得那么茂盛啊。"

我从没见过植物长在任何地方像长在奄美，在阴云和烟雨之中，依然表现出吞噬世界的气势。从山间到河岸，从民家到路旁，亚热带植物拥有茂密而宽阔的叶子，翠绿鲜艳，让人忍不住称赞它们长得真好看，有生命的厚度，又尽情舒展。许多不知名的花朵疯了一般地绽放，那种竭尽全力的生命姿态，是我在日本人身上不曾见过的热情与尽兴。

在冲绳和鹿儿岛之间的海面上漂浮着若干岛屿，日本民俗学家柳田国男称它们为"海上之道"。奄美大岛是这条海路上最大的离岛，一种说法认为它是日本人渡来的必经之路 。

　　"其中在屋久岛和奄美大岛之间，存在着一条明显的国境线。"
岛上的人告诉我。

　　"国境线？"

　　"没错，植物的国境线。屋久岛上是北方系植物，奄美大岛上是
南方系植物。更往南一些，冲绳的植物生态和奄美大岛的很相似，但
即便是同一种花，两地也会绽放出截然不同的颜色。"我在岛人的怂
恿下摘下了一朵鲜艳的路边花朵，尝了尝它的末梢，带着某种不确定

146

柳田国男认为，日本人的祖先从冲绳出发，乘着"黑潮"（日本暖流）沿岛北上，最终渡到日本列
岛，成为最初的日本人。——作者注

的甜。

"甜就没错了，是花蜜啊。"

我没想过在南方的岛屿上还能随手摘花来吃。我来到这里，是为了寻找一个热爱的画家的足迹，一个在我还未来得及出世就已故去，沉浸于自我之道中的天才。我去寻找他，在暴雨中走进集落，在集落中朝着远山走去，心想：这里为何会存在一个不被侵蚀的世界呢？家家户户都像是建造在野生植物园中，不同于京都那些修剪整齐的庭院，树也好花也好蔬菜也好，全都不受束缚地恣意生长，纷纷带着不计后果的竭尽全力。夏花尤其热烈，不留余地，尽管我对它们全然是陌生，却也看得出是自顾自开到了高潮。我试图辨认植物，却只极为有限地认出来蒜香藤、艳山姜、朱槿、向日葵，挂在果树上的是青桃和皂角，探出墙头的还有西红柿和黄瓜，硕大的芭蕉用塑料袋包裹起来，也许是怕被鸟吃掉。我第一次见着如此长势的青色木瓜，从树木顶端蔓延到树干上，果实与花朵同时存在。岛上的人从不吃成熟的木瓜，趁着它们还发青时便迫切地摘下来，带着涩味做成渍物。岛上的鸟太多，若不这么做，定会被它们抢先吃掉。

我去寻找那个我还未出生就已经去世的人，他的生命在这世界不过一瞬，留下的只有一间废弃的小木屋。我能做的只是站在那间小木屋门前，听着院外潺潺水声，是从山上流下的清泉水，水边的蕨类植物长出大得惊人的叶掌，伸手去摸，有柔软纤细的触感，像是在和谁握手。蝴蝶吃着山姜花蜜，妖艳的芭蕉花兀地掉下一朵来，发出巨响，蝴蝶和我都吓了一跳。暴雨短暂打住，又猛烈宣泄下来，林间的虫子叫得更加凌乱了。

在这岛上，我很快学会了戴着草帽在大雨中暴走，以便让身体得到更多雨水的浇灌。我走在暴雨之中，想起那人的一生，忍不住放声大哭。旅途中的人在面对风景的时候，有时会战栗，情感无法自控。这样的时刻，是意识到人类与自然本为一体的瞬间。随后我突然释然了：由这丰沛雨水养育的人，应该也会和岛上的植物一样毫不保留吧。一个疯长的人如同这些疯长的植物，会长成坚不可摧的水草和密不透风的丛林，飘摇在风雨中，以飘摇来阻断水流的渗透。自然如何眷顾植物，神明就如何眷顾人类。那个人应该获得自由了吧，因为他变成了植物。因此我也想成为坚定不移的植物，植物是真的不移，只需要空气阳光和雨水，不必有猎杀和捕获。

夜晚我住在海边，独自去散步。雨后的夜空重新闪烁起群星，能够依稀分辨出木星和土星。浪声阵阵中有那么多夏虫和青蛙在狂叫，偶尔只叫一两声的是猫头鹰。我站在海边，看着远方一棵闪闪发光的树，看着一只萤火虫发着光从眼前升起，不远处走来一家四口，在微凉的夏夜里放起烟火，嘭，嘭，嘭，像在心上敲起了太鼓。海水还很冰凉，否则真想游个夜泳。

没有什么比一座用暴雨迎接旅人的热带岛屿更加盛情，夜晚过去，依然是倾盆大雨，分不清雨声和海浪声哪个更加激烈。我见过许多明媚的海，见这样阴沉的还是头一回，决定欣然接受。你必须欣然接受你所爱的一切，就像在暴雨中依然有人冲浪和潜水，天气不过是一种浮于表面的假象，理解了这件事，就再也不会有坏天气；理解了这件事，我就在雨中去了海边，人们也照旧在浅海里收拾清晨打捞上来的海藻，看到我举起相机，一齐哈哈大笑。打捞海藻的人也带着潜水装备，有人还在岸边支起鱼竿垂钓起来。

"植物的味道在雨中很好闻呢。"站在海岸上钓鱼的人告诉我，奄美大岛四季温暖多雨，常有台风肆虐之时。"这一带开门就是大海，背后又靠着山。所以空气里有一种特别的气味。这样的气味，别的任何地方都没有……我啊，最喜欢这里了。"

在奄美大岛的大海面前，我久治不愈的失眠终于走到了尽头。我看过岛上的植物生长，就了解了人的自由。人各有宇宙，我的容身之道，大概永远是在陌生之地醒来，在人情毫无牵挂的异乡做一个不停路过的人。相识或相认，只有那转瞬即逝的时刻，与人与事，与整个世界，皆为馈赠。

"山和海，你喜欢哪个？"岛上的人问我。

"一万次都选海。"我可真爱海啊。爱海的时候，海在哪里一点都无所谓。

交一个新朋友，去原始森林吧

在南方的岛屿旅行的好处是：可以遇见很多年轻人。可在奄美大岛上遇见的年轻人也太年轻了，名叫池口的小青年掏出驾照给我看，出生日期一栏内的"平成"🐟二字首先映入眼帘。我习惯了在京都奈良的寺院里被老头老太太带着走，看见岛上的年轻人不觉惊呼起来："哎呀我们之间隔着代沟呢！"

我遇见池口的时候，他正漂在水上。难得岛上的梅雨季中闪现出一个大晴天，我也被好天气魅惑，想去看看当地名为"黑潮之森"的红树林，才大清早就在蜿蜒的河道中划起了橡皮艇。

划橡皮艇之所以是一件乏味的事，是因为这种运动过于平和，缺乏挑战性，往往只在去程中充满惊喜，掉头返回时就失去了兴致。懒得再动，就把船桨支在船头，缩在船里睡个回笼觉。事实证明，想睡回笼觉的不止我一个，当我的橡皮艇撞上另外一艘的时候，池口正漂在水上。

池口掏出驾驶证给我看，告诉我他四天前才来到岛上，还要继续待上两个月。他是福冈一家水质净化器公司的员工，来奄美大岛上出一阵子差，工作轻松，一半时间可以用来闲逛。后来我们一起去市中心的商店街吃午餐，岛上吃饭的选择少得可怜，中午时段只有寥寥几家餐厅营业，且基本只提供一种菜式：鸡饭。然而即便才来了四天，池口已经找到了一间自己的"秘店"，可以吃炒菜，厨房是开放式的，

🐟 平成：日本第 125 代天皇明仁的年号，年代为 1989 至 2019 年。——编者注

黑潮之森

眼前就是厨师的工作现场，满屋油烟，端上来鸡丝炒米粉和苦瓜炒豆腐，味道让人惊喜。

　　池口劝告我一定要试试岛上的鸡饭。奄美大岛从前是流放犯人之地，不曾建立过王朝，因此和有豪华宫廷料理的冲绳不同，奄美料理的精髓在于朴素且美味，唯一的代表菜式就是鸡饭。它是观光客会去专门寻找的食物，在当地的家庭餐桌上也时常出现。第二天，我就被池口带去了岛上最有名的鸡饭店，在前不挨村后不挨店的公路边上。乡土料理的特征是简单质朴，一碗菜一碗饭一碗汤，菜里包括煮好的鸡肉丝、鸡蛋丝、香菇丝、渍青木瓜和橘子皮，可以按照食客的喜好铺在饭上，再浇上热腾腾的鸡汤泡着吃，比看上去更加清淡可口，能够消暑。服务员每端上一次都要问："知道吃法吗？"大家都颔首，多是熟客。店里挂着一件 T 恤，写着"Anami is（奄美是）鸡汤＋米饭＋烤鸡串"。池口说，岛上有专为做鸡饭饲养的食用鸡，肉质柔软细腻。他又点了鸡肉刺身，不同于大阪鸡肉的腥味，尝起来有冷冻以后淡淡的甜。那作为名物的鸡饭，我接连吃了两碗。

我们还一起喝了一种名叫"ネリヤカナヤ"的黑糖烧酒。冲绳人喝泡盛，奄美人喝烧酒，兴许也存在着一条酒的国境线。在居酒屋里遇见的岛人告诉我们，"ネリヤカナヤ"这个词在奄美方言里意味着"海的彼岸的乐园"。自古以来，奄美人笃信：海的对岸住着神明。

"奄美也有山神，"那位岛人说，"在这个岛上，人类聚居在集落里，背靠群山面朝大海，即依偎于山神并迎接着海神，受到了诸神的照顾。"因此在奄美大岛，无处不是和神明邂逅的场所。神明栖身于

商店街的一间
唱片店

鸡饭

山中，降临于海上，寄宿于河流清泉岩石和巨木之中。奄美人和神明共处，就要依靠日日观察月亮盈亏、群星流转、季风方向和候鸟动态来生活。

　　离开奄美大岛之前，我无论如何都想去看看山，就和池口一起去了亚热带的原始森林。搭了很长时间的车，进入信号全无的山间，前夜又下过雨，林间小路泥泞不堪，处处汪积着水洼。岛上的亚热带植物从 4 月开始了新旧树叶的交替，此时林中虽是初夏新绿，地上却铺满了枯黄的落叶，像是夏日和秋天同时存在。因为这两年台风没来，高大的阴生桫椤和榕树庇护下的蕨类植物好几年的叶子长在一起，旧叶尚未落下来，新叶已经长得硕大。该如何辨认呢？最上面嫩绿的是今年新生的，往下一些是去年留下的，再往下兴许还留着前年的。

置身蕨类与桫椤构建的世界中，就仿佛恐龙随时要现身一般。又有很多海芋，日本人喜欢叫它"多罗罗之伞"，是从《龙猫》里借来的典故。海芋在阴郁的森林里长势惊人，如果恰好在一个晴天的午后3点蹲在它下方，就能看见叶子的背面呈现出血管似的脉络，也正开着花，发出香草冰激凌一样的味道。

在奄美的森林之中，另有一个宇宙不在眼前，而在头顶之上。个性分明的树叶杂乱地交错在一起，形状和宽度各不相同，有些如碎石，有些像手掌，有些群生密集，有些扭曲着长，有些要依附攀爬于别的什么之上，有些从倒下的树干上扎根，逆向长成新的独木，完成了自我的绝地重生……这些生长方式全然不同的植物，以各自的姿态，站在同样的水边，被阳光洒满。

森林中鸟类极多。走在林间的路途中，时刻要停下来专注听鸟声。琉球松鸦叫得并不太动听，不似奄美画眉的婉转，更加凄厉的是黄腹绿鸠。

"听这声音，像是在发怒呢。"池口说。

"不是在抗议你我这样无知闯入的人类吗？"我说。

他笑起来："嗯……吵死了！吵死了！……这么叫着。"

也能看见蜥蜴在水洼里游动，用勺子盛起刚出生不久的几只，像是变异的蝌蚪。青蛙和蛇不在白天出现，但它们从每年的二月就开始出动，长达两米的蛇会聚在一起，在深夜爬上树梢，猫头鹰也在夜幕降临后现身。池口言之凿凿地告诉我：在这个岛上，动物从不冬眠。

雨里还凉飕飕的林中，放晴后便有了短暂的夏日气息。巨大的蝉鸣声作为一段漫步的收尾，如涨潮退潮般汹涌，间断片刻，再度响起，变得更加高昂。在短时间内不会轻易罢休的蝉鸣声中，我看见一只白背啄木鸟停留在远处的一棵乔木上，腾腾腾地敲打着树干，速度极快，它们从来不会错过这个季节。

刚走进森林时，池口一度情绪激动地说："看见了吗？有只动物正冲上树干！"可我总是错过转瞬即逝的时刻，转过头去，那里已经空荡荡。

即将离开森林时，池口又拽了拽我："看！"我顺着他手指的方向，看到一只翠绿的蜥蜴，以冲刺般的速度爬上树冠。

"看到了吧？"他一脸心满意足，"奄美的森林从来不会让人失望。"

在奄美的原始森林中，我们没有邂逅的其实比偶遇的更多。奄美黑兔、蟒蛇和野猪以野生的状态生活在这片森林里，它们体格健硕，不能说是可爱，不常被人类目睹，被称为"幻之动物"。我离开奄美之后，池口有一次去了森林的夜游团，在专业导游的带领下进入。他说森林的夜晚神秘诡异，看见了好几只猫头鹰，也看见了野山猫叼着战利品野黑兔离开。旅途结束了，我还偶尔会收到一些池口发来的奄美小故事，例如20多年前岛上的自然保护团体就一个高尔夫球场的开发计划向鹿儿岛地裁发起诉讼，原告是以奄美野黑兔为代表的岛上濒临灭绝生物，成为"日本历史上首次出现的动物原告"，在全国引起了轰动。"今天遇见一个人，把奄美野黑兔的粪便装在小袋子里当成护身符用，说是能带来超强的好运。"池口发给我这样的话，也是过了一些日子之后的事情。

和新朋友在一起能做的最好的事，大概就是在原始森林里走一遭。在途中，我还认识了池口家养的猫和仓鼠，学会了做牛肠锅的正确方法，用最短时间倾听了一个人的恋爱故事和人生经历，以及那些他独自开车在旅途中的时光。最后，再带上鱼竿和饵食，啤酒

和池口的暑假时光

和薯片，去即将日落的港口钓鱼，像是体验了我未曾经历过的日本小学生暑假。

奄美的海在晴天里泛着童话一般的蔚蓝，五彩缤纷的热带鱼全都不上钩，我们从岸上俯身望去，看见有的鱼挂着细长的黄色尾巴，有的发出荧光的蓝，一条像扶桑花一样绽放着，竟然还游过了一条魔鬼鱼。

我和池口在鱼群面前聊的最后一个话题是什么呢？

"不能长久和一个人相处的原因是什么？"

"再过几年，你就差不多该学会问自己了：我的身体里究竟是安定的因子比较多，还是自由的因子占上风？"

"然后呢？"

"自由和恋爱是分道扬镳的对立存在。"

太阳正在海的对岸落下，那里居住着另一个世界的神明。太阳落下之后，我和池口挥手告别。凌晨我将搭上长途轮船，去往更南边的小岛。这是我最喜欢的那种短暂相遇，在除此之外的语境里不会倾其所有地畅谈人生，而这些短暂的相遇，在未来的某个时刻，也许就会变成漫长的交集。

在与论岛遇见荻上直子

"这里没什么可观光的地方。"

"那来这里的人都做什么啊？"

"享受余生。"

2007 年，荻上直子拍了部名叫《眼镜》的电影，讲一个女人来到春天的与论岛度假，到了以后才发现岛上一无所有，于是和当地人有了上述对话。我从前很喜欢这部电影，在从奄美大岛到与论岛的船上重温了它，才意识到：距离上映时间已经过去了 10 年。

与论岛是奄美群岛最南端的岛屿，距离冲绳比奄美大岛更近，风土也像是冲绳的岛屿，全部由珊瑚礁构成，地形平坦。这是一座真正的小岛，岛上只居住着 5000 人，市中心一条商店街的名字取得大气，叫作"银座通"，却只有 300 米，几分钟就能走到尽头。

我是意外得知《眼镜》的故事发生在与论岛的。有位 20 岁的日本女孩向我推荐了这里，说这是她在梦中也想抵达的岛屿。因为岛上有名为"百合之滨"的海滩，随着涨潮退潮而时隐时现，只有在退潮

与论岛的海

后极短的时间里，才在海水中央露出一片纯白色浅滩，可以乘船登陆。不少人会来此地拍婚纱照，像是天堂中的景象。

　　到达与论岛的第二天，我就去了百合之滨。许多穿着比基尼的女孩子在那里拍照，也有人在附近的海中公园里浮潜。我遇见一个独自旅行的女孩，并不加入其他人，径直走向海水中央，久久地站立在海风之中，和海的世界融为一体。这日天气阴沉，不像天堂，倒像是末日的世界。那女孩不久后告诉我：百合之滨有传说中能带来幸福的星沙，看上去是可爱的五角星形状的沙子，其实是一种名为"有孔虫"的生物的外壳。我觉得这故事有些可怕——梦幻的海滩上堆积着数以亿计的有孔虫外壳，它们的伪足变成了星星的角，像死去后仍不肯熄灭的执念。我和那女孩在即将涨潮时分开，搭上各自的船离去。

船才驶出没多远潮水就涌了上来，我看见白色的沙滩面积一点点缩小，直至消失不见。有孔虫的尸体和人类的足迹都不再见，世界再度变成一片茫茫大海，仿佛什么都不曾存在过。

除了百合之滨，与论岛再无其他观光景点，如同荻上直子在电影中所说。我决定走去拍摄《眼镜》的海岸看看。前夜下过雨，狂风四起，岛上的道路全都被甘蔗林和芭蕉树包围着，还有大片绿色的杂草疯长，一只孤零零的羊在觅食，许多白鸟来回乱飞。我走在大风中，塞着耳机听一首大贯妙子为《眼镜》唱的主题曲，呼啸的风声灌进耳机里，作为歌曲的一部分，一起灌进了我的心里："遇到悲伤的人们的时候，我又能做些什么呢？仅仅只有一件事，和你并肩站在一起，面朝大海。"

面朝大海的时刻，被这个岛上的人们视为幸福时刻，但其实那片海岸也空空如也。如果要说它有什么好，可能也是因为空荡荡的，什么人都遇不见，才可以学着电影中的人们，在这里做完整套"感谢体操"。我也在海岸上享受过余生，又搭着空荡荡的巴士环绕了大半个岛，于最高点俯视大海和田地。很长一段时间里车厢里只有我和司机，还有一只停留在车窗上的来历不明的昆虫，外形介于蜜蜂和飞蛾之间，一动不动。下车的时候不必按铃，上车时告诉司机要去的餐厅，他就会开到正门前停下，这是临出门时旅馆的老板告诉我的。与论岛的巴士每小时只有一班，岛民多有私家车，几乎没人搭车。搭车不必非要去车站，随处遇到随处招手就好，自然也可随处到随处停。

连续两天在同一家店吃午餐，做饭的人从女老板换成了男老板，端上的还是一样结着冰凉水珠的啤酒。我不再看菜单，指着隔壁桌上的一盘烧肉说："也要一样的！"果然美味。午饭后也如同前日一样，散步去了港口高台上的咖啡厅，店里养着一只黄白两色的猫，已经能够和我亲昵，前日因为暴雨无法踏足的露台，也终于成了我一个人的包场。和店主眼神交汇的一瞬她已经认出我来："今天有モリンガ蛋糕哦！"那是她极为推荐的用岛上的某种植物做成的蛋糕。

我在露台上等待落日的时间里读着一本书，是一个韩国人在7年前的冬天写的。

与其说是书，其实更像是那种自费出版的小册子，薄薄一本，以他拍摄的与论岛照片为主：大海和天空，商店和民宿，孩子和猫，某天骑自行车环岛一周，某天参加岛上的徒步大会……文字是补充说明，记录着从2010年10月10日至11月11日期间，他在岛上度过了怎样的生活。

这位韩国人也是因为《眼镜》来到与论岛的，2008年夏天他就来过一次，先是搭乘了两小时飞机，又换乘了二十小时的船。店主端上蛋糕时又递给我一本新的册子，是这个韩国人在2014年8月留下的。里面记录了他在2013年1月至7月间在岛上的生活。这次他足足待了半年，又做了许多新的尝试：在沙滩上搭帐篷过了几夜，还参加了岛上的马拉松大会。他写道："岛上最好的居酒屋是茶花港，一定要去试一试。"每一本小册子的落款处都写着：对与论岛和啤酒感兴趣的地球人。

一直读到日落，回过神来，下午茶时分熙熙攘攘的店内已经没有了人，店主坐在厨房里，手上端着一杯见底的咖啡，呆呆出神。

"要营业到几点呢？"我走过去问她。

"一个小时以前。"她回过神来，笑着说。

"抱歉，赖到这么晚才走。"

散步所见，"活过来"的潜水服

"没有啦，今天难得放晴，你能悠然看落日，我也很高兴。"

"晴天的茶花港真是美丽。"

"是啊……在与论岛待到什么时候？"

"明天就走了。"

"那今天是最后的落日了。"她露出惋惜的神情，"还会再来吧？"

"像那个韩国人一样吗？"

"像那个韩国人一样，"她又笑起来，"成为我们店里的常客！"

听说那位对与论岛和啤酒感兴趣的地球人，经常窝在这间咖啡馆里，还在这里举办了韩语学习班和韩国料理大会。"真好啊，下次我也这么做吧，举办中文学习班和中华料理大会吧。"我也心血来潮

纵身入

山海

地和店主约定了。

　　想要借由旅行获得另一段人生的人们，为什么会爱上《眼镜》呢？电影讲的是这样一个故事：彼此并不知道身份的人们从各地而来，每年春天在与论岛上短暂停留，夏天到来前就离开。最终人们也互不知道对方的故事、来历和去处，可是那一点都不重要。只要在这个岛上，他们就能一起生活，每天在海岸上做操，吃一碗甘甜的刨冰，度过余生，这就是生活的本质。

　　关于如何度过余生，电影里的人说：关键是，不要心急。

　　我到达与论岛的那个下午暴雨滂沱，听说雨已经连续下了10天，天气预报表示未来10天内仍然没有打住的势头。夜晚又下了不间断的雨，次日吃早餐的时候天气形势依然不乐观，我在这岛上只有两天的停留时间，很担心百合之滨和"眼镜海岸"都见不着了。可就在旅馆的老太太从厨房里走出来递给我一杯咖啡的瞬间，阳光突然从海面上宣泄而下。

　　原来是这个意思。不要心急，不要反复确认天气和行程，大海的心情变幻无常，下一秒就会变成碧绿色的宝石。关键是，对天气和对人生，都不要心急。

　　日落之后，我离开高台上的咖啡馆，照例穿过只有300米的繁华街，远远传来一声惊呼："啊！"抬头一看，迎面走来早晨在百合之滨遇见的年轻情侣，女孩有细长的眉眼，男孩会在下船的时候替她护住门栏。后来他们一起穿着潜水衣坐在海滩上，是在电影里会看见的那种爱情还很年轻的样子。

　　"去哪里呢？"我问他们。

　　"吃烤肉去。"

"今天后来做什么啦？"

"骑自行车了。"

"不热吗？"

"热啊，你看我都晒伤了。"女孩抬起胳膊给我看。

我突然想起来："今天给你们拍了一张好照片呢。发给你们吧？"

在与论岛相遇的人应该就是这样吧。我们互相交换了联系方式，祝福了彼此未来的旅程之后，大声说着"Byebye"，朝着相反的方向各自走去。在与论岛相遇的人应该就是这样吧。和每个路遇的人都像是昨天才见过面的邻居，人和人之间有自来熟的温情维系，不需要像日常生活中那样以距离来维持安全感，是一种舍弃了开场白的温情。在这个疏离的国家生活久了，才发觉南方岛屿上的人们是多么可爱。所以这就是人们在旅途中要寻找的自由吗？每年都有许多女性因为《眼镜》独自来到与论岛，也因为在这里能够度过什么都不用做的自由时光。

离开与论岛之前，我去了韩国人小册子中写的茶花海岸，坐在防波堤上喝了冰啤酒。海浪拍打着岸，微雨落在海面之上，海水一如既往拥有着透明而纯粹的美丽。这个什么都不会发生的地方，有我不舍得告别的一段旅途，我又读了一遍加濑亮在电影中念过的诗：

> 我知道什么是自由，请沿着路直直地走下去。不要靠近深海，你的这些话语我不予理睬。月光洒满所有街道，黑暗中游动的鱼儿仿佛宝石一般。偶然，作为人类被召唤于此的我，在惧怕着些什么，在与何物争斗，是时候放下肩上的重担……请给予我力量，让我更加善良的力量。我知道什么是自由。

我知道什么是自由。自由也许是，我不想拥有海，我想要变成海。

做一个最孤独的人，
为什么不呢

第一次看到"田中一村"这个名字，是在村上春树的读者问答专栏里。他收藏了一张理查德·维扬兹的唱片，没有封套，就自己做了一个，成为独一无二的爱物。那个封套上有一只啄木鸟置身于南国乱放的群花中，正是田中一村的《花与鸟》。

"我非常喜欢这个人的画，专门跑去奄美大岛看了。也去了他曾经住过的家。"村上春树说。

第二次看到"田中一村"这个名字，是在高仓健的随笔集《南极的企鹅》中，其中有个故事名叫《奄美的画家和少女》：奄美的麻风病疗养院里住着一个少女，被迫与父母隔离，孤单地生活着，某天，画家和少女相遇了，替她绘制了一张母亲的画像，那是少女最开心的一天，画像终日不离手。

"田中一村是这个画家的名字。他在奄美一意孤行地只画自己想

纵
身
入

山
海

一村死去的家

画的画，坚信自己是为了画画而生存于这个世界的。在世的时候，他的画作并未得到世界的承认。即便如此，他也并未绝望，从没被贫穷打败……一村去世之后，我才第一次看到他的画，满溢着南国岛屿上旺盛的生命力，满溢着画家本人的生命力。就像是把自己的余命一点点削下来，完全融入颜料中的画作。"高仓健说。

我后知后觉，才意识到过去在许多冲绳餐馆里都见过田中一村的画，色彩鲜艳浓烈，主角是亚热带鸟鱼和花草树木。也渐渐知道了一些他的故事：1908 年出生于栃木县，7 岁被视作画坛神童，18 岁进入东京美术学校，专攻日本画，同学中有东山魁夷、桥本明治和加藤荣三，都是后来日本画坛中大名鼎鼎的人物，并称为"花之六年组"。

然而与诸位同学的命运截然不同，一村至死也未能成为大众画家。30岁那年他的作品入选青龙展，却因与主流画坛意见不合，坚决请辞，渐渐和画坛断绝了联系——这是他唯一一次入选公募画展的经历。这个后来被日本绘画界认为是天才的人物，在50岁时移居到了偏僻的奄美大岛，平日在染物工厂里做工，挣些生活费，就窝在小木屋里画画——直至69岁去世，他一直过着离群索居、没有社交的独身生活。而要一直到他去世近10年之后，人们才偶然发现了他笔下的自然万物，惊为天作："田中一村，被画坛遗忘的天才，探究日本画正道的孤高画家。"

夏天我去了一趟奄美大岛，一来是想亲眼看看那些画中的亚热带风景，二来是想寻找田中一村的足迹。1958年末，田中一村结束了自己在千叶的生活，仅带上画具，开始了流浪之旅。带着某种在知天命之年自断生活后路的决然，他从沼津行至大阪，然后到达博多和长崎，沿途写生作画，最后从鹿儿岛港乘船，在拥挤吵闹的三等客室里一夜未合眼，经过18个小时的船旅，终于来到了383公里以外的奄美大岛。彼时这个漂泊在南国海面上的孤岛，绝不是用来消遣时光的浪漫乐园，它在5年前才刚刚回归日本，落后贫穷，外人鲜少踏足，直至冲绳回归前，它在很长一段时间里都是"日本最南端之地"。

那个冬天，映入一村眼帘的是无穷无尽的生命，就像后来我在他的画中看到的那样：从港口通往集落的路上，巨大的榕树从泥土里露出狰狞的根茎，高高的树枝上垂下怪异的气根，山间遍布着厚实的亚热带植物群，红色的扶桑花和三角梅在微寒的空气中怒放，平顶的狭窄民居挤在一起，是淡淡的生活气息。这般在从前的日本画中从未见过的光景，让拿着画笔的一村情绪高涨。

时隔 60 年后的夏天，我下了飞机直奔田中一村纪念美术馆而去。一个偏僻的岛上能有这样一座现代造型的美术馆令我感到惊讶：几栋展馆的外观再现了奄美名为"高仓"的高床式仓库，漂浮于水面之上，像是群岛，又有些科幻感，四面玻璃，垂下稀疏草帘，透过缝隙能看见园内生长着大片植物。

　　这间美术馆展示着一村创作于东京、千叶和奄美时代的超过 80 幅作品。尽管已经在反复翻阅的画册里见过那些树木花朵鸟蝶鱼，但看到它们真实地存在于自然中时，我还是在内心低呼了一声：是天才啊。

　　有一幅创作于 1962 年的《初夏海边的赤翡翠》，画中槟榔树的阔叶从天空垂下，下方长满了浅绿色的蔓荆，正开着细碎的小花，又有金森女贞和浜木棉，细长的白色花瓣卷曲柔软，仿佛正发出微弱光芒。在植物生长得肆无忌惮之处，一只黄色羽毛的赤翡翠鸟站立于断崖岩石之上，尖长的喙与远方的海面平行，表情孤绝。是一幅能让人内心感到安宁的画，有些许神秘气息，又有某种安身于自然的淡定坦然。

　　"站在田中一村的画前，时常会感觉到战栗。"某位岛上的诗人曾说。

　　画了大量植物和鸟类之后，一村才开始画鱼类。他为迎接自己的古稀之年画了一幅《虾与鱼》，画面上挤满了虾和热带鱼，密集度超乎寻常。在这幅画旁边，展示着一村的素描草稿，如何把鱼鳞精确到一片一片，如何把虾钳上的细毛精确到一根一根——似乎不能称之为画作草稿，该叫它动物图鉴。

　　在一村的写生本里，类似这样的花草虫鸟草稿有许多，偶尔他会用相机将眼前所见拍摄下来，也会捕捉蝴蝶和昆虫。遇到珍稀的植物和鸟类，总要去查找植物图鉴和虫鸟图鉴，完全是植物学家的田野调查模式。一村最讨厌的事情就是对自然作假，一旦选定某种植物进行素描，就要对它追究到穷尽；如果画一只鸟，就要观察它的各种动作姿态，从不同角度进行描绘，如果那只鸟并没有展现出他想要的姿势，一村定会在一旁默默等下去，直至它终于展示出理想中的姿态。

一村曾说："自然万物中一定存在着某种必然性，这份必然性之中蕴藏着生命。因此自然万物中，谎言和欺骗没有藏身之地。如果在绘画中不尊重这份自然的特性，就等同于丧失了生命力。"正是因为这份尊重，我们甚至可以把一村的画集当作植物鸟类图鉴来阅读。

在奄美的第二天，我去了岛上的织物工场。奄美的织物技术源于印度，同时加入了岛国自古传承下来的泥染法，拥有日本其他地方难以望其项背的职人技，还残留着农业社会的剪影。耗时漫长，如果需要一块纹样，至少要等上一年才能完成——我在那间工厂里见到过一个女人，她说自己 30 年来都在做着同样的工作，而每天纺织的极限仅有 30 厘米。

我之所以要去拜访一家织物工厂，还是为了寻找田中一村。

在奄美旅行期间，一村从南国的自然中得到了新的灵感，认定这是自己将要倾注一生描绘的风景。他在 52 岁时短暂地回了一趟千叶，未待满一年就又来到了奄美，找了间月租 4000 日元的小木屋，算是定居了下来。一村非常喜欢这个新家，它离市中心不远，又完全置身自然之中。屋后是亚热带树林茂盛的群山，庭院里珍稀的鸟类和蝴蝶飞来飞去，偶尔也会有凶猛剧毒的波布蛇出没，对于崇尚"大隐隐于世"这一古老中国思想的一村来说，是理想的居所。

自 50 岁时起，一村在奄美生活了 19 年，生活和绘画都是一场苦斗。为了挣够能让他继续绘画的生活费，他在岛上四处寻找合适的工作。最初通过熟人的介绍，在家里摆上了纺织机织布，但因为技术有限，并不能卖出高价，难以为继。54岁时，他得到了一份在大岛䌷工厂里染色的工作，用传统泥染法给白色的绢丝上色，这份简单枯燥的工作，每天可以带给他450日元的收入。关于这段经历，在一村的某封信里有过只言片语的记载："工厂位于海边的小集落里，空气清澄，但夏天的厂房内，就像地狱的油锅一样炙热。"

作为染色工人的田中一村，是一个最普通而孤僻的小老头。他每天步行几公里去工厂上班，埋头于工作之中，从不主动和工友寒暄，尽量不听别人的闲话，也绝口不提自己的事。有时在工友的强烈要求下，他会拿出一两张作品给大家看，画的是斗鸡或鸟类，以及各种热带鱼。

有朋友来访，问他为什么不卖画，他回答："为了卖画而作画这件事让我非常难受。我是带着自己身为'日本第二'的画家的立场在作画的，因此，只能以成为'日本第一'为目标而作画。"他拿着在大岛䌷工厂极为低廉的工资，以一个织物工人的低姿态来完成余生的创作，完全不考虑画坛趋势和当下的鉴赏态度，只画自己的良心能够接受的画。在一村的内心深处，有一个坚定的信念："画画这件事，画家不身处贫乏生活中就不能诞生好作品。"在一幅画作中，他送给自己三个字：饥驱我。源于陶渊明的《乞食》：饥来驱我去，不知竟何之？

在大岛䌷工厂工作了5年，一村的存折上攒下了60万日元。像一开始计划好的那样，他辞去了工作，决定在最低标准的生活中专心画画。"先这么画3年，我再来工作。"59岁的一村说。

中年一村

老年一村

纵身入

山海

这段时间是他一生产量最高的时期，虽然人到老年，在绸工厂的工作也令他的视力大大下降，体力极度衰弱，但他还是坚持着高强度的作画节奏，即便是正月，也一天都不休息，连续不断地作着画。

后来的人们评论说，一村在这个时期画出了堪称自己"人生总决算"的作品，开始表现出山川草木的生命力，连断崖和岩石都在他笔下活了过来。他日日长久地凝视着身边的生物，寻找其中的生命本质。

据说他曾在酷暑烈日当中，站在路边观看野草野花，一看就是二三十分钟，有时候是看野牡丹，有时候是野蓟，有时候是野菰……离去时，总要向花草鞠上一躬。

"一村桑，你这是在干吗呢？"终于有邻居忍不住问。

"野草野花，总是以美的姿态出现于人前。即便被踩踏被蹂躏，仍然顽强地生长着，一旦到了时节，必然竭尽全力地怒放，就像要努力对我传达些什么似的。这种时候我总是很开心，心中充满了感谢之情。"

60 岁那年，一村在寄给友人的明信片上写道：感谢命运之神给予我如此巨大的恩惠，如果这是我绘画事业的终点，我也不会再有任何不甘和悔恨。比起旅行、观察、写生，然后回到画室里作画，"生活在题材之中"这件事令我涌起更多幸福的实感。

在奄美的最后一天，我搭乘巴士从北部前往南部，在暴雨中走进集落，在集落中朝着远山走去，目的地是"田中一村终焉之地"。那是一间如今等同于废屋的建筑，69 岁的一村在准备晚饭时，因为心脏病突发倒在了这栋屋子的厨房里，再没醒来。他也死在了"题材之中"。

雨后的小木屋深陷泥泞，大门紧闭，木头墙壁上有许多破洞。

我透过其中一个望进去，原来一个人的一生，就是十叠榻榻米的容量。屋内角落里堆积着某场活动的宣传板，地上散落着空余的饮料瓶和洗剂瓶，是那样破旧，又脏乱不堪。用稀松木材搭起的简易建筑，天井和四壁都透着光，在日出时分乱射的光线之中，想必睡眠不会太好。如此这样，也是一个人的一生。

后来我才知道，并不是一村死后这里才变成一间废屋的，他居住时就已是这样。我看过那仅存的寥寥几张照片：为了作画，他总是赤裸着上半身坐在这屋子的墙角，皮肤晒得黝黑，瘦到只剩骨架，木头的缝隙里透进光来，洒在满地的画纸和绘具之上。

那时候的一村，在院子里开辟出五坪大小的空地，改造成了菜园。他从来不在外面吃饭，总是回到家里自己下厨，食材全部是自己栽种的蔬菜，只加一点盐，半生不熟地吃，至多再加一些豆腐。偶尔被邀请去外食，也并不太吃鱼类和肉类。有人担心他的身体，他回答："蔬菜是最符合我身体需求的食物，我的烹饪技术堪比高级料亭的主厨。"

一村死去两年后，他在各地的朋友们赶到奄美，为他举办了遗作展，引发了小小的轰动。又过了五年，NHK 的招牌节目《日曜日的美术馆》以"黑潮的画谱"为题制作了田中一村特集，他在一夜之间获得了爆发性增长的人气，不仅是那些画作，就连生活方式都成了人们追捧的焦点。

今天的奄美岛上，处处都是一村的身影，从观光中心到家庭餐厅，总能见着一村的画作。尽管只在岛上生活了十九年，他已是无人不知。人们并不把他视为外人，认为他是真正的"奄美之光"。

在织物工厂里，一个讲解的工作人员跟我聊起一村，说："田中是个伟大的人，到了岛上之后，他终于找到了自己。"

"昨天我在美术馆里见过他的两张照片，来这里定居之前和之后完全是不同的人。"我说。

"在奄美大岛上，他决心不再以'出世'为诉求，不为了众人也不为了世界作画，只想创作'自我'的作品。"这位工作人员对一村了解颇深，"起初他作为一个旅人来到这岛上采风，还是站在一个画家的角度。画家嘛，你知道的，总是高高在上俯视着这个世界。后来他进入这里，嗯，彻底地进入了奄美的自然世界，和他笔下的那些植物鸟类一样，以同样的姿态存活下去。于是，他成了他自己。"

我在美术馆见到的那两张被放得很大的照片，一张是作为旅人初次到来奄美的一村，穿着传统的和服坐在一棵槟榔树下写生，脸上斗志昂扬，隐约还流露出些自负神情，是一张职业画家的标准照；另一张拍摄于晚年，他头发花白，瘦骨嶙峋，赤裸着上半身，是个精神抖擞的小老头，洋溢着比年轻时更蓬勃的生命力，看上去已经成为生活的一部分，成为奄美自然中枝叶藤蔓一般的存在。

晚年一村的画作中，最常出现逆光的风景，例如在一个早晨，他把朝阳当作背景，画下从逆光中浮现出的槟榔树的影子。这逆光的风景，兴许就是他的一生。就像那只黄色的赤翡翠鸟，后来又在他的画作中数次登场，或是包裹在绿叶之中，或是立于断崖之上，却都无一例外地身处逆光之中，有茂密的森林作为庇护，在阴暗中长久地凝视着外界强烈的阳光，神情坚毅。

如今我把一村的画作挂在家里，也时常凝视着那只赤翡翠鸟。有着黄色羽毛的小鸟在逆光之中的坚毅孤独，令我懂得了那句对一村的评价："与其说他的生活是怀才不遇，不如说是作为艺术家真正的矜持。"

瀬戸内海的另一种表情

奈良

入得山中，且听风吟

前些年一起在京都看红叶的后辈，今年相约去奈良看芒草。开车前往曾尔高原的路上，阳光和煦温暖，收音机里正在播放天气预报：多云，偶尔晴朗。我很喜欢这个表述，内心跟着默念了好几次，觉得说的也是人生。转头望向窗外，山间挂满柿子，层林渐红，长长的隧道尽头，群山扑面而来。

"你感觉它在向你走来吗？"后辈开着车。

"我感觉到它在拥抱我。"我凝视着群山。

三连休的最后一天，人们纷纷来奈良看山。我俩被困在山脚近两个小时，终于穿过人群登向山顶，逆着众人的方向，去往另外一个冷清的山头——那里只有一个男人和一条狗结伴而坐，分食着一个饭团。我们就也只是坐下，在短暂的沉默之中，看光线在山脊上流动。秋原在广阔的脚下，芒草逆着阳光，在风中摇曳。我知道芒草的花语：心灵相通，无论身处怎样的困境都不认输的旺盛生命力。这晚也住在无人的山中，从附近的道之驿买了肉类、蔬菜和啤酒，在空地上生起炭火，做了简单的 BBQ，谈话间抬起头来，头顶星河璀璨明亮，我们互相猜测着：看见的应该是北斗七星和猎户星座。

次日清晨起床，三只鹿在停车场闲逛，听见人声，慌张跑进杉树林。我们站在刷牙处，眼看着晨曦把远山染红。奈良的植被有着惊人的丰茂，空气的清新灌入心肺。记忆中也曾有这样的体验。曾在奈良山间的野营地夜宿，也是小春日和的秋冬之交，连日在山中漫游，深夜的山道上突然就有一两只鹿蹿出来，在汽车的前方飞奔，像身手矫健的领跑队员。秋夜寒冷，抬头看星空的时候整个人都在颤抖。不知为何也记得刷牙的场景：站在河流旁，早上 5 点的世界先是清澈澄明的水色，接着群山醒来，腾起雾气，像是有了魂魄。

微雨古寺

在日本，奈良是给我感动最多的地方，有着无处不渗透的生命力。人们说它是日本文化的开端，我觉得它也像是万物的起源。

奈良的好，是在交通不便的深山里，微雨的古寺旁一株桃花正在绽放。室生寺的金堂里，曾有一位退休后无偿在这里工作的老人向我讲解了诸佛像：十一面观音为何长着童颜，药师如来的药瓶为何画在屋檐上，十二神将各自都有怎样的昵称……末了，又指着站在门前卖票的人：那一位，是和尚。

奈良的好，是让京都望而不得，羡慕得抓狂的那种好。奈良的寺院是真正的古老，保存完好，唐招提寺和法隆寺是我在春秋都会去许多次的地方，盛放在蝉鸣声中的各种荷花都见过，傍晚殿内例行的诵经也撞见过，成为让人生按下暂停键的片刻。奈良

奈良的山

的佛像最好看，我不能忘掉兴福寺的三面阿修罗，不只是出于对少年的热爱，而是那些无法顺利过渡的忧伤和愤怒，像内心的一个参照物。

奈良的好，是群山和植物的好，是寺院和佛像的好，也是遇见人的好，像随意走进小小食堂会看到的几个字：慈眼视众生。在奈良总有亲切。一次因为大雨被困在山中，和偶遇的夫妇有过长长的谈话，待雨势打住之后，他们领我下山："搭我们的车，送你去车站吧。"

生长在奈良的万物一定都温柔啊，山川草木都温柔的地方，人就也温柔。

有风来自吉野山顶

我在早晨 4 点半醒来，都是鸟叫得太热闹的缘故。昨晚我住在半山腰，房间窗户对着一片竹林，四周再无建筑，唯空山一座，向我展示出惊人的寂静，连青蛙和昆虫都销声匿迹。

在丧失声音的深山里，嗅觉变得特别敏锐，站在玄关处闻到浓郁的花香，像茉莉掺杂着金桂，然而两种花的花期都不在这个季节。临睡前和民宿的女将一顿搜寻，也没能找着那香气的来源——片山小姐也才搬进吉野山数月，和我一样是生手。

深夜我开了一扇窗，能稍稍听到些清风掠过竹林的声音，才安下心来：并非我丧失了听觉。深夜我开了一扇窗，清晨就要接受被鸟叫声吵醒的后果。我对鸟类一无所知，束手无策，只能睁大眼听着，想起来小时候家门口正对着的那片湖，湖后的小山上常常开满忍冬花，忍冬香得让人头疼之际，山里也会传来类似的鸟叫声，在每个出门上学的清晨。

从前我以为那片湖无底，而那座山无边，因为那湖里总淹死人，那山中总藏着人。因为父母的关系，我 12 岁之前都住在那种被人们称为"劳教农场"的地方，距离最近的城市需要半个小时的车程，周边全是荒山野岭，在这样狭小而封闭的社区里，人们大抵互相认识。从前我确实认为那座山没有尽头，论据是隔三岔五总会听说又有哪位长辈要去搜山，经常半夜三更也去，有时却也徒劳而归。此刻想起来，当时这些被我视为日常生活佐料的事，其实有着一个非常戏剧化的名字：越狱。我上了中学就搬进城市里，离开那个有诸多光怪陆离之事的地方，从此离山和湖也远了，也不知道连夜藏进深山中的那些人，最终通往了哪一条路。

这些只是我在早晨4点半的山里突然苏醒的童年记忆。记忆里的那座山上长满松树，不像这个早晨我面对的，是一片尚未长出新叶的竹林。昨晚在我的强烈要求下，终于得以将房间从面朝道路的一侧换到了面向山谷的一侧。"可是这片竹林完全不美啊，没问题吗？"片山小姐略有些担心。山上的旅馆都有一定年头了，片山小姐的这家女性专用民宿却是新开的，条件虽然简陋，但晚上她会带我去藏王堂看特别开帐的秘佛，也会开车送我去附近的温泉旅馆泡个汤。

如果早晨4点半的第一缕阳光洒进竹林，又恰好在枝干上留下斑驳的块状，它自然就会美了。万事万物在这世界刚开始的瞬间，都定会展现出动人的美。何况世界对深山总比对别处宽容，允许它的白天提前开场，比别处更加缓长，尚在早晨4点半就天光大亮。

几个小时后，我和片山小姐坐在一楼的客厅里喝着咖啡。她刚起床就开始磨豆子，执意不肯收钱，因为聊起了一些山里的快乐事。我内心纠结着，不知这个白天是该向下还是向上——向下有热闹街市，有可以对着群山发呆的豆腐名店，有一间我在樱花季未能挤进去的神社；但向上有山，一直是山，能看见远方更加无穷无尽的山，能始终走在山间，始终走在林间，最后到达山顶。

前往山上最出名的金峰山寺没有公共交通，人们只能选择坐缆车到中千本入口，或是搭巴士到中千本公园，两种都要再步行一段。据片山小姐说，樱花季更加苦不堪言，山道从早上6点就开始大堵车，持续至深夜不间断，住在山上的人，连下山买东西都难以成行，束手无策。好在只有一个月，每年就束手无策过一个月吧。山下的人挤着来看樱花，山上的人却只想要宽敞的马路，但穿过吉野山心脏地段的路只有一条，被列入了世界文化遗产的那一部分，经不起太大车流量，那是 1300 年来，每一个心怀恻隐的参拜者一步步登上的山路。我让片山小姐举出她在吉野山上最喜欢的三个地方，发现其中有两个在山上，就决定徒步上山去。

走上早晨 10 点的山路，民宿才刚刚开门，有老人坐在门前吃饼，和店主老太太聊着天。路旁时而会摆上一两张长长的石椅，是专门为登山者设置的观景位。如果坐下，就能听见远方传来藏王堂报时的撞钟声，风一阵推着一阵，以清脆的鸟叫声收场。昨天的一场大雨毫无踪迹，天上划过夏天长长的飞行机云。山上的风太快了，快到亲眼见了飞行机云也会流动，也像参拜者走过长长的路。

后来就绕进林间，毫无计划地乱走，反应过来，已经站在大片笔直的松树之中了，鲜绿的青藤爬满树干，又攀缘至树冠。想起安藤忠雄在大阪有个都市计划：在某栋圆形高楼外种下大堆爬山虎，说要在 10 年内让它们爬满整栋楼。这灵光一闪的浪漫想法，兴许也是从山间得来的灵感，但山间的规律如何能运用于都市呢？那爬山虎大约只爬了两层高，就显出倦态颓势，再也不肯往上去，只靠一口懒散的气活着。和活在山间的生物相比，活在都市间的生物实在缺乏养分，难以对生命保持热情。

身后还是松树，眼前却是洒满阳光的山坡，栽种着樱树，草地也是绿的，还要走过年久失修的木桥，经过溪水枯竭的山谷，头顶偶尔有飞机经过的声音，然后就又起风了。山里开不了手机导航，即便开了也无法识别山路，只好胡乱地走。走在山里是这样，知道有路的地方就会有尽头，不用问通往哪里，终点一定是神社和寺院。走在山里的人常常停下来，有时是被草木鸟群所挽留，有时是群山像要交谈，留人不走。

如果山路被覆盖淹没，树是最后的指向标。"其实吉野山啊，也不是全体都种植着樱树，毕竟在千百年前人们并不是以观赏为目的种下它们的。眼前每一棵树，背后都是一个真实存在的人，他们在面朝远方藏王堂的地方，以栽种樱树的方式供奉神明，遥遥参拜，对着这树长久地许下虔诚心愿。"片山小姐是这么对我说的。

因此在吉野山上，只有朝向金峰山寺的一面才会在春天开满山樱。山上有墓地，墓碑也全都面朝藏王堂。那无数不被历史记住的人在吉野山种下樱树，也不知有多少归于此地的尘土。如今这些构成了赏樱名景的树，原本是多少和宏大叙事无关的艰难的心情？多少人生无以为继的绝望，多少黑暗中祈求的细小光芒，那些千年来走在这条路上的参拜者，再没有人关心他们后来"渡没渡"。听说奥千本一带近年来开始栽种新的樱树，号召社会大众捐赠认养，已完全是观光目的。再经过数百年，它们才能长成如今山下那些树林的样子。人类为何要迫不及待呢？明明只是被时间掠过。

我走在吉野山的时间里，远方的藏王堂中经久不息地传来法螺贝和撞钟的声音，还有唱诵经文的声音，即便站在最高处俯视它，那声音也像是自上面而来的，砸在心上。山岳修行这件事，若是不走过群山，参拜佛堂就没有意义。现代人从电车上下来，走进本堂看一尊佛像，以为观望了自己的心，其实没有人能不经过修行就看得清自己的心。

在吉野山上，现代人也有现代人的修行：投身于自然，想办法生活，如此建造内心。像我遇见的还十分年轻的片山小姐，几个月前辞掉了化学研究者的工作，从沿海的冈山来到奈良山里做一间小小的民宿的女将。我暗暗羡慕她的潇洒和自由，却在告别后看见她在脸书上写道："感到痛苦的日子，想在谁也没有的山里的某个角落，放声大哭一场。难过得无法抑制的时候，山上的孩子结伴来玩了，来的时机正好，恰好拯救了我。"人生是这样，无论是羡慕的还是被羡慕的，都在不被看见的地方努力挣扎着。

我离开吉野山一年后，片山小姐 30 岁了。这一年，她养了一只三色猫，成了金峰山寺修验道的行者，有时候吹着法螺贝行走于山间，有时候下山给人们做山岳信仰的讲座。半分女将，半分行者——她如此形容自己的生活。我在片山小姐的主页上看见，在每个天还不亮的早晨，她会沿着山道走去本堂诵经。早晨 4 点半鸟叫声喧嚣的时候，

从高处俯视所见的藏王堂

她会先稍稍登一段山——这个季节有云海在山谷升起，晴朗的空气里飘浮着冬天的气息，山里的冬天总是先来到；再向山下走去，经过最后的一户民家，穿过弥漫着野兽气息的森林，不时邂逅鹿群。森林的尽头有明亮的本堂，是她每天进行朝勤 🌿 的地方。走向本堂的这段路，被她称为自己小小的"起死回生"之道："每天早晨，我都在这里死过一次然后重生了，这些痕迹隐秘地刻在了今日之我的身体里。"朝行之后，阳光洒在山间，也照在了一个新生的她的身上。白云在头上如同波浪起伏，那个时候的天空，也像海。两年不见了，我想她应该从山那里学会了许多我所不知道的。

站在吉野山的山顶，我也曾经想过：万事万物在这世界刚开始的瞬间是什么样的？如果一切是开端就好了，就像走在山间能准确地预知风，就像一个即将到来的夏天的预感。因此我开始在想，如果预知了山顶的风，是不是就意味着相遇的开端呢？如果不是，希望我们拥有美好旅途。

在明日香村走错路才是正经事

就像这世上很多从走错路开始的美好旅途一样，周六早晨 9 点，我从飞鸟站走出来，直接在站前租了辆自行车，决定骑去 3.6 公里之外的稻渊梯田。正是春天将至未至之时，尽管心里很清楚这个季节看不到水稻美景，但我在半个月前就已做好决定：要去看一眼稻渊梯田。

🌿 朝勤：寺院早晨的念经活动。——作者注

半个月前一个失眠的深夜，我误入奈良观光网站，被一张照片迷了心窍。那是一片春日晨光中的梯田，秧苗才刚刚插下不多时，曙光从远方的山脊扩散开来，包裹着整片梯田，山峰倒映在浅水之中。是那么温暖的朝霞之色，使人意识到在这世界刚刚醒来的地方，有什么关于生命的事情正在开始。

　　出现在照片上的是稻渊梯田，位于奈良县中部的明日香村。此前就对这个遍布古代遗迹和田园风景的小村落略有耳闻，因日本作为中央集权律令制国家就是从这里诞生的，它常被称作"日本人的心灵故乡"。

　　然而我错误地估计了奈良的山。整个早上，我万分苦痛地在盘山公路上骑行着，沿着没有尽头的坂道不断攀爬而上。路途蜿蜒陡峭，

山间炊烟

需要大量体力，有种进退两难的窘迫。好几次我不得不跳下车来稍做歇息，拎着便当袋进行远足活动的小学生好几次从我身边经过，又弃我而去。

然而如果不是在奈良的山间走错路，我不会在终于到达顶峰的那一瞬，对出现在视野尽头的远山从心底腾起热爱：山还是枯萎的棕褐色，但在袅袅炊烟中，几株凤尾竹抢先绿了；红梅和白梅全都开得肆无忌惮，粉色的桃花也正值盛期，偶有蜡梅，发出惊人香气；一株红梅开在半山腰的小木屋前，树下停着一辆摩托车，不远处一位穿着雨鞋的老人走进菜地里，开始松土。

如果不是在奈良的山间走错路，我也不会在从最高点朝着群山俯冲而下的瞬间，感觉仿佛冲进了山的怀抱。春风拂面，路过面前插着油菜花的地藏菩萨，路过山间的伐木工人，路过在阳台上晒袜子的老太太，路过躺在千年古坟前的草坪上晒太阳的人们……春天正在到来，这毋庸置疑。

明日香村最知名的景点，是安置着日本最古老佛像的飞鸟寺。

寺内有一尊止利佛师雕刻的释迦如来，因遭遇数场大火，在脸上留下了一块块修补后的斑驳。寺院的老人出来讲解："它已经1408岁了，比奈良还要老，也比镰仓大佛年长650岁，算是大前辈了。但在这1400多年里，它始终在同样的位置上一动未动，不觉得是个奇迹吗？"我瞥见佛像前立着一块牌子："在心中默念着自己微小的心愿并合掌吧。"不少寺院会有合掌许愿的提示牌，而刻意强调"微小"的心愿，大概是飞鸟寺特有的平易近人之处。大佛确实随和：和京都那些戒备森严的寺院不同，这尊佛像可以供人随意拍照。那老人接着说："看看吧，它左脸严厉，右脸温柔。都喜欢拍右边的

飞鸟大佛的手

脸吧？"

　　我还不能准确感知那面容，反而是离开途中，从侧面屋梁的方框中看见了它的双手，是释迦如来常有的手印：施无畏与愿印 。曾读过几本"见佛"的书，说施无畏印意味着"不必恐惧"，但我始终觉得那更像是一个拒绝的手势——生人勿近。直到在昏暗的本堂侧面看见飞鸟大佛的右手，手掌前燃烧着一簇飘摇的烛火，才知道，那不

纵身入山海

是拒绝，是抚慰。不要畏惧，眼下有光。

那个下午，我坐在飞鸟寺开满春花的院子里，众多花木间立着一块牌子："待人如春，待己如秋。"白梅树上写满心愿的绘马喔啷作响，红白两色山茶花将要开败了，而灯台杜鹃和马醉木则要等到夏天才会迎来它们的花期。临近关门时，方才讲解的老人开始顺次清理赛钱箱，哗啦啦倒出一盆硬币，我从后门望出去，一条马路之隔的不远处，又有人在忙着刨土收菜。时间究竟有何意味呢？在奈良，只有季节变换，并无时间存在。

晚上住在明日香村的民宿里——比起京都，这里的民宿更像家——总共也就七八家，全由当地老年人经营。预约时要打电话去飞

来自明日香村民宿的预约信

鸟观光协会，然后对方会寄一封信来确认——以书信为契约的方式还没从奈良消失，让人觉得安心。我住在三世同堂的胁本家，家屋已有近300年历史，摆设动辄就是江户时代的屏风和明治时代的茶箱，胁本太太还用力踩了踩居间里一块现代的地毯："下面有个地道哦。"房间里摆着好几本厚厚的相册，是过去的住客站在院子里拍的纪念写真，旁边写着名字、住址和入住时间，有情侣、夫妇，有一人旅、同窗会、家族聚会、修学旅行……最旧的一本里面，竟然还是黑白照片。

"民宿经营了很多年吗？"我问。

"刚好50年吧。"胁本太太说。

晚餐之前的短暂时光，我在明日香村里散了个步，沿着小路爬上山丘，看见余晖下的远山轮廓在高透明度的空气中，露出轻薄淡然的层次感，山脚下稻田光影绰绰。一棵孤独的树在暮色之中，像春天来临前的每一天那样，屏住呼吸等待美景降临：三、二、一！夕阳匿入云中，天空开始变色：粉色、紫色、蓝色，一瞬一瞬，转瞬即逝。与其说飞鸟拥有日本的原风景，不如说它拥有某种生命起源的本质。我想这世界一定会安排某些人比较接近幸福，让他们辛勤耕耘，努力生活，也让他们每天看到飞鸟夕照，心存感激。

在胁本家的民宿里，晚餐是当地名物飞鸟锅。以新鲜牛奶为汤底，加入薄口酱油，把鸡肉、蔬菜、粉丝和年糕涮熟，最后像寿喜烧一样蘸着生鸡蛋吃。传说它最早是飞鸟时代来到此地的大唐僧人为了御寒而用山羊奶制作的一种锅料理，如今只能在冬天的明日香村吃到。我的隔壁桌坐了三个年近六十的女人，边吃边讨论着主妇的时间安排小窍门，最后又要求胁本太太在火锅里加入米饭和鸡蛋，煮一锅热气腾腾的杂炊。一位自称"江头"的女士告诉我，她们分别来自大阪、

飞鸟夕照

东京和埼玉，去年结识于奈良的一家染料工坊，自此常结伴旅行，专程来明日香村住一晚，因为明天是女儿节，隔壁的高取有一场町家雏人形展览，家家户户都会参加。

第二天，在江头女士的热情邀约下，我被载去高取市观看了佛像和人偶共处一堂的奇异曼荼罗 ，在用清泉水泡咖啡的小店里吃过午饭，又去了村里海拔最高处的公园。正对着公园的高台上有一户人家，自称姓"梅本"的太太拿出春天在门前拍的照片给我们看：铺天

曼荼罗：起源于印度的自然崇拜，是佛教中最早、最原始的宗教仪式之一。——作者注

女
儿
节
的
奇
异
曼
荼
罗

盖地，一个樱花汹涌的世界。又说道："虽然我们没有经营民宿，但如果你们愿意来看樱花，可以在家里住下。"又拿出一张纸，认真地写下地址和电话号码，还有夫妇二人的名字。最后，我又被江头女士带去见了她的旧识——84 岁的石田先生。在石田先生的菜地里，她们每人分到了一大堆刚挖出来的新鲜蔬菜。我推辞再三，终于还是被塞了一颗挂着泥土的卷心菜。

"这样真的好吗？"我心里过意不去。

"石田先生一个人住，平日里也很寂寞。我们这样来看看他，就是他人生中的快乐了。"江头女士说，"回家记得吃卷心菜哦。"

奈良的山可真温柔啊。那颗卷心菜巨大，我要整整一个月才能把它全部吃完。到了冬天，收到江头女士发来的消息："我们三人正商量明年也去高取呢，想要住在那间防沙公园附近的民家里，如果能在樱花满开的季节成行就最好了。"她附上三个笑脸，"因此非常想念你，过得还好吗？"

去圣林寺见十一面观音

多年前看土门拳的摄影集，记住了一尊十一面观音，位于奈良山间从未听说过名字的寺院，虽有历史，想必极小，不曾引人注目，也就没放在心上。只是久久不忘观后感：那尊观音可真是低眉顺眼啊。

过了几年，朋友借我一本书，主旨是探讨日本人的信仰心，颇为晦涩难懂。开篇就搬出这尊十一面观音来，说它"似神似人"，是"现身与魂魄的完美一体"。来了兴趣，翻出和辻哲郎的《古寺巡礼》来温习，原来他也给予这十一面观音至高的评价，认定它是佛像作为"幻像"的最高代表。便再也按捺不住，迫不及待想见一面。

该怎么形容圣林寺的十一面观音呢？

和所有资料图册中见过的相比，眼前的它都更显枯瘦。身为一尊观音，它的轮廓曲线确实以"丰满"为诉求，甚至能看出双下巴的线条，但奇妙之处也在这里：尽管丰满富态，不可否认有些许唐风，但它却依然是枯瘦的——脸是枯瘦的，有着紧致肌肉的上半身也是枯瘦的，坚定毅然的双腿之间还是枯瘦的——与斑驳的锈迹无关，就是一味地枯瘦着。

我被这找不出论据的枯瘦感镇住，更加认真地看，意识到更奇妙之处在于那双手：左手握住水瓶，右手空空下垂——握住的那只手却是在放空，水瓶像是失去重力的物质，悬浮在半空；空着的那只手却是在抓紧，指间掌心空无一物，却像是抓住了什么，一定有些什么在那里。

这尊十一面观音的羽衣比其他佛像的都更飘扬，似乎能够让人感知到风。有知情者说：这不是风，是"虚空"。我再也不觉得这十一面观音低眉顺眼了，因为又有知情者说：这不是回避或心虚的眼神，这是"视众生"。在它的身上，大约有一些人性所不能洞察的宇宙观，例如抓住的总是虚空，放开的总是永恒；又如所谓救赎，并不是直接到来；注视总是存在于间接之中，不在眼前，也许在脚下。

明白这个道理的时候，我正独自坐在佛堂中。这佛堂没有威严的大门，只有一扇简陋的掉漆铁门，上面贴着张纸，写道：为了避免阳光直射，进入后请随手关门。

于是便有了这一刻，外面艳阳高照，屋内昏暗斑驳。在这一刻之前，佛堂中坐着一对小情侣，见我走进，便起身离去。在这一刻之后，又推门走进一群遍路巡礼者，其中某位虔诚地参拜过后，转身望着我：

"你在素描？"

"没有，做点笔记。"

"一个人来的？"

"一个人来的。"

"一个人来这山里观光？"

"来看这尊十一面观音。"

"这样吗？加油啊，你！"

我在笔记中写下的是十一面观音像曾经被遗弃的故事。和辻哲郎在《古寺巡礼》中写道："我也是从别人那里听来的，到底有多少真实成分未可知，但据说这尊佛像原本是三轮山神宫寺的本尊，在明治维新的神佛分离运动中，迫于古神道教的权威，难逃被丢弃在路旁的悲运。日复一日，这尊高贵的观音横卧在覆满尘埃的杂草丛中。某天，真宗寺一间名叫圣林寺的小寺院的住持偶然路过看见，觉得这真是暴殄天物。'既然谁都不伸出手来，就由拙僧来守护它吧。'如此说着，将它搬回了自己的寺院。"

我走出圣林寺，等待巴士前往更深的山里。车迟迟不来，只得长久地遥望着一个年轻男人打理水田，他一步一后退，清理那些过密的秧苗，留出更广阔的空间。打理水田的男人看上去比任何一个游客都更悠闲，每往前走几步，总要停下来看看身后的远山。在我望向他而他望向山的反复之中，我终于意识到：他面朝群山的时间，远多于

打理水田的男人

照看水田的时间。

这真是非常奇妙的一个接力：在一尊初次见面却又相识已久的佛像前，一个陌生人诚恳地对我说了句"加油啊"，我又因为太赞赏这劳作与停顿的时间差，也对着那转身过来的年轻人说了声："加油啊。"

在更深的山里有一间谈山神社，我仅仅是喜欢这个名字，固执地认为是取自"让我们来谈谈山吧"之意，哪怕事实并非如此。谈山神社出现在 JR 东海公司最新一季的宣传海报上，在一个周日的下午游人激增，令人失去耐心。那海报呈现的堂前绿意也并不尽如人意，大约是因为从前见过京都浓郁的绿，觉得奈良的绿过于稀疏，有种怯怯的气场——和辻哲郎说大和山水如同少女，我却时而觉得它更像老太太，有一种见过了人世动荡变迁，却从来只是旁观，未曾争过输赢也就永远平和的气场。

有点赌气地爬上了谈山的后山。并不是太陡峭的山，大约 20 分钟就能走到山顶，但因为临近神社关门，上山和下山都没有同伴，独留一座空山。空山最好，空山里只有斑驳落日和杂草小道，每条小道的拐角都呈现出一种接纳的姿态，令走在山里有了和观看佛像时同样的心情，能感觉自己正在被接纳——被自然或是被神明，或是被自然与神明结为一体的宇宙。

在我即将抵达山顶时，终于见着了人影。出于这两年在日本练就的"遇见陌生人一定要兴高采烈"的自来熟，我向这对下山的中年人打招呼："你们好呀！"

"你好呀！"他们同样兴高采烈地转头看向我，"神社后面那个展望台很美哦！"

我于是没去神社，径直走上了右侧的小路，走过满地枯叶，站上了谈山的最高点。在这一天里，第一次听见风声呼啸而过，树干撞击着树干，木材发出哐啷声响。而我脚下，谈山脚下，是即将落日的大和平野，像神话里的都市一般，闪闪发光。

　　登上山顶的旅人，在下山的时候闻见花香却不知其名，听见鸟叫也不知其名，都是我们对这世界所知甚少。因此，若我们能以一种最为轻巧的方式热爱着这所知甚少的世界，便是足够，也是万幸。

　　就像眼前这闪闪发光的奈良群山，拥有我见过的最美丽的山线。动人源于温柔，能让旅人从润物细无声中得到抚慰的，都是那不显山见水的温柔。

　　你年轻，你热爱自由，你享受快乐，你勇敢追求，你想要征服一切。你是极好的。但只要有一次，只要有一次你感受到温柔的力量，从那之后，你便只会拥抱温柔的世界，爱温柔的人，也会努力温柔待万物。

　　因为，因为这宇宙中，比温柔还宝贵的品质，一个也没有。

下雨的时候，
主人多半不在家

开始觉得奈良拥有慑人心魂的温柔风景，源于一张照片。那场景固然是我已去过数次的法隆寺——不知是从远方哪座山头上俯拍而成，五重塔只剩顶端浅浅的轮廓，旁边燃烧着一轮将要沉下的红日——主角却是秋日广阔天空中大片稀疏的鱼鳞状云朵，被晚霞的余晖染为金橘橙黄，层叠渐淡——是那种令人笃定需要花很多运气才能遭遇的魔幻时刻。

后来知道，这张照片的名字叫作《斑鸠之里的落阳》。1977 年至 1981 年之间，70 岁的入江泰吉日复一日地前往奈良斑鸠地区，毫不厌倦地以同样的角度拍摄着同样的场景，终于在某天从法起寺走向法隆寺的途中，一个完美的黄昏从天而降。

秋天刚到，我从大阪搭电车去奈良，铁道两旁掠过碧绿稻田，头顶漂浮着大片云朵，间或有清风吹拂着大片荷叶，花朵已是全部凋

纵身入 山海

零，都是在我居住的城市见不到的乡村景致。这一天，我在入江泰吉纪念奈良市写真美术馆看了一场展览，展出的摄影作品来自他的三部代表作：1970 年的《古色大和路 》，1974 年的《万叶大和路》和1976 年的《花大和》——40 多年前的作品中流淌着静谧的温柔，竟和我几个小时前在电车上目睹的大和风物并无二致，似乎这就应该是奈良永恒的基调，拥有不受时间侵蚀的内在能量。71 岁那年，入江泰吉凭借这些风景照获得了第 24 回菊池宽奖，人们说他"用卓越的摄影艺术表现了古都奈良的寺社和自然之美"。

去世 25 年后，入江泰吉仍被认为是最会表现奈良大和路的摄影师。

大和路：指奈良县西北部的奈良盆地及周边山地。——编者注

他的镜头里没有任何标新立异的元素，摄影评论家饭泽耕太郎称之为"伟大的凡庸"："评论入江泰吉不是一件简单的事情，尽管他拍摄的并非那些含有复杂元素的难以解读的写真。但是，像入江这样广为人知、沁透于人们记忆深处的写真几乎再无其二。毫无疑问，当提起'奈良'，或是提起'大和路'时，无论是谁的脑海里都会首先浮现出好几幅他的作品，被入江的写真迷住而专程跑去大和的人也不在少数。"

出生于奈良的入江泰吉不是一开始就将镜头对准了故乡。他的第一份工作是在大阪经营一家名叫"光芸社"的写真器材店，同一时期，他开始拍摄日本传统文乐人形，随之获得"世界移动写真展"一等奖并凭此作为摄影师出道。转折发生在1945年3月14日，大阪遭遇空袭的那一天，店铺和家屋一瞬化为灰烬，他几乎以一种逃难的姿态躲回了老家奈良，随身仅带着几台常用的相机，其余一切摄影器材尽失。

突如其来的战难让这个40岁的男人对未来充满不安，在这人生中最艰难的一段，他在二手书店偶然邂逅了龟井胜一郎写的《大和古寺风物志》，其中有一段打动了他的心："从西之京行往药师寺和唐招提寺的途中初次接触到的春景色，令我感觉到：这可真是有着历史渊源的春天啊。像是这样高大的松树、树木的新叶和麦田，也许在任何地方都能见到，但一草一木却又都渗透着古都奈良独有的余香。那是包含着人类长久思考的风景发出的香味吧？从五重塔和伽蓝中腾起的1200年来的幽气，似乎长久地飘浮在这一带。"

《大和古寺风物志》慰藉了入江泰吉的心，眼前朝夕相处的大和路风景，果真一草一木都飘浮着古都的余香。以这本书为契机，战争结束后，他没有回到大阪，而是开始了"古寺遍历"之道，持续拍摄着大和古寺风物的日常景象。1958年，东京创元社出版了入江泰吉的写真集《大和路》，收录了136枚以风景和佛像为主题的写真，并由文学家志贺直哉撰写序言。这本书让他为众人所知，真正成为"大和路的写真家"。

"我的写真之路以战灾为契机，预想之外拍摄了故乡大和路10余年。6年前，我不可思议地在少年时代生长的街区找到一幢房子，就是现在居住的地方，位于东大寺境内。连我自己都吃惊的是，这长达10多年的岁月里，尽管每天走在同样的地方，却依然会感受到大和路回味不尽的魅力。随着季节变化的美丽自然，其中飘浮着的历史的气息令人怀念。还有，潜藏在佛教美术深处的谜也吸引了我的心。今后，我也想继续将这样的古都风物作为心灵的对象，作为镜头的主体，作为生活的联结点努力走下去。"在《大和路》的序言中，入江泰吉写下了这样的话。

当初在他看来漫长到不可思议的10年，却只是一个开始。同样的风景，他反复来往了40年，在不变的场所以不变的角度持续拍摄着风景和寺社。如同今天我们在照片中看见的那样：飞鸟和室生地区的山道，是他最爱漫步之地，到死也没拍腻；他也喜欢东大寺的戒坛院一带，距离住所只需步行一两分钟；从戒坛院走向讲堂和二月堂的一段，是他固定的散步路线；在新若草山上拍摄东大寺的大佛殿和兴福寺的五重塔，是他拍摄得最久的角度——樱花满开时，新绿时节下，漫山红叶里，大雪纷飞中……因为过多地融入了主观感情，一样的寺社，又被赋予了春之欢悦、夏之激烈、秋之寂寞和冬之肃杀。

正是因为这些枯燥的重复，我们在入江泰吉的作品中看到的那些奇迹时刻，就并非偶然，而是绝对的必然了。有一张名叫《二上山暮色》的代表作，因此地流传着大津皇子的悲剧传说，仅用美丽的夕阳无法呈现出入江泰吉的诉求，于是为了拍摄出二上山悲剧一幕的落日光景，他连续 10 天蹲守在同一地点，终于在第 11 天收拾器材准备离开时，漫天乌云滚滚袭来，成全了他毕生追求的一幕：平淡日常中一期一会的瞬间。

　　作家白洲正子回忆起入江泰吉时，谈及自己某次前往奈良，得到了入江太太美味的家宴款待，入江本人起初也热情活络，却在太阳开始落山、天色逐渐变化之时，突然变得坐立不安，最后说了句"失礼了"，慌慌张张拿着相机夺门而出。原来入江又去了东大寺的讲堂和戒坛院一带。正值红叶季，此前他已经连续数日前去确认树叶的染色程度和光线状态，这一天正好迎来了他等待已久的最佳拍摄瞬间。

　　这些瞬间通常发生在自然变化之中，除了夕阳，雾、雨、雪、朝阳和泥泞，都是他镜头里常出现的元素。入江去世后，夫人光枝证实了这一点：主人 🐛 非常喜欢雨和雾的风景，就算有客人在家里，一旦下起雨来，也会因为想要出门拍照而变得焦躁不安。不知道这个喜好的人也许会想，今天下雨了，入江应该会在家吧？于是便上门拜访。然而和普通人正相反，下雨的时候，主人多半不在家。

　　在入江泰吉走过的大和路上，一期一会的瞬间通常是指这样的时刻：倒映在水洼中的药师寺西塔，矗立在绽放芍药丛中的室生寺五重塔，唐招提寺讲堂的一尊佛像和它的影子掩藏在青叶之后，八钓之里的水田中一轮太阳落在稻苗间，薄雾笼罩的三轮山下鳞次栉比的奈良民家……这样的时刻，被后人称为"能够唤起日本人乡愁之心的大和路风景"。

如果试图按照年代顺序排列这些相片，会发现那些秀丽的大和风景正随着都市化进程中对自然的破坏而逐渐消失。入江本人在 1960 年出版的《大和路》第二辑中就预测到了这一点："'大和路'这个名字，回响着令人怀念的古寺和遗迹，回响着乡村风情的情趣，正徐徐地消失不见。"已经被战争毁坏的、即将被现代埋没的，必须竭尽全力用日常记录下来——这也许正是入江不厌倦反复和枯燥，必须用相机来确认大和"不变风物"的原因。

"入江的作品与其说是写真，不如说是想要留下大和路的心情。'想要拍摄能让人感觉到历史和历史中登场人物的写真'，这是入江常说的话。在他的风景中，能看见像亡灵一样的历史存在。"白洲正子说，"我们不应该把入江的作品当成写真来鉴赏，而是某种一起散步的心情。没有到过大和的人能够体会到入江作为'导游'的情绪——正因为他本人也深深迷恋着大和路，才能够把这份美妙传达给读者……我年轻的时候，对于入江这些溢满了迷恋之情的写真，会有种'是不是稍有些天真了'的疑问，但随着时间的流逝，我也开始体会到一心迷恋的好处。迷恋于这样的大和路风景、寺社、佛像，长眠于此的人们真的拥有过幸福的一生啊。"

拍摄大和路风景的同时，入江泰吉每年都会拍摄东大寺著名的水取行事 🌱，从世人还不知道这项活动的时候起，便开始每年按时签

🌱 水取行事：指奈良东大寺二月堂举行的汲水仪式。——编者注

到，宛如供奉大和的土地神一般，一味地持续对焦着。入江也沉迷于拍摄奈良的佛像：东大寺的月光菩萨、法隆寺的释迦三尊像、圣林寺的十一面观音像、药师寺的三尊像、唐招提寺的千手观音、法隆寺的百济观音……据说他最喜欢兴福寺的三面阿修罗，去世前躺在病床上，直至呼吸停止前的 5 分钟仍在为作品书写文字说明，他最后写下的一个字，正是阿修罗的"罗"字。

入江泰吉拍摄的药师寺，时常会出现在大阪和东京机场里的观光海报上，是奈良最有代表性的风景之一。我读过一篇药师寺的"官方回忆录"，说是战争刚结束，几乎还没有游客前往药师寺参拜之时，入江泰吉就经常前来拍照了。20 世纪 50 年代，药师寺副住持高田好胤意识到：比起前往日本各地做演讲，跟那些专程到寺里参拜的人讲话更加重要，尤其是背负着日本未来希望的修学旅行的学生们，在历史现场听取作为日本文化精髓的"佛教说法"意义重大。于是他亲自担任游客向导，向他们讲解通俗易懂的法话。在讲解的最后，高田一定会拿出入江拍摄的药师寺照片："这枚写真来自拍摄大和路的第一人入江先生，如果把这样美丽的风景装饰在自己的房间里，一定会成为美好的旅行回忆，也会怀念起日本的历史吧？"然后话锋一转，手指远处："你们看，那边正在拍照的就是入江先生。"据说当时这套写真四枚一组，学生们争相购买，每天平均能卖出一千套以上，是药师寺仅次于门票的最主要收入来源。

1982 年，药师寺的伽蓝重建之后，寺院又拜托入江泰吉拍摄了一枚新的写真，这就是后来著名的《宵月药师寺伽蓝》。隔着寺外的胜间田池望过去，对岸的西塔和金堂静静矗立在春日山之下，正值落日之际，一轮满月已早早高悬于青空之上。"真希望入江先生能将药师寺的变化继续拍摄下去啊。因为这样的心愿无法达成，感到十分悲伤。"入江去世若干年后，药师寺的工作人员仍然充满了感伤。

入江泰吉抢在时代之前举起了相机，这亦是大和古寺的幸运。才是战后不久，几乎没什么观光客，这使他可以记录无数如今已经无法再成为被拍摄对象的建筑和佛像。常年在大和路巡礼，也使他得到了奈良寺院和神社工作人员的深深信赖——吉野山上的水分神社供奉着一尊名为"玉依姬命座像"的女神像，是镰仓时代难得的色彩艳丽的杰作，绝不向众人公开，从前秩父宫王前往吉野时，想见此座神像也未能如愿，世上唯一一拍摄过它的人，正是入江泰吉。

去入江泰吉写真美术馆那天，正值日本最热闹的盂兰盆节期间。长假日的奈良熙熙攘攘，却仍有最后一个安静之地：位于东大寺境内的入江泰吉故居。它静静地隐藏在居民区中，入口不易察觉，庭院里众多山茶花树长势喜人，工作人员告诉我，这些都是入江泰吉亲手栽下的："先生是一个坚持手作之人，拍摄照片回家后，必然要首先给庭院除草，然后立刻躲进书房里，或做雕刻或写书法，或制作玻璃画，总之要让双手动起来。"

在入江泰吉的工作室里，不出所料有高大的书架，书籍多是关于大和历史和工艺的，意料之外的是，房间里摆满了他亲手雕刻的木头佛像，甚至连佛龛都是他自己打造的。唯一的书法作品，上书"山色清净身"几个字，是他从苏东坡那里借来的句子，站在窗前转身一看，和门栏上一个佛头互相照应，果真是入江风格。在那个秋日的午后，因为有微风，树影悠悠地晃动在障子上，树干把影子投射在墙壁上，让枝叶在榻榻米上绘出一幅画，以窗为画框，不断流动着。这是我第一次体会到"阴翳礼赞"的真实存在，是自然万物于寂静

阴翳的一个片段

中的动人之处。

"入江的工作是寂静的。喧哗之处半点儿也没有，全都是寂静的。拍摄大和风景也好，拍摄佛像也好，拍摄水取也好，皆在寂静之中。扭曲拍摄对象、强调拍摄对象之类的'喧闹'，半点儿也没有，只是坦率直白地呈现拍摄对象原本存在的姿态，入江本人就坐在那寂静之中。这不是谁都可以做到的事情。如实呈现对象的真实之姿，在对象真实的姿态中投入自己这件事，除了和对象朝夕相处、对事物内部拥有深刻理解之外别无他法。住在奈良的漫长岁月里，入江对大和的风景和古老的文物拥有常人无法比拟的爱意，同时亦有作为写真家对自己使命的认知，这是藏在寂静写真中的强烈能量。"如果我没记错，这话是井上靖说的。

入江泰吉

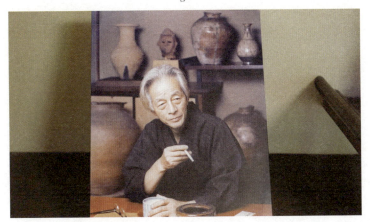

北海道

知床，直到大地尽头

大阪飞去知床的单程机票比往返上海的还要贵，但我很想念北海道。从女满别机场到半岛深处，搭巴士的时间比坐飞机还要多出一分钟，但逃离 9 月京都的炎夏来到北国微凉的秋天，心情是愉悦的。也乐于看海。我从前搭乘过流冰号列车，上了巴士立刻就明白了：应该挑哪个位置坐，海会在哪里。

北国的海没有颜色，晴天里也是雾蒙蒙的，但有奇异景观。我向来以为京都人站在鸭川里钓鱼已是不羁，但怎能和鄂霍次克海沿岸的人们相比呢？面朝大海架着一排整齐的鱼竿，没有尽头。勇敢的人们把裤脚卷至小腿，毅然站立在浪潮之中。这个季节，钓的又会是什么鱼？

知床是北海道东北部向鄂霍次克海突出的长约 70 公里的半岛，单从汉字无法揣测它的含义。这个词语音译自原住民爱奴人对此地的叫法：Siretok，意为"大地之果"，大地的尽头。我之所以来到知床，为的也是去一间大地尽头的酒店。多年前从一位导游朋友那里听说，知床的原始森林中有一间酒店，动物四处走来走去，能够超近距离观看熊。他记得熊，却不记得酒店的名字："你看看地图就知道，森林里只有一家酒店。"我果然在茂密的森林深处找到了那家秘境酒店，它的名字正如它的处境：地之涯。

　　巴士抵达终点站时，一辆白色面包车停在站前等我。这里是公共交通能抵达的最远处，但距离酒店尚有 20 分钟车程。前一天打电话去前台询问，工作人员说："没关系，可以去接你。"只要几分钟，面包车就会驶离集落，进入森林小道。我往窗外瞥了一眼，看见一个黑影，晃动一下，消失在草丛中。

"动物很多呢！"我掩饰不住高兴。

"看见什么了吗？"司机不为所动。

"草丛里有只鹿。"

"是虾夷鹿吧，这一带到处都有。"

"平时还能看到什么吗？"

"鹿啊，棕熊啊，狸猫啊……"

出现了！那个我期盼已久的生物名字。

"现在的季节还能看到棕熊吗？"

"运气好的话可以。"

我思考着"运气好"的含义，告诉司机：我一次也没见过野生的棕熊。"对你们来说，棕熊什么的，已经见怪不怪了吧？"

"习惯了，有时候开着车，就会有一头横在路中央，反正算不上什么惊喜了。"比起棕熊，司机对一辆翻倒在路边的越野车更感惊奇，探头出去，连连发出惊叹：啧啧，翻成这样。

转了一个弯，一座突兀的山峰耸入天际，没入云端。

"看到了吗？那是罗臼山。"

我听说过一些罗臼山的事情，知道它是知床半岛上最高的山，站在山顶的悬崖上俯视半岛，世界如同微缩的模型。不少登山客专程在夏季前来，也是为了亲自看到这样的绝妙景致。

"就是那座上下需要 8 个小时的罗臼山？可真高啊。"这样的山，在京都绝对不可能看得见。

"准确地说，是 9 个小时。非常辛苦，初级登山者不能驾驭。"像是已经说过千遍万遍，司机准确地说出了那个数字，"日本百名山之一，海拔 1661 米。"

又转了一个弯，前方有座桥，流水潺潺。"这条河流，不远处就
是入海口，经常会有棕熊来喝水和捕鱼。"司机指给我看左侧的浅滩，
那里空荡荡的，倒是路旁停满了车，举着"长枪短炮"的人们正在往
回走——原来是有名的棕熊目击地，吸引了摄影爱好者前来蹲守。

小面包车又向上开了一段，右侧的道路栏杆旁站着几个人，正
俯身拍着些什么。司机放慢了速度："好像有什么呢！你去看看。"

"没有什么吧？"我嘟囔着探向右侧的窗户，窗外一个肥硕的身
影蹚水而过，笨拙缓慢，"哎呀！是棕熊。"

"很大的熊吗？"司机没有停下车来让我拍照的意思，我也没好
意思要求。

"嗯，似乎是熊妈妈。"

此行唯一的愿望在来到知床的三小时后便梦想成真，我确实看
见了棕熊。

"不管怎么说，运气很好呢！"

"嗯，我现在特别高兴。"

知床半岛上栖息着超过 200 头棕熊，是世界上密度最大的棕熊
聚集地。母熊多深居于山谷中，公熊则在半岛上四处游走，与各处的
母熊邂逅，行为模式和原始人类一样。2005 年，知床被列入世界自
然遗产名录，棕熊不是决定性要素，更多是因为山与海形成的生态系
统和动植物高密度生息的环境。"地之涯"所在的森林深处，从前是
当地人聚集和生活的村落，成为国立公园后，村民逐渐迁出，如今只
剩下这一家酒店，也有 70 年历史了。

在被列入世界遗产的森林深处的酒店，不能对便利性要求得太

多。登记入住的时候，有一个老头正摊开手账在前台打电话，那是他唯一能和外界联络的方式。馆内没有 Wi-Fi，起初只有 au 运营商的手机有信号，今年开始 docomo 也可以使用，但 softbank 依然在圈外。如此就能感受到日本三大移动运营商之间的歧视链了吧？很不幸，我用的是 softbank。

能做的只有泡温泉。酒店的露天温泉位于罗臼山的登山口，还沿用着混浴形态，但提供专门的泡汤衣服，像是大袍子一样把人罩住，据说是奈良时代的《出云国风土记》里描述过的"汤帷子"。因此，我难得看见了一家三口一起泡在温泉里其乐融融的景象。温泉边设置了吸烟处，大叔们从热气腾腾的水中爬出来，围坐在一起闲聊抽烟，脸上荡漾着幸福。水质确实是极好的，好的温泉会在皮肤上留下滑润的触感，早几年也和朋友在大阪泡过一些所谓的"天然汤"，和大澡堂里的开水并无差异，不久后被新闻曝出来是伪造的，也不觉得意外。温泉的泉质有很多，无论哪一种，身体总会对矿物质有所反应。我最喜欢硫黄泉，泉水是深黄的泥土色，味道浓烈刺鼻，每次泡完，总觉得自己光滑似鱼。

在温泉酒店里，除了泡汤，期待的就属晚餐了。这个晚上我吃到了罗臼毛蟹、虾夷鹿肉和知床鸡，蟹只用盐水淡淡煮过，鹿肉用铁板烧，鸡肉则是爱奴人的传统做法。最好吃的是章鱼刺身，咬下去脆脆的，竟然还有汁液——不对，不是章鱼，是海螺。人们都是三两结伴而来，但我很早前就习惯了独自在温泉酒店大吃大喝，在漫长的拉锯战中，又羡慕起隔壁桌不一样的餐食来——他们在吃烤牛肉。

温泉耗体力，晚餐也耗体力，再加上与世隔绝，能睡得很好。晚上 10 点在动物叫声中睡去，早上 6 点醒来，又睡眼蒙眬去泡汤，然后才开始吃早餐。酒店的早餐并不丰盛，但看到有生鸡蛋和纳豆，心中就有底了。也许是考虑到外国游客的口味，也许是对食品安全的顾虑，近来早餐中见不到生鸡蛋的酒店越来越多，我爱吃生鸡蛋拌饭，难免失望。北海道的大米有清香，生鸡蛋不仅没有腥味，反倒有微微的甜，又有精挑细选的小粒纳豆，一起拌进生鸡蛋饭里，拿海苔包起来吃，甚是满意。

　　我打算搭乘早上10点出发的船游览知床岬，然后去森林里的湖边散步。在乘船点，人们问的正是我昨天的问题："能看见熊吗？"如果看不到熊，观光船之旅就没什么特别了。船员重复着："也要看地方，但这个季节是棕熊频繁出没的时期。"开船30分钟后，经过河流的入海口，一个小小的身影晃动着，和昨天我看见的笨拙身躯相比，可爱得过了头——是幼年的棕熊，正在寻觅鲑鱼的踪迹。棕熊之所以在这个季节频繁出没，秘密就在于鲑鱼。夏天结束时，经过了长途旅行的鲑鱼回到北海道的河流中，会先花一些时间在入海口处习惯淡水，等待着溯流而上的时机。棕熊即将冬眠，需要储备脂肪，就在入海口静候着鲑鱼归来。我也终于明白了前一天在大巴上看到的奇妙景象是什么——每到这个季节，全日本各地的钓鱼爱好者就会来到知床，在海岸线上支起钓竿，他们将获得鲑鱼的大丰收。鲑鱼的溯流是个谜，然而它们既然已经拼命游到这里了，必然肉质紧实、脂肪肥厚，棕熊和人类都很喜欢吃。逆流而上的鲑鱼，偶尔会被视作励志榜样，但知床人觉得它们可怜：游了那么远终于游了回来，仍不能避免被捕食的命运，可见人生的努力也未必都有用。

　　船再往半岛尽头靠近一些，出现的棕熊就会更多。沿着海岸散步捕鱼，是它们在冬季来临前最后的日常活动。山上的树林中也有母

216

217

熊带着小熊的身影一闪而过,船员很高兴:"小的那只,是今年出生的。""真的吗?""嗯,你看它们那么小。"棕熊母子消失在林中,又有一只更小的幼熊独自在山坡上奔跑,圆滚滚的很可爱。据说棕熊都在冬眠中生产,小熊在寒冷的一月出生,体重只有 400 克,到了春天外出溜达时,也只能长到幼犬大小。那样的景象想必是相当惹人喜爱的,兴许村上春树就是看到了类似的一幕,才会写出那个句子吧:"我就是这么喜欢你,像喜欢春天的熊一样。"

知床半岛过去是爱奴人的地盘。北海道的人给我讲过一个爱奴人和小熊的故事:爱奴人发现母熊冬眠的洞窟后,会用涂抹有乌头属植物汁液的箭射击它们,这种植物有剧毒,可以帮助人们捕获棕熊。如果母熊的身边躺着刚出生的小熊,爱奴人不会射杀小熊,而是会将它们带回集落,像家族成员一样细心抚育,用人类的母乳喂养,如此经过一两年,当小熊长大到可以威胁人类生命的时候,集落里就会举行盛大的杀熊仪式,留下熊肉和毛皮,将熊头伴以美酒和食物祭神。爱奴人的语言里称这个仪式为"iomante",意思是"送回那边"。他们认为,这是把小熊的魂灵送归神明的世界的做法。日本本岛的开拓团来到北海道之后,爱奴人原始的生活习俗逐渐瓦解,这项仪式也在1955 年被北海道政府禁止,理由是"过于野蛮和残酷"。

"爱奴人认为杀小熊太残忍,要将它们抚养长大,我认为这是对生命的尊重",讲故事的人如是说。在爱奴人的世界观里,棕熊也好狐狸也好,本质上都是神明披着皮毛现身于世界,是神明给予人类的土产,要回报以最高规格的款待,将人类的土产也送到神明的世界去。爱奴人认为,神明不高于人类,而是和人类平等存在,礼尚往来才能互相支持着长期共存下去。"他们带着敬意养育棕熊,杀死棕熊,期待神明能够接受这份心意，再将作为土产的肉类和皮毛送到人间。带着虔诚之心的爱奴人，和今天面不改色地屠宰着猪牛的人类，到底哪个才是在进行着'残酷的仪式'呢？"讲故事的人还说，"棕熊"这个词，在爱奴语里就是"山之神"的意思。

今天生活在北海道的人，尽管不再从神明的角度去思考棕熊的存在，但对动物的态度也是明显不同于本岛人的。如同都市人要反思邻里关系，知床半岛的人也时常考虑着他们邻居的事情，只不过邻居变成了棕熊和狐狸。知床岬的尽头不通路，外来者只能搭观光船匆匆看上一眼，看见一些沿海而建的简陋房子，当地人称之为"番屋"，是渔民的临时住所。我听说住在番屋里的渔民可以和棕熊和平共处，即便棕熊靠近，他们也漠然继续着手头的工作，棕熊对渔民也不关心，在旁边自顾自捕捉着鱼蟹。在70公里之外人群聚集的斜里町，棕熊也是便利店一样的日常景象，这里每年会有超过300起"熊出没情报"。在一次问卷调查中，当被问到"和棕熊曾经距离得有多近"时，有两个人回答：0米。他们遭遇的状况是一样的：正坐在外面工作呢，突然有谁"砰砰砰"地拍着自己的肩，回头一看，是棕熊。棕熊像是拍着员工肩膀，说"加班差不多了，到此为止吧！"的公司领导一样，示意过后，便转身离开了。

我离开知床岬，去森林里的湖边散步的时候，入口处的工作人员首先要为游客介绍近期的棕熊目击情况。散布着五个湖泊的森林中，只有8月到10月之间可以自由散步，在棕熊频繁出没的5至7月，需要专业人员带领才能进入其中。独自散步也有要领，要一边走一边击掌，以声响来提醒棕熊：这里有人哦！知道有人，棕熊就不会再靠近，这大概是爱奴人和它们定下的古老共生契约吧。我在雨后的森林里击掌前行，草丛里长满了比锅盖还大的野生蘑菇，湖泊被乱长的水草覆盖，在远方高高的罗臼山下，世界属于人类也属于动物。

一家四口走在我前面，从他们的闲谈之中，我隐隐得知那位妈妈是故地重游，但已时隔几十年了。

"从前这里没有这些人工木道，更没有什么工作人员讲解，大家自由地瞎逛，就算是六七月，也没人遇见棕熊。"日本妈妈有点不满，觉得这片自然完全被公园化了。

"因为那时候山里吃的还很多吧，棕熊不用到人间来觅食。"名叫"勇气"的儿子说。事实上，并不只是因为山里的食物减少了，整个北海道的森林都在缩小，大量以生产为目的的砍伐，使得北海道的棕熊不仅失去了食物，也失去了栖身之地。作为自然保护区的知床情况尚且算好，在人口集中的札幌、小樽和富良野，每年都有射杀棕熊的新闻。

再次见到酒店司机的时候，我终于问了最关心的一个问题：知床没有发生过棕熊吃人的事情？

"很多人不知道，棕熊其实是草食动物。棕熊不会吃人，甚至不会捕食活着的鹿。它们只在这个季节吃鲑鱼，一来是为冬眠储备脂肪，二来是这个地域恰好有回流的鲑鱼。"司机忧心忡忡地告诉我，尽管没有发生棕熊吃人的事情，但从去年开始，连续两年附近都有狗被棕熊吃掉，经过 DNA 鉴定，吃狗的是同一头熊。"棕熊是有记忆的，肉类的美味只要尝过一次，就会一再猎食。如果恰好是母熊带着小熊出行，并把这样的捕食行为教给小熊，小熊就会改变习性，成为肉食动物，这是很严重的事情。"

我想起那只蹚水的棕熊，摄影爱好者距离它不过数米，毫无保

湖边偶遇的鹿

护措施，在和棕熊如此接近的地方拍照，不危险吗？

"我想是危险的。知床的棕熊如今渐渐习惯了人类，但这并不是什么好事。"知床的小熊对观光客毫不惧怕，知床人称它们为"二世代"。二世代小熊长大之后，很有可能会成为即便听到击掌声也不躲开、主动接近人类的棕熊，如果它们再变成肉食动物，后果不堪设想。

如果棕熊威胁到人类，人类会怎么做呢？

我知道那个答案：杀掉它们。

两年前在知床的观光中心，我读到一个故事。故事的名字叫"投食物给熊，就等于杀害熊"，主角是一头外号"香肠"的棕熊。知床的工作人员第一次见到"香肠"是在 1997 年秋天，那时它刚刚离开妈妈独立生活，次年夏天，它的身影时常出现在车来车往的国立公园入口附近。不久意外发生了：有游客向它投掷了香肠。从此"香肠"的行为变得和一般的熊不同了，它不再把人和汽车视为需要警惕的对象，反而会因此联想起美味的食物。它经常在路边出现，吸引了许多人停车观看，它也变得越来越不惧怕人。工作人员意识到这是一个非常危险的征兆，拼命把"香肠"往森林里赶，对它进行严厉教训，让它学会不要接近人，可它仍然悠闲地步出森林。第二年春天，"香肠"开始徘徊于市区，有一天早上，人们发现它在小学校园旁吃着一头死鹿，因为马上就要到孩子们上学的时间了，工作人员举枪射杀了它。

"它出生在知床的森林，本应该再回归那里，却仅仅因为一根香肠便开始失去了自控能力。"我把"香肠"的故事讲给司机听，知床的人都知道这个故事。司机感叹说："和现代人类生活在一起，熊很可怜啊。"这是北海道人和本岛人的另外一个不同之处，北海道人和野生动物生活在一起，知道共处的原则是保持距离，尊重各自的生态规律，"不要喂食野生动物！""不要把野生动物当宠物！"到处都能看到这样的标语。

我们为"香肠"短暂地沉默后，司机建议我去对面森林里的野生温泉看一看，说那里"无人管理，充满野趣"。我去看了，温泉池有如同三段式瀑布的构造，小小的很可爱。能够想象阳光洒下来，或是在此处仰望漫天星空，是如何动人的体验。但因为实在过于开放，四周没有任何遮蔽，始终没有鼓起勇气尝试。又见入口处立着一个牌子："不要野营，不要睡在车里，这一带河边有棕熊频繁出没。"想着泡温泉的时候也会被某处的棕熊注视，内心更加忐忑。我曾经在鹿儿岛的某个山庄泡过一次森林浴，拥有 30 分钟的私密包场时间，在有清晨阳光投下的林间，有两只鹿结伴站在不远处静静凝视着我，那片森林是它们的地盘。也在奈良的山里泡过一次，泡在浴池里看见外面有猴子跑来跑去，泡汤的人以它们为奇观，它们大概也以欣赏裸体的人类为乐趣，互不惊扰，彼此都有收获。

这一天的晚餐端上来，竟是前一晚我念念不忘的隔壁桌的烤牛肉。莫非他们有读心术？惊喜过后，才意识到所有的菜式都换了。日本人的细腻和温情正在于此：在温泉酒店里连住两天，他们一定不会让晚餐菜式重复。只有餐后甜点哈密瓜布丁是一样的，但因为很好吃，我就开心地享用了。然而这个故事有一个意想不到的番外：当我酒足饭饱回到房间，10 分钟之后，服务员敲响了房门，手上端着一盘新鲜的哈密瓜，说道："对不起，餐后甜点上错了，如果不介意的话，请吃这个。"

我挺介意的——觉得是在白吃白喝，次日去吃早餐时都像是在做贼，心虚地递过去早餐券，服务员愣了一秒："这个是乘船券哦。"

森林溫泉

縱身入

山海

如此在大地尽头住了两晚，对家人朋友和外面的世界一无所知。在清晨的温泉里，在岛屿尽头的船上，在雨后的森林里，在满天星空之下，脑子里想的只有棕熊的事情。然后就到了离开的时候。

还是那位司机送我去车站，刚上车便道："你昨天运气真好，今天浪太大，去知床岬的船全部停运了。"原来到了9月，前往岛屿尽头的船有一半时间都会停运，鄂霍次克海浪的猛烈程度，不是常人能够想象的。进入冬天以后，所有观光船都将无法开入半岛最前端。

知床的旅游业是以8月的盂兰盆节假期为顶峰的，我在9月中旬来到时已经是淡季，但不如冬天更淡。"地之涯"酒店只营业到10月，北海道初雪之后就彻底关闭，次年4月再开。我很羡慕，以为工作人员拥有漫长的假期，但并非如此：还有另外两家酒店开在巴士站附近，冬季大家就去那里工作。

说话间，一只狐狸从路中央跑过，警醒地看着我们。车子继续行驶，又有两只鹿无畏地站在路中间，车停下来，它们才慢悠悠地往林中走去。司机依然一副见怪不怪的神情。

"你是知床人吗？"我随口问道。

"东京人，四五年前才来到北海道的。"

"是移住者？"我有点意外。

"嗯，虽说是移住，但其实家在二世谷。"

我去过二世谷，那是离札幌很近的滑雪胜地，在如此辽阔的北海道，离知床可以说是路途遥远。

"开车大概七八个小时吧。"司机又道，"如今我也基本不回去。"

"为什么要搬来北海道呢？"

"因为喜欢北海道啊，"他又一次指向远方的罗臼山，"尤其是北海道的山。"

听说在"地之涯"工作的人，全都是来自日本各地的移住者。我突然有点明白了，为什么在知床遇到的人鲜有乡土式的热情，因为他们具备的，是来自大城市的训练有素。去札幌旅游的时候，如果问当地人：你是北海道人吗？很多人会告诉你："是。"然后进一步说明是来自北海道哪里。但如果是在札幌以外的其他地方，尤其是在富良野和知床，答案就要有趣得多。我住在京都，总有人跟我说，京都这座城市，热爱它的人才住到这里。其实北海道才是如此。北海道从一开始就是移住者的城市，如今搬到这里的人，你问他们热爱什么，他们会告诉你：热爱山海，热爱森林。虽然他们未必热爱棕熊，但愿意和它们平等生活。

我突然有些担心：如果过几年连 softbank 的信号也通了，那将是多么遗憾的事情。

和司机在车站告别后，我搭上开往知床斜里的巴士，沿途眺望着知床的海。知床的海，无论天气如何，永远是灰蒙蒙的颜色。但如果搭一次观光船去往知床岬的最前端，而那天又刚好是有雾的天气，你就会一度陷入幻境，你就会看到，知床的海水完全和云层连在了一起。它们拥有同样迷茫的色彩，在浅灰的氤氲中透着亮光，分不清界线在哪里。那里是真正的海天一色，是我去过的所有海域之中，最接近天堂的一个地方。我坐在甲板上，海风令我感到寒冷，但我一动也不能动，一次次望向那片微光。海的王国，安详静谧。我想起日本人把"旅游"叫作"观光"，我很喜欢这个词，因为观光，就是看见光。

知床の海

钏路居酒屋之夜

　　钏网本线的单节列车班次很少，好几个小时才有一趟，沿途会经过一些景点和温泉地。这样的慢行列车在北海道很常见，不同于新干线和特急列车，它主要是为了当地人日常上学通勤而设的，然后才面向游客。我从知床去钏路，遇到许多刚放学的中学生在车厢中疲倦地打着瞌睡，他们到家时已是晚上 7 点多了，北海道初秋的傍晚一片漆黑。

　　我喜欢站在司机身后的过道上，那里车厢摇晃得厉害，却拥有和司机同样的广阔视角，能看到一条铁路笔直向前，没入森林。这一路没有海，列车穿行于北国的森林之中。我第一次明白了为什么这种列车会发出尖锐的汽笛声：因为动物，铁道上不时有动物跑过。夜晚活动的动物更多，汽笛也就鸣叫得更频繁。我看着狐狸和虾夷鹿跑来跑去，心想：这种列车的司机应该比一般的司机更辛苦，要始终警觉地观察远光灯中是否有动物的身影跳过，以提前鸣响汽笛。天黑之后，从钏路湿原站上来一对夫妇，和我一起望向铁道前方，常常司机还未鸣笛，丈夫便伸手示意妻子："那里那里！"又着急地看着司机，小声道："快鸣笛啊。"若是鸣了笛，动物仍然不肯走，他就更着急了："快跑啊！"毫无畏惧的动物在北海道比比皆是，后来我们遇见了两只虾夷鹿蹲在铁道旁一动不动，司机只好停下车，它们这才满意地站起身来，悠然走进森林。从司机的表情来看，这样的时刻一定有很多。

　　钏路站一如往昔，停靠在 2 号站台的列车车身上依然闪动着"札幌"两个字。许多年前我专程来过这里，也站在这条铁轨前，猜想着那个叫高桥的女孩应该就是在同样的位置挥着手，叫矢野的男生也就是从这里出发去了东京。那是唯一一部故事发生在钏路这个极为偏僻的小城里的，打动了许多人的少女漫画。

第二次来到钏路时，我已经不太记得漫画中的情节了，为的是居酒屋和朝市。日本居酒屋专家太田和彦写过一本《日本的居酒屋及其县民性》，总结了他在日本全国各地喜欢的居酒屋，在关于北海道的部分提到了钏路。书中说这里的居酒屋形态很特别，有一种叫作"炉端烧"的，其实就是把蔬菜和海鲜都放在铁网上烤一烤，是冬日里严寒之地才会有的做法。

向酒店前台工作人员打听太田和彦介绍的两家居酒屋，说是位于钏路最热闹的欢乐街，这个城市很小，步行即可到达。我在无人的小城中走了大约十几分钟，周遭景致兀然一换，进入了灯红酒绿的世界。各家店铺灯火通明，毫无节电意识，沿街停泊着长长一列待客的出租车，人群从一家店走出来，又簇拥着钻进另外一家。不过才晚上9点，已经随处可见走不了直线的人。上一次来钏路，它也是这样的地方吗？我望着远方牛郎店华丽的灯箱，有点怀疑自己的记忆。还有中年的西装男抚摸着穿和服的年轻女孩的双手，大大方方地走过我身旁。我在京都不曾见过这样的盛况，可以说堪比东京的歌舞伎町了。

我打算去太田和彦推荐的那家叫作"万年青"的居酒屋，他说在这家店里能够吃到"炉端烧最高峰"——喜知次鱼，还有当地人最为喜爱的酱汁猪排。东拐西拐，等我终于到了那家店，却见大门紧闭，门口贴着字条："原谅我们擅自休业。"也就明白了：此时正好进入了旅游淡季，各家店铺若想进行休整，就要抓紧现在。太田和彦还推荐了隔街的"しらかば"（白桦），幸好开着，人也不是很多，只零散地坐着几桌，柜台里有一个短发老太太，穿着白褂子和黑衣服，忙来忙去。

我掀开暖帘进去，坐在吧台的角落里，邻桌两个女人正在盛赞一款大吟酿好喝，脸上浮起微醺神情。

我坐下来，先点了啤酒，又问老太太："今天有什么推荐？"

"你想吃什么？"

"大家都喜欢吃什么？"

"要说最近的旬物吧，还是那个。"老太太说出了一种鱼的名字，见我不得要领，又拿出来一张纸，写下了一个词：シシャモ。哦，是柳叶鱼。"就要这个吧。"我很早之前就对这种鱼有所耳闻，是只有在北海道南部的太平洋沿岸才能捕获的深海鱼，极为罕见，在外地不太能吃到。在爱奴人的传说中，柳叶鱼也是神赐之物：饥饿的爱奴人向神明祈求食物，神明遂将灵魂寄于柳叶之中，沿着河流而下，拯救了他们。据说在钏路附近的某地，如今还延续着祭祀柳叶鱼的仪式呢。

炉端烧的烧烤，不需客人自己动手，柜台后有一个巨大的铁网，由老太太来烤，不久后就冒起了浓烟。待柳叶鱼烤好了端上来，却是两条，老太太说："一公一母。"我问："哪个是公哪个是母？"她调皮地笑："你说哪个呢？"又摆出三道赠送的前菜在我面前：三文鱼籽、牡蛎豆腐和时令蔬菜。我早早做过功课，太田和彦曾盛赞这家的牡蛎豆腐，说是名物，我看到肥厚的牡蛎竟然是赠品，觉得十分惊讶，在京都见不到哪家店如此出手阔绰。时令蔬菜里除了竹笋，其余皆是我不知名的山菜，老太太说："都是我自己上山采的，放心吧！"又连连提醒我："赶紧趁热吃呀。"我想这家店里一定来过不少外国人，即便不懂日语，老太太也能和他们愉快交流，因为她随后就在白纸上画下了可爱的帆立贝和烧鱿鱼，问我要不要试一试。我又在和她的聊天中，吃到了一份前所未闻的下酒菜：冰头脍。将鲑鱼的鼻软骨切成丝，用一点点甜醋拌来吃。"鲑鱼的鼻软骨晶莹剔透，像是冰块一般，所以得到了这个名字，"老太太说，"每条鲑鱼身上都只有那么一点点鼻软骨，真的很珍贵。"那是清脆和软糯并存的口感，令我惊艳不已，暗自下定决心：将来若是我写一本居酒屋指南，鲑鱼鼻软骨一定要拥有名字。

"老太太是电视上的名人哦。"老太太去烤鱿鱼的时候，邻桌已经喝到差不多的女人跟我搭话，这句话她是用中文说的。冈田小姐在广州生活过 8 年，在一家日资广告公司工作，我们在广州生活的时间是重合的，她竟然还知道我当时供职的那本杂志。冈田小姐拿出手机里的视频给我看，是九州的熊本熊和中国的味全酸奶合作的广告。

她说那是她最近的一个项目，就算现在回到了东京总部，每年还是要去好多次上海。

冈田小姐力劝我一定要喝一喝她们盛赞的那款酒，名字叫作"海底力"，"一般地方买不到"。一口喝下，果然甘甜无比。原来在钏路附近的太平洋海底，有日本唯一一处进行海底井工开采的煤矿，这种酒就是在 1600 米的海底深处，储藏一年酿造而成的。整个钏路只有一家酒窖，店主在冬天酿酒，夏天做些别的工作，酒窖在每年三月限定贩卖这款酒，很快就会被抢购一空，然后又要再等一年。

一旦开始喝清酒，中途就很难停下来了。老太太把酒杯越倒越满，不断送给我各种小菜，章鱼啦三文鱼子啦。终于鱿鱼烤好端上来，她鼓起嘴对我说："很烫，要呼呼呼呼地吃哟！"每次我要一杯新的酒，她就会用鼓励的眼神看着我："はりきってください！""她说什么呢？"我向冈田小姐求助，她也用鼓励的眼神看着我："让你加油喝呢！"

和冈田小姐一起来的福原小姐，是真正的温泉达人，几乎去过日本各地的秘汤。我跟她说起我在九州深爱的那家森林浴，她告诉我那也是她排行榜上的前三名，反复地去，终于去腻了。福原小姐对于一个外国人竟能找到那样的地方很惊喜，敞开心扉跟我分享了她温泉排行榜三甲中的其余两名。她如今在冈田小姐的那家广告公司做创意总监，休息的时候会和丈夫一起去"温泉巡礼"，丈夫讨厌海外旅行，她就独自一人出国，南美以外的国家都去过一遍。

老太太也和我们聊天，她说话语速很快，尾音很长，像黑柳彻子，年龄应该也和黑柳彻子差不多，活泼可爱。福原小姐为我推荐东北的温泉秘汤时，她挤挤眼睛："那里是混浴哦。"我迟疑了一下，问她："不

推荐吗?""不,"老太太说,"最高 🐾 !"老太太又推荐我们去钏路湿
原的观景台,说那里才能俯瞰湿原风景的全貌。次日就是三连休的
最后一日,福原小姐和冈田小姐一早要赶回东京,我决定自己前去。
临买单前,又吃了店里的名物"白桦团子",有浓郁的南瓜味,终于
心满意足。跟冈田小姐和福原小姐告别,在雨后的繁华街约定:明天
一起去朝市吃早餐。

次日清晨,我不出所料地睡过了头,冈田小姐发消息说她们到
了朝市,已经是半个小时前了。我匆匆赶了过去,刚跑到十字路口就
听见有人叫我,福原小姐从驾驶座探出头来:"我们要赶着去机场了,
你要开开心心地吃呀!"

我听说,比起东京,北海道人更喜欢住在札幌。东京人太多,
札幌人少,不必为了挤地铁烦心,居住起来也舒服。整个北海道共
有 530 万人,其中 195 万人住在札幌,必然对札幌是满意的。唯有
一件事:那些从道东来到札幌的北海道人,从来不觉得这里有什么
美食。一个道东的朋友对我说:"札幌的海鲜不是不太好吃,是根本
就很难吃。"

道东最出名的美食是海鲜,吃的是食材的原味,全靠上天恩惠。
北海道的三大朝市我都去过,最喜欢的也在道东:钏路和商市场。不
只是在北海道,全日本我去过的许多海鲜市场中,和商市场早晨的一
碗"胜手丼",让这里的朝市始终高居榜首位置岿然不动。这个名字
一听就很任性——为所欲为的盖饭。日本海鲜盖饭通常是由店家提供

菜单：海胆饭啦，吞拿鱼盖饭啦，三文鱼亲子盖饭啦……但和商市场确实是"为所欲为"，店家将当天打捞的几十种海鲜分门别类放进盘子里，客人买一碗白米饭，自己选择往上加什么食材，想加什么加什么，想加多少加多少。我多年前来的那次，在众多刺身中吃到了一种能流出油来的，以后再也没有遇到。

告别了冈田小姐和福原小姐，到达和商市场时已经是早上 8 点，卖胜手丼的店前无一不排着长队。除了老头老太太，还有许多工人和学生，准备吃了早餐去上班上学。唯一一家卖米饭的店，生意比海鲜店都要好，依据分量的多少分出五种价格：110 日元、160 日元、210 日元、260 日元和 310 日元。老人们吃 110 日元的最小碗，工人们吃 310 日元的最大碗，学生们吃 210 日元的中间碗——我要了份 160 日元的，相当于普通大小的一碗饭。

这个季节，最受欢迎的是牡丹虾和螃蟹，吞拿鱼和玉子烧也是很多人会选择的。几年前这里开始出现鲸鱼肉，若是问店主推荐什么，他一定会毫不犹豫地说：鲸鱼。我当场求饶，只装了满满一碗秋鲑、牡丹虾、螃蟹、吞拿鱼、海螺、三文鱼子、海胆……实惠到只要2880 日元，又去买了一碗螃蟹汤，也才 160 日元。只要有这么一碗饭就够了，有了这么一碗，钏路和商市场在我心中的至高地位就不会被取代。

吃完和商市场的胜手丼，我需要缓很久，比如在海鲜市场里闲逛看看秋鲑的价钱啦，在露天公园喝着罐装咖啡目送人们去上班啦，最后再回到酒店睡个回笼觉。人类在努力工作之后，需要有一些非常懒散奢侈的时光，用日本人的话来说，那是"给自己的褒奖"。北海道的旅行很适合用来褒奖自己，睡醒之后我就去了居酒屋老太太推荐的展望台。远眺着钏路湿原风景的时候，收到了福原小姐从飞机上发来的消息，那是长达数千字的日本东北温泉指南，我如获珍宝。她又告诉我："其实我老公单身赴任，明天要从鹿儿岛搬到大阪了，以后会在大阪工作一段时间。我什么时候去大阪探望他的话，就一起喝酒吧。"

太田和彦推荐的居酒屋果然很好，有美食，还有相遇。"那我们就在大阪一起喝酒吧。"我回过福原小姐的消息，坐上了去往川汤温泉的列车。

当我想象自己是一个帆立贝的时候

在全日本最大的破火山口湖屈斜路湖和活火山硫黄山之间，有川汤温泉街，稍稍远离温泉街，靠近湖边的森林里，有一间孤零零的民宿。我偶然在网上发现了它，去过的人写道："早上起来去散步，野生动物就从脚边跑过，随时都能看见鹿，最令人称奇的是民宿主人亲手做的宇宙风格的露天风吕🐾，我从来没有见过那样的温泉。"这家民宿做法老派，写了邮件预约后，需要先付预约金，而手段只有一种：去邮局汇款。我汇过款，迟迟没有收到确认邮件，打了电话去确认，一个苍老的男声说：邮局把汇款单送过来需要花一些时间，请你再等一等。在日本这个国家，很多时候我就是为了这样的事情在等，但竟然也在日积月累中爱上了这些等待和不便。不如说，等待是必要的，

234

🐾 风吕：浴池，澡盆。——编者注

不便更令我觉得安心。

那个苍老的声音来自民宿的主人矶贝先生，我第一次见到他是在川汤温泉的车站里。从温泉到民宿大约有 20 分钟车程，没有公共交通工具，他便开了车来接我。矶贝先生接到了我，也不着急走，站在车站门口看一个工作人员更换自动贩卖机里的罐装饮料，直到饮料装满，贩卖机的门合上，才领我上了车。矶贝先生的车开得实在太慢了，不久就被一个骑山地车的观光客超过。他不以为意，慢悠悠地行驶在遮天蔽日的林间，往更深处开去。

我并不抱怨矶贝先生车开得慢，因为北海道的森林如同童话场景，而对于我连连感叹森林之美，矶贝先生也不以为意。他已经在这里生活太久了。他是东京人，50 年前因为工作来到北海道，27 年前辞职开了这间民宿，说不上来北海道好不好，总之自己就是这么一直在这里生活了。是被生活选择的人。

"野生动物偶尔会跑到路上来吗？"我问矶贝先生。

"这附近的交通事故，多数是汽车撞上鹿。"矶贝先生说。我突然明白他的车为什么开得这么慢了。

当我看到矶贝先生自己捣鼓出来的森林露天风吕时，忍不住笑了。他很像是在森林里建了一个外星飞行器停泊地，木头房子里有木头浴缸，以及一个小小的木洞更衣室。矶贝先生指着门口的两双拖鞋：如果这里少了拖鞋，就是有人在泡汤；如果两双都在，就是没人，你可以随意去泡汤。但这种做法实在不可靠，我在路上遇到了两个临时停车的观光客，和我一起走去参观那个风吕，啧啧称奇。

我决定放弃那个太过开放的露天风吕，去民宿里的女浴室，意外地发现女浴室也有专用外汤。森林里放着一个大铁皮箱，本来也许是一个大型牛奶箱，为了保暖，平时要盖上盖子，等泡汤时再自己掀开钻进去。"所以啊，这个汤叫帆立贝之汤，"矶贝先生严肃地说，"泡在里面时，请想象自己是一个帆立贝。"

当我坐在那个大铁箱里想象自己是一只帆立贝的时候，不太能说服自己：为什么帆立贝看到的世界会是一片荒芜的森林？下午4点的森林开始起风，风声好像是在咆哮一样，铁箱里的水又不是很烫，所以我能够长久地待在里面，比从前任何一次泡温泉待的时间都更长。我想起了许多忧愁的事、无法解决的人生难题，但想起的时候内心也是安详的：我知道自己渴望的是什么，知道自己希望上路的渴望多于任何一个人。我想帆立贝的世界也许意外地充满了安全感，如同我在旅途中找到的这些安宁时刻，我觉得自己好像也有了保护

屈斜路湖落日

壳，如果大雪封山，我就把壳合上，躲至冰雪融化，地球上的春天卷土重来。

我从帆立贝变回人类的时候，距离晚饭还有一些时间，矶贝先生建议我去屈斜路湖边散步，只需要过一条马路。我在前往屈斜路湖的途中，惊动了三只草丛里的虾夷鹿，它们慌乱地跑了几步，躲在树干后盯着我，最后在风声中蹦蹦跳跳地跑开。湖水撞击着岸，声音很大，堪比海，我在马路对面就能听见。通往湖岸的木道上爬满了青苔，一阵风吹来，哗哗落了一地的，是尚且青绿的橡果。我坐在湖边的一根树干上，目睹了一场日落的全过程：阳光透过云层，投下丝丝光线，湖水激烈地撞击着岸边，一阵又一阵。晚些时候，我离开屈斜路湖回民宿的途中，又惊动了那三只虾夷鹿，看来它们是常驻居民。

矶贝家民宿的晚餐桌上完全是西式料理，我和另外两桌客人都点了红葡萄酒或白葡萄酒，足以印证这件事。做菜的是矶贝太太，矶贝先生站在柜台后面，沉默地观察着每一个人，及时地走过来取走盘子并端上来新的食物。像那些温泉旅馆的老板一样，他也打印出了一张菜单，上面从前菜到饭后甜品、咖啡一应俱全，连冰激凌都是自家做的，配上葡萄粒和切片的香蕉。菜单上还有一只正在啄白桦树的啄木鸟。矶贝先生应该很喜欢鸟，晚餐时桌边的电视里也一直放着北海道的鸟类影像。在淡淡流动的音乐声中，做饭的人不说话，吃饭的人也不说话，只有食物和鸟类，是很治愈的一个瞬间。我知道这时候那三只鹿一定又站在民宿外面了。

次日矶贝先生开车送我离开，我跟他说我在这门前看到了好多鹿，他指给我看一条细窄的林间小道，说"那是鹿路"。鹿不是会迁徙的动物，决定了居住地以后就不会轻易改变，矶贝先生家门口是真的住着鹿。偶尔客人泡在温泉里，它们也会优哉晃过。

路过硫黄山，矶贝先生指着山脚的位置，跟我分享了他在秋天的小秘密："看到那里了吗？已经变红了。每年到了红叶季，那个地方都是最先红起来的。"

"在箱根，人们不是会煮温泉蛋吗？为什么硫黄山不这样做呢？"我去年冬天去过硫黄山，和有着热闹观光活动的箱根相比，这里空空荡荡，一无所有。

"以前也这么做过，两三年前被管理组织禁止了。现在人们偶尔会自己带着鸡蛋去煮一煮，但贩卖是禁止的。"矶贝先生说，这些年被禁止的事情有很多，在屈斜路湖给白鸟喂食也被禁止了，原因是"不能给野生动物喂食"，他觉得这不是一件好事。从西伯利亚飞来的白鸟失去了过冬的食物，就不会再来，今年鸟群的数量已经大大减少了。

矶贝先生终年待在北海道，不去别的地方，这间民宿在最寒冷的季节也不会寂寞。冬天最热闹，白鸟从西伯利亚飞来屈斜路湖过冬的时候，全日本各地热爱拍白鸟的人都会来到这里。他觉得做民宿最有意思的地方就是这个，"可以遇见各种各样的人，底层的工人也好，知名的社长也好，都会来到这里"。

矶贝家永远昏暗的民宿内部也如同那个老旧的温泉铁箱一样，带给我无比安详的感觉，不是什么豪华的住宿，甚至还浮着一种奇怪的味道，我闻出来那是一幢房子正在老去的味道。我肯定，一些人在旅行的时候不会选择住在这样的地方，但是我很喜欢它。正如有人在房间的留言簿上写的：好像回到了祖父母家中一样，是童年记忆中的感觉。那种记忆绝对不是崭新的，也不刺激，但它让人觉得被包裹着，也被拥抱着。主人一家沉默寡言，客人也不爱说话，我后来才从矶贝先生那里得知，晚饭时坐在我邻桌的中年夫妇是民宿的熟客，两人住在东京，因为工作满世界乱跑，但还是会每年都来这里。这天民宿里虽然住了三批客人，老式的楼道里走动起来也会发出声响，但是除了在晚饭时间，我们谁也没有遇到谁，仿佛只有自己一个人存在。应该是矶贝先生在安排房间的时候，故意不让客人相遇的。我喜这种恰到好处的温度，不是热情，是暖和，很舒服，如同冬日暖阳。

钏路的矶贝先生和富良野的朝仓先生是完全不一样的人，但沉默的人有沉默的人的做法。我回京都的第三天，收到了矶贝先生寄来的明信片，正面有一只松鼠站在开满花的草地上，背面印着"感谢你来住"的语句，应该是民宿统一寄给每位住客的，但是，矶贝先生在上面手写了一行字："京都的红叶，每年一定会在新闻里看到，应该是和这里完全不一样的秋色吧？"

富良野的一个温柔时刻

从上富良野车站走出来，朝仓先生正在候车室里和一个女人说话。我朝他挥手，他转身就走，也不寒暄，接过我的行李箱扔进车里，才介绍说："这位是住在附近的邻居，我们先送邻居回家。"倒是我更像搭便车的。顺路送了邻居回家，再到朝仓先生家也要不了 10 分钟。车刚停稳，晓子太太跑出来："欢迎回来！"

两年前的秋天，我来富良野采访，住在朝仓家的民宿。朝仓先生那年 67 岁，他出生在 40 公里以外的旭川市，社员时代在札幌 NTT（日本电报电话公司）的建筑公司工作，49 岁时来到富良野修建天文台，钟情于这里的漫天星空，55 岁时提前退了休，卖掉旭川的房子，花光了退职金，又借了 1500 万日元，和太太晓子一起移住到富良野开了这间民宿。

初来乍到，刚吃完晚饭，朝仓先生就说要带大家去温泉。每天傍晚 6 点准时吃晚饭，7 点动身去温泉，是朝仓家民宿的特色。那个能够望见星空和火山口的露天温泉在 20 公里之外，我们行驶在寂静漆黑的山道上，不久就有一只狐狸从道路中央奔跑而过，随后是又一只、再一只，甚至还跑过了一只狸猫——每当有动物出现，朝仓先生总要停下车来，目送它们钻进林间。如此，我第一次看见了狸猫。回程路上他又拐进林间小道，说要去看星空，然而这天是满月夜，在富良野旷阔的山腹间，只能看见月光洒在长长的起伏的山线上，连绵至消寂的火山口。

我在日本住过许多民宿，朝仓家是最喜欢的一间。客厅里有大大的落地窗，可以一直望见薰衣草收割后的低矮山丘，那景象让我往后一直想起。在朝仓家住了三天，坐在客厅里的时候，总有各种各样的人路过，走进来说几句话。家里每来一个人，朝仓夫妇都要跟我介绍：这位是附近的咖喱名人，那位是当地的第一美人。附近的地方也会一一介绍：这边是最好朋友的家，那边那家是卖生牛奶的。也聊夫妇两人是如何相识的，25 岁那年结婚的情景，儿子和女儿的工作。他们去旭川采购回来，高兴地拿出新买的片栗花盘子给我看。我去美瑛采访，两人拉着我打听：那位先生，是什么样的人？

秋日早晨阳光明媚，晓子太太将洗干净的毛巾依次晾到后院。这天的住客中还有一对来自札幌的夫妇，他们 5 岁的儿子在草地上跑来跑去，拿着网追逐蝴蝶和蜻蜓，最终捕获了一只蚂蚱。朝仓先生在电视上放着一盘录影带，4年前一档名叫《人间的乐园》的电视节目来采访，他向记者解释：民宿取名为"ステラ"（Stella），因为这是拉丁语中"星星"的意思，而前面加上的"旅の宿"，则源于他热爱的歌手吉田拓郎的同名歌曲。移住富良野10年来，光顾朝仓家民宿的客人超过25000人，来过两三次的回头客最多，显然把这里当成了安宁之乡。一位从名古屋来的男性，每月固定来两次，常常和妻子一起去海外旅行的他，富良野却一定要独自前来，在这里享受每年限定20次的只有自己静静度过的时光。

离开那天，民宿里只剩我和朝仓夫妇二人。我忙着写邮件，朝仓先生忙着整理照片，晓子太太催了好几次："你俩快点喝完咖啡去车站！要赶不上电车了！"朝仓先生开车送我到车站，给我听了一曲他最爱的高桥真梨子，问道：

"下次什么时候来？"

"下次找个大雪天来吧。"

然而并不是在大雪天，我又来到了朝仓家。跟坐在客厅里的黑熊玩偶打过招呼，又赶紧向朝仓夫妇汇报：我去年搬到京都啦！我今年写了一本书！嗯，是的，我还没有结婚！

"怎么还不结婚？"朝仓先生嘟囔着，把我带到二楼挂着"スピカ"牌子的房间前，"上次是住的这间吗？""スピカ"（Spica），在日语里指的是角宿一星。我指指对面，上次我住的房间名叫"シリウス"（Sirius），意为天狼星，是地球上能看见的除太阳外最明亮的恒星。"那这间也住一住吧。"朝仓先生说。我从窗户望出去，看见富良野广阔的农场土地上，黄昏正在降临。而真正让人安心的，是我刚走到二楼，手机就自动连上了 Wi-Fi。是的，我回来了。

朝仓家民宿

　　这天晚餐时，晓子太太递给我一张照片，是两年前我离开时和黑熊先生的合照。邻桌从札幌来的两对老年夫妇也拿到了他们上一次来时的照片。这 10 年来，朝仓先生给每一位客人都拍了照，按照名字将照片分别保存在他的电脑里，谁要是来了两次三次，就把照片打印出来。朝仓先生又一边吐槽着"你的日语还是没有进步啊"，一边把我写有这间民宿专栏文章的杂志拿给老年夫妇看，上面都是中文，他命令我："来，翻译给大家听听。"

　　"我不要。"我觉得自己是朝仓家的熟客了，埋头吃着晓子太太摆在我面前的吃不完的料理。

　　不用看，我记得那篇文章里写了什么。

242

243

离开富良野不久后，我收到了朝仓先生发来的民宿照片，是雨后的彩虹，漫天的大雪，朝霞映红的天空，途中偶遇的野生幼狐……普通生命中的奇迹时刻，对富良野民宿来说却是平凡日常。我又想起：在朝仓先生决定提前退休移住到富良野的那一年，他55岁的人生中发生了什么呢？那一年，他的女儿决定去东京组织乐队活动，儿子在札幌准备经营小酒馆，家族里的成员都在努力寻找在自己喜欢的道路上生存下去的方法，于是朝仓先生也觉得：无论到了多少岁，也还是要追随梦想啊，想做什么就去做，才是最好的人生。

富良野的平凡日常一成不变，晚饭后大家一起去了温泉。9月的秋雨下个不停，夜晚气温陡降，泡起汤来更加惬意。我在44℃的高温水池里泡了10分钟，体力到了极限，出来买一罐芒果味的牛奶，瘫倒在休息室里。

"这个牛奶自动贩卖机太奇怪了，"不久后朝仓先生坐到我对面，我向他抱怨，"全都是咖啡味和水果味，为什么没有普通牛奶？"

"星期六就会有原味牛奶，但下一个星期二就会卖光。"原来是人气产品。我晃了晃手中的芒果味牛奶给朝仓先生看，他皱起眉头："我只有在小学生的时候能喝水果味，现在不行了，太甜。"果然，我也觉得太甜。

我喝着甜过了头的水果牛奶的时候，朝仓先生讲了一些富良野的故事。

为什么说北海道是移住者的土地呢？这片在明治维新之前只有5万人居住的土地，如今居住着570万人，原住民是爱奴族，其余人都是随着本土的开拓团一起过来的。朝仓先生的爷爷奶奶来自北陆地区的富山县，旭川市是富山人的聚集地，富良野市则有很多三重县人。

"开拓团刚到旭川的时候，觉得那里的风貌很像京都，几面环山，又有河流，一度打算为该地取名'北之京都'。"朝仓先生告诉我，现在的旭川还有一座山，名字就叫"岚山"。和依靠记忆为地域命名的本岛人不同，原始的爱奴人会用直观的地形命名，今天的北海道很多地名以"poro"（札幌的"幌"）和"betsu"（登别的"别"）结尾，都来自爱奴语中的"河流"，前者靠近入海口，后者指的是中游地带。那么富良野呢？"富良野也是河，是'臭的河流'的意思。"爱奴人怎会料到，因为硫黄地下水散发着臭味而被他们嫌弃的富良野，如今竟成了北海道的第一观光地？

从温泉出来，雨越下越大，不能去观测星空了。前台的大叔和朝仓先生寒暄着，指着远方的群山："今天下雪了，山上已经可以看见积雪。"我在下午开往上富良野站的单节列车上，远远看见了带雪妆的山色，此时才知道，我遇上了十胜岳的初雪。

回到朝仓家，和老人们坐在一起聊天。去年也是坐在这里喝酒的深夜，朝仓先生严肃地对我说："我们家不接待外国游客。网站上收到外国人的邮件，旅行机构打电话来，我都会拒绝。"是因为无法交流吧？我当时想。时隔两年才知道另有隐情："外国游客动不动就取消酒店预订，北海道这些年来被团体客搞得苦不堪言，经常空出一大批房间。"我在新闻上也看到过几次，札幌的一些酒店，因为经常有外国客人在入住当天临时取消预约，造成了经营上的困难，开始挂出"不接待外国人"的牌子。

闲聊到了尾声，一位老人推开后院的门，惊呼道："啊呀，天晴了，

纵身入 山海

月亮出来了！"众人半信半疑地走过去，果然看到半个月亮悬挂于澄明的夜空之上。

在朝仓家，我不是外人。早晨起床，我可以站在走廊里刷牙，晃来晃去，直到被晓子太太催促："赶紧下来吃饭了！"朝仓先生站在楼下大声对我说话，说是帮我买了几天后去机场的大巴票。有比我起得更早的客人，从横滨来的本田女士，我下楼时，她已经吃完早餐了。我们聊了会儿知床的旅行，她说自己也去过一次"地之涯"酒店，还是在大学时代，骑着一辆摩托环游了北海道。40多岁就做不了这么狂野的事情了，她依然独自来北海道旅行，只是换成了自驾。本田女士郑重向我推荐了朝仓家卖的蜂蜜。我拿起来一看，产地一栏赫然写着：鹿儿岛。在日本最北端的民宿里贩卖着最南端的蜂蜜？我不解地望向朝仓先生，才知道养蜂人虽来自鹿儿岛，槐花蜜却是北海道的。终年行走于日本列岛的蜂农，从南到北，依照自然的规律游荡着采集花蜜，他在某个初夏的傍晚抵达富良野，敲开了朝仓家的门，打听有没有空房。那天不巧客满，朝仓先生拒绝过蜂农之后，心想他带着孩子，又觉得不忍，追出去问了两句。蜂农因此成了朝仓家的常客，来富良野采蜜时就会住到这里，也把新鲜的蜂蜜放在民宿里卖。这不正是仓本聪在《风之花园》里塑造的人物吗？原来在富良野真实存在着。我尝了一口槐花蜜，甜甜蜜蜜，留在了清晨朝仓家的一个温柔时刻。

我准备离开，客厅里又有客人来了。一位穿着长筒雨靴的老太太，抱着两个巨大的萝卜走进来，萝卜上还挂着泥土，想必是清晨采摘的。放下萝卜，她又出去抱了一堆南瓜回来。原来是给朝仓家送蔬菜的大友老太太。朝仓先生跟我说，大友老太太和另外几个老太太在中富良野开了间农家餐厅，强烈建议我去吃一次。他拿出一张纸，写下了餐

厅的名字：あぜ道、より道（田间路，绕远路）。

朝仓先生问我："为什么非要搬去 guesthouse（小旅馆）住两天？"

"因为想要碰碰运气，看看会不会遇上有趣的人。"我说。

我原本是想在朝仓家民宿一直住下去的，但偶然翻开一本富良野旅游杂志，看到了一家名叫"ゴリョウ"（Goryo）的咖啡馆，开在农田中央，风景很好。据说店主是一对环游世界归来的年轻夫妇，从关西移住到北海道。他们还在咖啡馆隔壁改装了一栋 20 世纪 80 年的老房子，作为简单的民宿经营。我对他们的生活有些好奇，发了邮件预约，店内只有床位，很便宜，每天 2500 日元。房间因此简陋，是全世界都能见到的青年旅馆的样子，窗帘也没有，我已多年没有住过这样的地方了，尚需时间适应。放下行李我去咖啡馆吃饭，即便是下雨天那里也坐满了客人。店里非常繁忙，那个妻子埋头在厨房里不出来，丈夫顶着乱糟糟的头发偶尔闪现一下，两人都沉默寡言。吧台位上坐着两个年轻女孩，吵吵闹闹喝着酒，和年轻的服务员大声聊着天。

并不如想象中那么有趣，我有些低落，开始怀疑离开朝仓家是不是个错误。过了晚上 8 点，夫妇两人打烊回来，径直回到二楼的房间，依然不跟客人聊天。客人和客人之间倒是热闹。一个白发老头坐在开放式厨房的长条桌前，招呼着厨房里的中年女人做两个拿手好菜给刚刚在吧台的那两个年轻女孩吃——她们从札幌来，这晚是我的室友。厨房里的女人看起来听不懂日语，只用英语交流，不久做了韩国煎饼，原来是韩国人。途中又窜出来一个年轻男生，打开冰箱拿出矿泉水，咕噜咕噜灌完，又回房间了。我坐在玄关处写着稿，隐隐听到白发老头意气风发地讲着自己在阿拉斯加和冰岛的旅行经历，说自己每年要花一半的时间在海外旅游，两个女孩随之发出"欸"的惊呼，是日本

Goryo咖啡馆

女孩擅长用来附和的夸张假音，老头炫耀得越发得意了。随后我听出来了，他根本是跟着旅行团去的，对目的地的自然和生活都缺乏了解。韩国女人从我身边经过，我用韩语跟她打了个招呼，她也不搭理我。不应该离开朝仓家的，我心想。

　　我结束写稿的时候，札幌的两个女孩开车出去喝酒了，韩国女人也已经回到房间，只剩白发老头继续坐在那里喝他的那瓶 1.8 升的烧酒。我回房间之前经过他，礼节性地打了个招呼："你从哪里来？"

　　"仙台。你呢？"

　　"中国。"

　　"你是中国人吗？王桑也是台湾人！"老头激动地冲着房间里大喊："王桑！王桑！这里有个中国人。"

我终于意识到刚刚交流失败的原因在哪里——她根本听不懂韩语！

次日依然下着雨，我起得很早，王桑又在厨房里做饭了。那里显然已经成为她的地盘，比起不搭理客人的店主，她更像是这里的主人。我一边刷牙，一边观望着台风过境带来的强烈雨势，知道这一天哪里都去不了。

"吃早餐吧！"王桑在这时招呼我了。我走过去，长条桌上摆着烤吐司、煮玉米和牛奶麦片。她告诉我，她的计划是在富良野住一个月，现在还剩半个月。仙台的老头也出来吃王桑做的早餐，随后就离开了。年轻男生也出来吃王桑做的早餐——这位 Thomas 从澳洲来，拿了工作假期签证要在日本待一年。服务员女孩也出来吃王桑做的早餐，大家叫她"爱酱"，去年刚刚大学毕业，也是来北海道打工的，在这间咖啡馆工作一阵，冬天去二世谷的滑雪场再工作一阵，就会回到老家鸟取县去。

札幌来的两个女孩也告别之后，屋子空了许多。

"今天还会有新的住客来吗？"我问爱酱。

"没有了，"她顿了一下，注视着窗外的雨，"不过也难说，这样的暴风雨天气，也许会有临时找上门来的人，尤其是那些骑摩托车的。"

到了傍晚，爱酱果然领了两个人进来。年纪大的一个裹着头巾，看起来像是从仓本聪的电视剧里走出来的农户，另外一个中年男人，自我介绍说姓藤原，在兵库县的邮政局工作，这次是来富良野旅游的。又多聊了两句，得知那个年纪大的是稻冈先生，从前是藤原桑的上司，现在在北海道各地做农家支援工作。雨还是很大，两人商量着要出去吃北海道有名的猪肉盖饭，问我：要带点什么吗？我想着王桑刚刚念叨着天气太冷想喝烧酒，小心问道：能帮我带一瓶烧酒吗？

"哇，要什么烧酒？"

"芋烧就好！"

"你真懂行！烧酒就是芋烧啊。"两人都笑起来了，"那晚一点，大家一起喝酒吧。"

他们买回来的不只是一大瓶烧酒，还有许多啤酒和红酒。王桑又做了一桌子菜，大家围在长条桌前，无论日本人还是澳洲人都对西红柿炒鸡蛋表现出了极大的兴趣。如果有了酒，又有了美食，世界就会变得比较友好。Thomas不再窝在被褥里，爱酱下班后，也搬了张椅子坐在厨房里。

如果喝了啤酒之后再喝烧酒，兴许再加一杯红酒，吃光了所有的食物，外面又正好是狂风暴雨的台风天，这个世界上的人们也许就会告诉你一些秘密——

"我是乳腺癌晚期了。"这是王桑偷偷告诉我的秘密。她说自己原本是台南一所学校的心理辅导老师，几年前被确诊癌症之后就辞了职，开始在全世界这里那里住一阵。丈夫偶尔陪她一阵，但最多一个月，警察这份工作不会有太多假期。唯一的儿子刚刚高中毕业，放弃了去海外留学的机会，说服家人，说他要走自己的路，要去做游泳教练。"我想，他之所以选择这样的路，也许有和我相关的因素。"无论谈到死亡还是谈到儿子，王桑都很镇定，她说是基督教让她变得不那么害怕，"我正在慢慢目送人生的结束"。她在全世界的角落里目送自己的人生，总是随身携带一个巨大的旅行箱，里面装满了台湾食材和调味料。她最后的人生中有一件快乐的事情：做饭给全世界的人吃。

"我和妻子分居6年了。"这是藤原桑告诉所有人的秘密。他和妻子生了 6 个孩子，最小的儿子出生后妻子就搬回了父母家，最大的女儿如今已经上大学了。孩子们都和妻子住在一起，他只能不断去探望，想念他们每一个人。前些年妻子有了新的恋人，催着他离婚，在日本离婚是一件会带来各种麻烦的事情，为了孩子，他下定决心永远不离婚。我试图劝告他：离了婚才会有新的相遇，不是吗？他并不打算采纳我的建议："我已经不需要什么新的相遇了，你知道日语里有个词吗？人间不信。"

"其实我会说日语。"这是 Thomas 告诉稻冈先生的秘密。两人第一次见面时，他对稻冈先生说："English only."（只说英语。）稻冈先生回道："Japanese only."（只说日语。）同时内心有些遗憾。Thomas 在民宿里住了好几天，没人知道他会说日语，其实去年他已经在长野县打了一年工，更早的中学时代，他还在冲绳 home stay（家庭寄宿）了一整年——他甚至还会唱冲绳民谣！Thomas 还有另外一个秘密："前天是我的生日，我很想找张床好好睡一觉，才来到这里。"屋外停着他刚来日本时就买下的二手摩托车，他的日常是骑着这辆摩托在全日本晃荡，晚上就找个空旷的地方搭帐篷，平时就睡在帐篷里。是年轻的时候才会有的生活方式啊，大家都很感叹。Thomas 暂时还算喜欢这样的体验，但未来并不计划待在日本："这里的人们工作太苦了，以后我要回悉尼过悠闲的生活。"

"我的愿望是未来开一家咖啡馆。"这是爱酱告诉 Thomas 的秘密。他们同龄，她也想过悠闲的生活，不想跑去大城市的公司上班。她来到北海道打工，是因为店主夫妇既开咖啡馆也从事农业活动，这两件都是她人生规划中最想做的事情。

至于稻冈先生的秘密嘛，就是他会唱歌。就在我们用小型音响听了整晚 BEGIN、尾崎丰和井上阳水之后,藤原桑突然一拍脑门:"稻冈桑,你的车里是不是有吉他?"稻冈先生终于在我们的死缠硬磨下,取来了那把他从年轻时就带在身边的吉他,唱起了他最爱的一首歌,那也是我最爱的齐藤和义的歌曲:《今夜星光灿烂》。

稻冈先生是怎样一个人呢?他和妻子是小学同学,至今感情依然很好,拥有共同的朋友。他看起来很能喝酒,其实一杯就倒。他不只是在北海道,而是在全日本各地都做着农家支援的工作,按照农作物收成的季节,南边住半年,北边住半年。到了这个月底,他就要回到南边去,骑着摩托车沿着日本海一路向南,身上背着旧吉他。我想象尾崎丰如果能活到 54 岁,应该就是这副样子,我读过的伊坂幸太郎小说中的浪漫理想,应该也就是过着这样的人生。原来真的可

稻冈先生

以潇洒过一生啊，于是，我成了稻冈先生的粉丝。

从某个时候开始，我不再愿意去住高级酒店，高级酒店很舒适，但是在高级酒店里遇不到活得很酷的人。如果你在民宿住得多了，总会听到很多关于死亡的故事、走向死亡的故事、等待死亡的故事，旅途结束之后，我会渐渐忘记他们的故事，不再记得他们遭遇过怎样的命运，只是在这样一个片刻，微醺的人沉醉在吉他声中，西红柿炒鸡蛋的味道飘浮在木头房子里，真的浸润着我的心。王桑说她在处理她的人生，我们何尝不是呢？只不过我们处理得没那么急切罢了。

"吹起口哨往前走吧，垂头丧气的朋友啊，其实谁都没有错，人生就是如此呀。吹起口哨往前走吧，今夜星光灿烂。"在这个台风过境的夜晚，人们也许并不能借由说出秘密得到神明的拯救，但我知道，我们都在稻冈先生的吉他声中找到了各自的温柔时光。每个人都很高兴，用力地鼓着掌，好像真的看见冲破了天幕掉落下来的点点星光，好像人生也会像台风离开后的次日清晨，阳光明媚。

阳光明媚的午后，我离开了 guest house，从富良野搭巴士去了一趟中富良野。一起下车的有个直不起腰来的老太太，反反复复在我面前走了好几趟，我终于没忍住，上前问她要去哪里。她说出一间寺院的名字。我在谷歌地图上看了一眼，要跨过一条铁道，就带着她去了。一路上，老太太反复跟我道谢，说："我丈夫的遗骨在那间寺院里呢，今天刚好是他去世一周年，我就从札幌坐大巴过来看看他。嗯，你问为什么遗骨要放在富良野？因为这里是他的故乡啊。我来看看他，30分钟吧，待会儿我就坐大巴回札幌了。"你看，这也是一种人生。

送走了老太太，我租了辆自行车，在秋天燃烧干草的气味中，从广阔大地的笔直公路上俯冲而下。经过成片的洋葱地和落得满地都是的栗子，经过收割后的薰衣草田和潺潺的富良野川，去见大友老太太。朝仓先生写在纸片上的餐厅比我想象中更远，人气也更旺，我排了很久的队才终于进去。大友老太太在厨房里忙个不停，直到我吃完了满满的一盆蔬菜咖喱准备离开，她才笑嘻嘻地跑过来，指着窗外："你坐会儿再走，看看云，多好看。"说完放了个杯子在我面前。我喝了杯里的水，很好喝，是苹果薄荷茶，冒着热气。

我想起另一扇窗。

在富良野另一头的山丘上，我采访过一间小小咖啡馆的店主。店主宫本桑原本是东京某乐团的成员，在演出过程中游遍世界。6年前，56岁的他卖掉东京的房子，和妻子一起移居富良野，用当地食材做西餐。我去采访宫本先生，聊着聊着，他跑进厨房端出来一块蛋糕："你猜这是用什么做的？"我吃了一口："哎呀是玉米！"过一会儿他又端出一杯牛奶："好好搅拌，底下有我自己做的蓝靛果果酱。"宫本先生最后给我做了印度咖喱蛋包饭，刚吃了两口他又端上了刚烤好的黄油牛奶面包——所有的食物都完美无缺。

是宫本先生告诉我的，为什么富良野的人平和热情："到了冬天，富良野的自然环境非常严酷，如果大家不互相帮助会很难生存吧？生活在都市里，人们就算独自窝在公寓里也不会有任何困扰，而在这样自然严酷的地方，人和人之间的互相帮助就是必然。富良野的移住者很多，冬天的时候经常会有聚会，每个人都不是独立存在的。"

宫本先生的采访出于种种原因没有被刊出，我一直不好意思再去见他。但我常常想起那间咖啡馆的窗户：在夏日童话一般的蓝天白云之下，成片的葡萄园和玉米地长势正好，一条笔直向下的道路尽头，遥遥眺望见的正是富良野市中心的热闹街市。我一直觉得，这是整个富良野拥有最美风景的咖啡馆，它也拥有一个最美的名字：halu。必须要带着感激之情说出这个词，在爱奴语里，它的意思是：大地的恩惠。

北海道的最后一晚，我又回到了朝仓家民宿。这天的客人除了我，只有一对年轻的情侣，他们从大阪来，男孩是新干线乘务员，女孩在音乐教室里教人吹笛子。两人都很热情，我向男孩请教坐新干线时如何能看见富士山，他们异口同声：买 E 席的座位。这一天我也终于在泡过温泉之后，喝到了原味的牛奶，感到满意。

集合回民宿时，朝仓先生和男孩到了约定的时间还没出现，过了很久，才终于走出来。朝仓先生兴奋地对我挤眼睛："刚刚听到了很棒的故事，所以来晚了。"

"什么故事？"

他指着男孩："这个人，刚刚在来我家之前，求婚成功了。"男孩冲着我们比出了胜利的手势。

"哇！"我被年轻人的幸福感染了，"恭喜呀。"

回去的路上，跑出来了比以往更多的狐狸和赤鹿，横穿马路，用朝仓先生的话说，它们一定是专程来说恭喜的。生活在自然温柔地方的人们，确实比较容易被他人的幸福打动，那些他者人生中的大事件，也像是自己人生中见证的微小奇迹。我和这奇迹的二人站在旷野的星空之下，一条清晰的银河在我们头顶闪闪发光。朝仓先生用激光灯照向远处的一团星云，告诉我那就是日本人在歌里唱的昴宿星团，它发出蓝色的光芒，还很年轻。我在日本看过的星空之中，这个晚上富良野的星空最光芒万丈，太过密集的银河看久了就不再像是宇宙，仿佛烟花正在落下。

"你懂得这个道理了吧？寒冷的季节才能看见美丽星空。"朝仓先生说。富良野星空最美的季节在天寒地冻的一二月，那时候人们真的会燃放烟火，在山上也点燃"大"字形篝火，用积雪建起雪洞，在洞里喝热乎乎的酒。

寒冷的季节已经在路上了，回到民宿，晓子太太刚刚把壁炉烧起来。我心里有个预感，很快我就会在遥远的某处怀念起富良野，怀念这个生活愿意暂时停驻、相遇永远会发生的地方。到了那个时候，我的心中应该会感到温柔。

当我怀念起富良野的温柔时刻，就会想起王桑问我："你如何看待'当下'？"没能立刻回答她的问题，但我现在有了答案：富良野就是我的当下。这里的人们不着急，不急着赚钱、工作、成功和做更多工作。人们在准备挥霍青春，准备走向死亡，准备前往下一个目的地，谁要是把这里当成目的地，也是从漫长的旅途中归来。我会永远需要这样的当下，哪怕当下不会成为日常。我不那么慌了。

当我怀念起富良野的温柔时刻，我就会像是在安慰自己一样说：即便在薰衣草凋零的季节，富良野也是很好的，因为这里有我在日本的爸爸妈妈。然后记起朝仓先生的叮嘱：回到京都也要多交朋友啊！

"下次什么时候来？"

"下次找个大雪天来吧。"

这一次告别时，我们又说了同样的话。

现在，就去见他

在富良野能够拥有些什么呢？我该如何回答这个问题？

有一家名叫"森之时计"的咖啡馆，它的时间以森林中的速度流逝，因此节奏比别的咖啡馆都要更慢一些。关于富良野，一开始我只知道这件事。直到 2014 年，在知道"森之时计"的 9 年后，我已经能够一字不漏地复述人们发生在这里的故事，才第一次站在它的门口—— 一幢藏匿于森林中的小木屋。我在雪地中深呼吸了三次，才终于有勇气推开那扇叮当作响的木门。那天窗外大雪飞扬，森林寂静无声，我在吧台前一直坐到打烊，喝着咖啡读着书。店内终日循环着一首我最喜欢的歌：平原绫香的《明日》。那是富良野最冷的季节，暴风雪从下午下到晚上，次日清晨又开始纷纷扬扬，计划滑雪的人纷纷打道回府，我依然什么事也没有，只能去"森之时计"。客人很少，前一天还很冷漠的店员站在门口劈柴，见我冒着风雪走来，先是一愣，随后露出了看见熟人的喜悦：你又来了啊。多亏了那天的坏天气，咖啡馆内的火炉终于燃烧起来了。

过些年再去，店员换了别人，客人也越来越多，很多时候需要等位。我还是连着好几天都窝在店里，看书喝咖啡的时候就坐在吧台，写稿的时候就窝在角落里。"森之时计"有个特点，尽管店员每次都换，但只要连续来上两天，你就能收获温暖的注视。老实说这里的咖啡并不好喝——尽管打出了诸如"自己磨豆子"这样浪漫的特色卖点，蛋糕的名字也取得好，用的是不同时期雪的名字——但是"森之时计"的玻璃窗会让人原谅这件事，在那扇大大的窗户之外，是富良野的遍地绿意或大雪封山，一个永恒的慢了半拍的世界。

在比"森之时计"更深入林中的地方，晚上路灯亮起的时候，一家名叫"Soh's BAR"的酒吧就会开始营业。客人不多，有好喝的威士忌，可以抚慰灵魂。今年再去酒吧，调酒师立刻就认出我来，笑着说：

"这次没带电脑过来吗？"森林里人手有限，这位年轻人白天在"森之时计"做服务员，晚上在Soh's BAR做酒保，而我呢，我白天在"森之时计"写稿，晚上在Soh's BAR喝酒。

在这间酒吧里，客人经常谈论的一个名字是仓本聪。调酒师解释说，"Soh's BAR"的意思就是"仓本聪的酒吧"。近年来日本能抽烟的酒吧越来越少，附近酒店里的酒吧也纷纷遵循禁烟法令，但仓本聪是个爱烟之人，所以策划了这家酒吧。他不仅爱烟，也嗜酒，酒单的最上面，赫然写着"仓本聪推荐"。

"这款酒前写着他的名字，是因为他是附近的名人吗？"邻桌的客人问。

"不是哦，因为这是老师喜欢喝的。"年轻的调酒师说，郑重给他们推荐了这款酒。

　　如果我没记错，这款酒名叫"生锈的笔"，用杰克丹尼和杜林标调制。仓本聪那年已经 84 岁，还是最爱喝烈酒，每次都要求 double（双份），加一点点薄荷叶。除此之外，他几乎不喝别的鸡尾酒，偶尔带朋友来的时候，会点整瓶红酒。

　　我之所以如此清楚，是因为两年前这里也有一个健谈的调酒师，跟我聊过许多仓本聪的故事。"老师现在也会来这里吗？"我问。"每个月大概两三次吧。"年轻的调酒师说。我把两年前调酒师的故事说给年轻的调酒师听，他连连追问："你说的是那个眼镜男吗？"我翻了半天手机，找出一张模糊的照片给他看，他就变得很激动："这个人是我的师父！"做师父的调酒师在 Soh's BAR 工作了 13 年，今年辞了职，在富良野车站前开始经营自己的酒吧。我默默记下了那间酒吧的名字，在富良野又多了一个可以叙旧的去处。

　　和年轻的调酒师聊得很熟的那天晚上，等所有的客人都离去，我终于鼓起勇气问他："昨天晚上来这里的那个人，是《安宁之乡》的制作人吧？"

　　"是的哦。"

　　我有点迟疑："我想确认一下，老师昨天没来吧？"

　　"老师也来了哟。"

　　"真的来了？"

　　"真的来了。"

　　前一天晚上，我去听了一场仓本聪的演讲会，之后照例来到 Soh's BAR 喝酒。到酒吧时，店员说吧台已经被预约了，我只能坐在另一侧的靠墙位。就在我照例喝着"生锈的笔"的时候，一群人推门进来，走在最前面的是一个熟悉的身影。我太熟悉那个拄着拐杖的敦实身影了，是仓本聪。

"我确实看到老师进来了，但是走的时候，吧台位坐的却是另外的人。"

"老师是不会坐在这里的啦，老师有自己的房间，"调酒师指给我看一条隐秘的通道，安慰我道，"老师昨晚来了，和你喝了一样的酒。"

"问你真是太好了，我整天都在怀疑自己是不是产生了妄想。"我终于安心了，这件事困扰了我整个晚上。

调酒师大概是觉得我很好笑，又觉得我很可怜："你不是采访过老师吗？为什么还那么激动？"

"采访是蓄意，坐在同一间酒吧喝同一杯酒，才是命运。"

是的，奇迹又发生了，仓本聪又一次出现在了我眼前。我没有走过去跟他说话，按捺住内心的激动默默坐着，短暂地感受着人与人之间奇妙的缘分。我拥有着漫长的追寻他的时光，享受过和他面对面谈话的时光，然后又被赐予了和他偶遇的时光。在我所有喝酒的夜里，这个夜晚最神奇，最动人。在富良野发生的一切，全部都变得圆满了。

我想说说仓本聪的故事。在富良野能够拥有些什么呢？我并不真正拥有世界，我所拥有的一切，都是追寻他的时光。

我还记得2017年的心情。那是8月的最后一天，我从函馆一路向北，要辗转7个小时才能到达富良野。秋日温煦，在泷川站换乘的单节列车上却开着暖气，热得人直冒汗。车厢里刚放学的中学生们热闹地吃着饭团，列车停靠站台时，有红色的蜻蜓绕着车窗飞舞。终于有人也热得受不了了，拉开了一扇窗，来自山间的风呼呼灌进来，我的心中也有了呼啸风声。这一次出行，我的心情不同于以往，常常

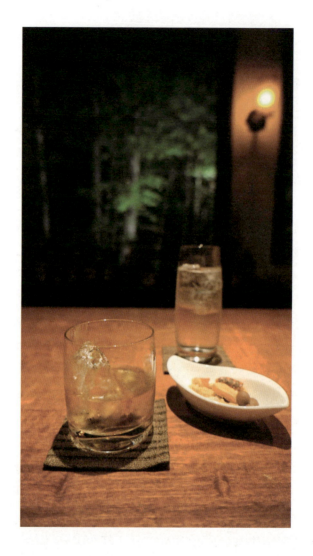

在途中无法镇定，内心觉得这不是一辆普通的火车，而是驶向我人生的另一种境遇，是那种如果出现在电影里，会改变主角命运的转折点，自此人生会是另一番风貌。我要去见一个我在这世界上最想见的人。

9月的第一天，我拿着工作人员给我的手绘地图，走进了森林深处，那里有仓本聪的工作室。我见到仓本聪的时候，他正在埋头画一棵树，被北海道的积雪所覆盖的白桦树，他在想象它的根茎会以怎样的姿态深扎进泥土。和以往任何一次相见都不同，这次我是来采访仓本聪的。那时他已经 82 岁了，我听从工作人员嘱咐——必须要很大声跟他说话，他在这一次又给我上了一课，如同我热爱的他编写的那些电视剧一样，向我讲述着自然生活、现代家族关系和正确爱世界的

仓本聪的咖啡杯

方法。那么温情，那么节制，那么有趣，那么礼貌，那么闪闪发光。

途中有一次他停下来，问我："你觉得幸福是什么？"

我迟疑着，不知道该如何给他一个满意的答案。

"是漂亮衣服吗？"他又问。

"不，幸福是每天喝咖啡。"我脱口而出。

他笑了，指了指我眼前的马克杯："来，赶紧喝咖啡吧！"

在短暂的一个半小时里，我意识到：再没有别人会像他这样耐心地教给我人生道理了。同时意识到，真正的幸福，真的也就是坐下来喝一杯咖啡，和喜欢的人聊聊天。能够和仓本聪面对面坐下来谈话，是发生在我三十几年的人生中，最大的一个奇迹。

让时间轴错乱一下，我们去一趟 2005 年吧，那年我还没过 20 岁生日，遇见了一部彻底改变了我世界观的日剧：《温柔时刻》。日剧里有一间名叫"森之时计"的咖啡馆，原本是为了拍摄而建，后来正式营业保留了下来。那之后，我几乎看了仓本聪编剧的所有作品，延续着对富良野近 10 年的思念。

现在回到 2014 年冬天，1 月 30 日是中国的除夕夜，也是我第一次走进"森之时计"的日子。我从咖啡馆回到酒店，在大堂和工作人员闲聊了几句，突然被告知："今晚富良野演剧工场正在上演仓本聪导演的新舞台剧，酒店有穿梭巴士可以送客人过去，你要不要去看一看？"那个故事叫《マロース🐛》，讲的是在冬夜"森之时计"咖啡馆里，突然闯进来一位满身是雪的失忆老人，这一年森林里的春天直到

🐛 マロース：Moroz，俄语，意为"暴雪""寒波"。——作者注

5月也还没来，像极了会发生在《温柔时刻》里的故事。就在我抹着眼泪走出剧场的时候，人们排着长队，仓本聪就站在那里，和每一个人握手。

后来看山田太一给仓本聪的某本散文集写的后记，才知道在舞台剧结束后站在门口和观众握手，是仓本聪一直以来的习惯。"或者他是想看看吧，人们脸上是不是有很好的表情。"山田太一说。

和仓本聪握过手的人，会被那双手掌的大和厚实所惊讶。那不像是写作者的手，更像是来自长期劳作之人。就是那样的一双手，就是人生。那双手端起咖啡杯，夹着香烟，在写字台前握起笔，最后变出了文字，又转化为画面，先是教会人怎样生活，然后教会人怎样老去，怎样面对死，怎样向死而生，怎样保持内心的温润和感动。握到了那样一双手，是我人生中降临的第一个奇迹。

热爱的人可以有很多，真正改变你人生轨迹的却屈指可数。2014年的除夕夜在富良野见到仓本聪这件事，成为我下定决心要来日本的契机。我第一次意识到：人原来可以离自己深爱的事物那么近，只要往前踏出一步，梦想就不会太远。

过了一年，我搬到了日本，又见过仓本聪好几次。2016年，在我家楼下小剧场公演的《屋根》，是他当成遗作来写的。那天我坐在第一排，见到了他谢幕时出现在舞台上短短几秒的身影。2017年，在大阪另外一间偏远的小剧场，有他另外一部名叫《跑》的舞台剧上演。这是仓本聪导演的最后一部舞台剧，他说自己年纪大了，实在排练不动了，我又一次远远见到了他的身影。

去见仓本聪吧，它成了我平凡的人生中，唯一能实现的奇迹。

这一次来到富良野，是为了听仓本聪的演讲会。他如今不排练舞台剧了，但是人人都知道他是一个停不下来的人，他会工作直到生命的最后一秒。他继续写着新的剧本，同时在富良野举办演讲会，一个月一场，回顾编剧生涯中的那些影视作品。

在 Soh's BAR 见到仓本聪的几个小时前，我坐在观众席上，听他和《安宁之乡》的制作人中込🌿卓也在演讲会上对谈。中込讲了一个故事，说自己第一次和仓本聪合作时，还是电视台初出茅庐的年轻人，当时电视剧的片尾字幕不像今天这么长，每次只能打出几个关键人物的名字。中込和仓本聪见面时，无意中流露了不满的情绪：为电视剧付出数十年心血的幕后人员，工作却得不到肯定。那时两人合作的电视剧刚刚拍完第二集，来到东京的仓本聪和 NHK 的高层约在一家中华料理店碰头，吃饭途中，仓本聪突然开口了：你们不觉得片尾有点太短了吗？

"我完全没想到他会说这件事，吓了一跳。电视台的高层支支吾吾，说这是从前定下来的规则。"中込说。

当时，老师问："从前就定下来的规则，是谁定的？"

高层接不上来话："是我们之前的人，具体是谁，也……"

"所以说你们没有见过制定规则的人的脸？"老师追问，"你们遵守着不知道是什么样的脸的人制定的规则在做电视剧吗？"

电视台的高层依然面露难色，表示片尾字幕不能再加。

"既然是这样，"老师站起身来，"那我就把第三集的剧本带走了。"那顿饭，电视台的高层吃得手足无措，只得鞠着躬把黑着脸的

🌿 込：日文汉字，音迁。——编者注

仓本聪送上了出租车。临上车前，仓本聪却对年轻的中込做了个鬼脸："我这样做应该就行了吧？"

中込从此变成了仓本聪的信徒。我见过和仓本聪一起工作的人，无一不是他的信徒。他坚定、幽默，有原则，有主见，鼓励创作和创造，保护年轻人，尊重他人的工作，反抗不合理的世界。他真的好酷啊，大家都是这么说的。

听完演讲，我从富良野演剧工场出来，走了两公里才到 Soh's BAR。北海道的秋天很短，秋夜里已经有了冬天的气息，我的鼻子被冻得很痛。四周漆黑一片，我不时抬起头来，总能看见一颗明亮的北极星，在庄稼收割后广阔的大地之上，广袤无边的天空中。就只有那

《来自北国》手稿

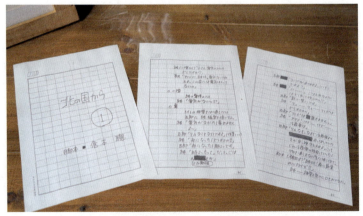

么一颗，唯一的，北极星，我知道那是老师。对于许许多多的人来说，来到北海道的目的只有这一个，没有老师的北海道，就是没有北极星的天空。

在富良野，我见过那些追寻北极星而来的人。

比如在富良野自然塾工作的中岛吾郎。仓本聪专注于以这片土地为背景的电视剧和舞台剧创作，一部《来自北国》帮助富良野从荒芜之地变成了观光胜地，12 年前，他又成立了 NPO（非营利组织）"富良野自然塾"，致力于将一家大型酒店内废弃的高尔夫球场还原为森林，称之为"自然返还事业"，并在这里打造了体验型的环境教育场。

出生于静冈县富士市的中岛，也是在 12 年前正式移居到富良野的。他也是仓本聪的众多信徒之一，尽管《来自北国》播出时他还是个小孩，但此后便一直深受仓本聪在电视剧中所体现的环境观影响，听说要开设富良野自然塾，就立刻应聘成了工作人员，毅然来到北国的土地上。

来到富良野之后，中岛先是花了一年半时间跟着仓本聪学习——学的不仅是环境和自然知识，还有如何向客人传达信息的表演方法。如今已经成为自然塾项目经理的他，能够在 200 人面前侃侃而谈关于自然和森林的事情。"人类的体内 70% 是水，我经常在想，我眼前的都是水。"这也是老师教给他的。

采访仓本聪之前的那个早上，我第一次见到了中岛。那天富良野自然塾里出现了两位客人：来自滋贺县的中川夫妇。中川先生说自己数十年前开始就是仓本聪的粉丝，能迅速说出林间那座石碑上的句子出自他的哪部作品。中岛让中川太太蒙上眼睛，由丈夫牵着手走进森林。蜿蜒的小径发生着变化，起先是草地，后来是木头、泥土、大块石头和碎石子，眼前望去是一派林间明媚景象，被蒙住眼睛的中川太太却不断发出"好恐怖""好痛"的叫声，不过300米的路程，对她来说既漫长又遥远。中川先生只能不断鼓励着："不要怕，慢慢来。"

"感觉如何？"等待在终点的中岛摘下中川太太眼睛上的手帕。

"刚开始很吓人，又很不安。看不见的时候一切都变长了，时间也是，路途也是。"

"后来呢？"

"踩到石子会感觉到痛，也能感觉到脚底的冷热温度变化。有时候又感觉到草地上有水珠，是昨天下过雨的缘故吧？鸟声？根本没有

那份优哉的心情去听。"

后来仓本聪向我解释了那条路的设计理念:"那种上面光滑平整、什么都没有的道路,是人们现在在都市中习惯走的路。在自然中,在森林中,就是各种各样的东西都有的,这样才能通过脚底的触觉反射,知道什么地方该去,什么地方不该去。夏天的海滩上,沙子不是很热吗?冬天的雪地上,光着脚走不是很刺骨吗?希望人们能够更加注意到这些事,开发更多沉睡在自己身体里的本能。比如说,不是靠眼睛去判断一件事物,而是闭上眼睛用手指触摸它:这是一个咖啡杯,这是一本书,这是一块木头……通过触觉来获得情报,我意识到人类已经忘记了这件事。"略微疼痛或恐惧的感觉,就是这项体验的目的:回归五感。

中川夫妇最后在富良野自然塾一起种了树。从2006年富良野自然塾开始植树活动以来,至今已有超过4万人种下了超过6万棵树。自然塾内有一处山腰,是中岛在这里最喜欢的场所,没有工作的时候,他会坐在山腰的木头椅子上悠闲地喝着咖啡。在他的眼前,曾经的高尔夫球场已经变成了一片小小的森林。中岛告诉我:砍树简单,还原很难。真正还原一座森林,需要持续工作100至150年。他也会得意地问我:"富良野不错吧?半分旅行,半分学习。"

"对你来说,老师是什么?"我这么问过中岛。

"目标吧。"他说,"我在行动之前经常会问自己,如果是老师,他会怎么做?"

我也去拜访过30公里之外的美瑛皆空窑,《温柔时刻》中有一个很重要的道具——儿子拓郎亲手烧制给父亲的马克杯,就诞生于这里。它的主人是美瑛的陶艺家南正刚先生,差不多在同一时间和仓本聪一起移住到这片土地上来。那个杯子是仓本聪委托南先生为电视剧特别定制的，南先生一口气做了 12 款，最终定下了其中一个。电视剧很火，杯子也很受欢迎，于是烧制了很多放在"森之时计"附近的电视剧主题纪念馆里卖，皆空窑也提供体验项目，可以亲手制作一个杯子。

我跟南先生学做过一个马克杯，体验活动原本只限定两人以上参加，我写了邮件央求，他竟然也温柔地答应了，在邮件里跟我约定好时间，又叮嘱道：路上注意安全哦。我花了比其他人更多的时间，磕磕碰碰地完成了制作，他算了算时间，说一个月后会烧好邮寄给我，见我写下的收件人信息，又小声地说："如果是送给重要的朋友，要不要再捎句话呢？"那就捎句话吧，我把重要的讯息，一字一字刻在杯底了。

皆空窑里摆着几个还没烧好的杯子，我觉得眼熟：这不是采访仓本聪的时候他一直捧着的那个杯子吗？果然是的。"是老师特别要求设计的。"南先生说，原本他用这个图案做了啤酒杯，仓本聪见了，表示想要一个同款咖啡杯，于是有了新作品。我表示也想要一个同款，南先生笑着，真的卖给了我一个。

离开皆空窑之后，我又走了很远的路去美瑛车站。因为没有巴士，又不敢开车，在北海道我总是在走路。在白桦林中走了一个小时，一场大雨淋向我，天空又很快转晴，阳光从树林中宣泄而下。当我终于到达目的地，坐在车站前打完一个电话，再度抬起头来的瞬间，突然看到半截彩虹冉冉升起，世界变得好温柔。再后来听说，富良野是彩虹之国，在这个季节，人们还常常会看见双彩虹。我拿在手里的那个杯子，也是彩虹色的。

最近一次去富良野，我才终于去了风之花园，想要看看白鸟医

《风之花园》海报

生生活过的痕迹。在我的心中,日本的最南边和最北边都有一位医生,南边的那一位姓五岛,北边的那一位姓白鸟。白鸟医生是仓本聪《风之花园》里一个正在走向死亡的男人,在他去世很久之后,花园中还四季繁花盛开。9月的风之花园里几乎没有人,我缓慢地走着,见到了"硫衣的泪"和"岳君的梦",远远眺望藏在林中的看护车,最后坐在蔷薇庭院里听风的声音。蔷薇的花朵凋零之后,许多都结出了艳丽的果子。当我坐在风之花园里的时候,就是坐在了离热爱的事物最近的时刻,内心充满感激。我想起仓本聪写这个故事,是想讨论生死,"果然和家族在一起死才是幸福",他这么对我说。日本社会血缘关系趋于淡漠，传统的家庭关系正在解体，而他的电视剧里，一直有化不开的亲情。

前两年，在能望见风之花园草地的地方，新开了一家意大利餐厅，全预约制，从内部装潢到菜式都是仓本聪设计的。我去吃过一次午餐，从邻桌的客人那里得知，它原本是开在东京银座的名店，正在人气最盛,预约的人排着长队,电视台也纷纷来取材的时候,夫妇两人关了店，决定移居到北海道生活。理由很简单：他们多年前收养了几匹退役的赛马，为了照顾马，他们要搬到适合马生活的地方。坐在餐厅的落地窗前，偶尔能看见那些马走来走去。午餐里的土豆和茄子很好吃，葡萄做的甜品也很好吃，因为北海道拥有全日本最好的食材，这一餐也许比在东京的时候更加好吃。现在，夫妇两人拥有两条狗、四只猫和五匹马。为了马而做出的生活选择，没准就是正确的人生方式。

我还记得一个人。

从风之花园走去"森之时计"的路上，沿途的小木屋中亮起灯来，一个老头正在门口清扫落叶。他把落叶聚成一堆，认真地把右上角鼓出来的部分弄得更丰满，让它看起来更接近一个标准的心形。

"真的一直都在扫落叶呢。"我很惊喜能够见到他。

"是的哦。"他转过头来看着我。

"其实我两年前来的时候，您也在这么扫落叶了，山口先生。"

那天做完仓本聪的采访，也是在走去"森之时计"的傍晚，我第一次见到了山口先生，他正在把掉落的枯叶聚拢起来，组成一个心形。我在他旁边站了很久，心想原来也有这样浪漫的清洁工啊。不断有人从我们身边走过，无不停留驻足，惊叹两句，拍几张照。

"你从哪里来？"山口先生突然问我。当时我还住在大阪，发现他对大阪的事情了如指掌，追问之下，他说："我是大阪人哦，20年前移住到这里，今年76岁了。"原来他是后面那间小店的店主，店里贩卖着各式玻璃制品，从风铃到耳环，都是他自己制作的。

"为什么住到富良野来呢？"

"对都会的生活厌倦了啊。在大阪，没人有时间让落叶变得很美吧？"

山口先生原本是一家玻璃公司的社长，大阪的帝国酒店和札幌美术馆天井的玻璃都出自他手。但在50岁刚过时，他坚决结束这一切，来到了富良野。最近6年来，山口先生每天做着同样的事情，到了冬天，组成心形的材料就从落叶变成积雪。永远在清晨和傍晚，有一个心形，

静静地躺在旅者经过的途中。那天我问山口先生要了一张名片，他再三叮嘱我不要发邮件："我在这个世界上最讨厌的就是邮件了。"

"为什么呢？"

"因为讨厌用机器和人交流。人和人之间不就应该像我们现在这样，面对面进行谈话吗？"

我翻出两年前的照片给山口先生看，他很满意："真的，我在扫落叶呢。"又告诉了我一些新的事情："有一个35年没有联络过的小学同学，昨天突然打电话来。他在网上看见了有人拍的'落叶之心'，就在猜测是不是我。"

世界真的能够借由落叶联结起来啊。两年前，我问山口先生为什么要把落叶扫成心形，他是这么对我说的："像你经过时这样，喜欢它的人会走过来和我聊天，我们就知道了彼此的故事。它是我和人沟通的方式，也是我喜欢的和这个世界相处的方式。"

是那样一颗心，躺在我偶然走过的路上，让我知道人生海海，世界原本温柔。我心里有个感觉：如果说老师是富良野的光源，那么在老师的光源之下，又有许许多多其他的光。我在路上看到的那颗北极星，等到天色再暗一些，人们就会知道它四周遍布着更多群星，浮现出各自的点点光芒，世界因此被照亮。

每两年去一次富良野，为的都是这些时刻。三十几岁的人生有时候和我想象中不太一样，我在皆空窑的杯子底下写下了歪歪扭扭的"来日方长"，而日子却往别的地方去了。人生充满了别离，猝不及防。当我有一点迷茫的时候，我就很想问问老师：我的人生应该怎么办？然后我就会买一张机票，跳上电车，再去一次富良野。那里有我熟悉的咖啡馆和酒吧，有看得见草地的餐厅，我还知道有一家

富良野的森林，我心中的"原风景"

入选了日本百名店的和果子店，有着奶味浓郁的布丁，如果在秋日的傍晚坐在店里，就会看到世界慢慢进入黄昏，富良野的天空变成妖媚的薰衣草色。在富良野的日子里，我常常经过通往老师家的森林，那片森林里化不开的绿色，是我心里的原风景。

　　当我想要知道人生应该怎么办的时候，就去听听这片森林会对我说什么，等待它安排一些微小的奇迹给我，足以支撑我渡过难关。我有很多关于人生的问题要请教老师，但是我还没有开口，老师就已经把答案写在书里了，就等我捧着那本书在"森之时计"里坐下，一边喝咖啡一边读到它。老师说："看到之前先跳下去，跳下去了，再慢慢想，这是我的行动美学。人生不是遵循道理就可以一帆风顺的，它充满了挣扎、碰撞、失败。所以说，先往下跳，然后再想。我一直过着这样莽撞的人生。不是很有趣吗？"

听了老师的演讲，和老师偶遇，读了老师的书，让我觉得许多事情不那么重要了。心里稍微痊愈一些，我就可以离开富良野了。最后一个晚上，调酒师帮我叫了出租车，回去的路上，我向司机感叹着好冷。"是啊，现在外面只有9℃了，晚点儿会更冷。"司机说，"昨天山上初雪了呢。北海道的秋天很短，再过十来天就是红叶的季节，10月下旬开始整个城市都在下雪，大雪封山的季节要来了。"

40岁那一年，仓本聪扔下大河剧的工作，仓促地从东京逃往札幌，整日混迹在小酒馆里，很长一段时间都处于失业状态。"不能再这样下去了"，他这么想，认真考虑出路，觉得最适合自己的工作是出租车司机。新的人生计划未能开启——很快一份新的编剧工作找到了他，他写出了那部后来成为日本国民剧的《来自北国》。在出租车里跟我说话的差一点儿就是老师了吧？我突然想到。那样应该也很妙吧？会有一个富良野的出租车司机教会我一些人生哲理。人生没有高低上下之分，人生原本就是高高低低上上下下，重要的是相遇。这是老师教会我的事情。

老师在书里又说了一次，当初他决心进入电视界的动机，是因为剧作家加藤道夫在《季洛杜的世界》里写了一句话："大街上遇到一个表情很好的男人，他一定是刚刚看完了一场很棒的演出。"两年前采访的时候，老师也这么对我说了。但如今我可以肯定的是：作为编剧的仓本聪、作为作家的仓本聪、作为老师的仓本聪，或者单纯只是作为人类的仓本聪，不只让我的表情变得很好，也让我的整个人生都变好了。

我想以后每年都来看老师一次。老师只要还健康地活着，我的精神就有能量，我就不怕活着，我就有决心变得更有勇气，更加强大。要多向自己的光源靠近啊，我这么对自己说。靠近光源的话，自己也会发光。

"老师，一定要长命百岁啊。"

北海道风雪中

第三次来北海道，赶上漫天大雪。抵达北海道那日，沿途经过积雪覆盖的村庄，面对下午 4 点的落日，我不假思索地感叹道："不会错了，这是三年前我离开北海道那天的夕阳。"

那日晚饭过后，从千岁回札幌的大巴上，城市的灯光偶尔一闪而过，几乎都是暗夜。在暗夜中也能看见高速公路旁的厚重积雪，不久后飘起雪来，是只有北国才有的大片雪花。听说北海道从每年 11 月开始下雪，整整持续半年，这阵子到了清晨，每天气温低达 –20℃，而积雪彻夜不化。北海道的雪有个名字叫"钻石雪"，它如同粉末一般细碎松散，无法捏成雪球，也不会沾在手心，在阳光下散发着耀眼的光芒。

我记得北海道的雪，是寒冷的记忆。

一个傍晚，我们一行人在空旷的雪地中走了 20 分钟，去看悬崖边的一条瀑布。那条瀑布有个令人心动的名字，因为水流纤细婉约，当地人叫它"少女的泪"。我曾经在夏天的游船上远远见过一次，细长的一条水带，没有什么特别之处。但如果是在 –20℃的天气里，它也许会变得不太一样。我们在黄昏抵达悬崖尽头，又开始下起大雪，密密实实，山崖上灯塔的光忽明忽暗，"少女之泪"被冻结了，成为一条蓝色的结晶体。可以装入冰雪女王的宝物箱啊！我有点感动。如果眼泪可以被记忆珍藏，应该就是这样的。

我和北海道市役所的田元小姐并肩站在雪地里，俨然成了雪人，不远处几只虾夷鹿静静地望着我们，彼此无言地对视着。世界又回归了寂静，人们常说雪落无声，可此刻连雪花飘落在身上，也发出了细微的沙沙声响。

"这样的雪，我们叫作'しんしんと'（shin-shin），连本州人都不知道这个词。在北海道有很多用雪的声音命名的词，比如'さわだわ'（sawa-dawa）。"田元小姐说。

那天知床的雪越下越大，到了次日清晨演变成一场暴风雪，终于气象台也发出了警报，我们不得不改变原有的行程，穿越茫茫世界折返札幌，却意外地看到了北海道最难忘的美景：在很长一段时间里，眼前只有茫茫雪原，世界因为模糊不清而呈现出某种壮大与无畏。那一刻你会感觉自己能放下一切，在这样的大雪天里。那天是圣诞节，在很快被雾气模糊了的窗户上，有人用手写下了一行字：Merry Christmas（圣诞快乐）。

因为一场突如其来的暴风雪而不得不改变行程的圣诞节，也像我正在经历的一场不凑巧的相遇和别离。久久没能下定决心说出那句再见，终于在这一年结束之前，选择了告别。"如果唯有离别才称得上是人生，那降落在北国深海里的积雪是什么呢？"我的脑海里流动着一个寺山修司式的句子。人生大概就是不得不接受的过程，尽管如此，也圣诞快乐吧。在人生最艰难的时候，还有海在身边。

如同雪是寂静的，北海道似乎是永恒不变的。北国的土地有种

暴风雪中的鹿

奇怪的魔力，令人缓缓浮上一种感觉，以为时间从未在这里经过。从前的人说，这样的北海道是故事开始和结束的地方，从前的人也说，这样的北海道是人和人相遇的地方。它固然拥有令人屏息无言的壮阔自然，但能够令这无声自然演变为记忆中一个片段的，终归还是那些故事和故事里的人。

　　三年前离开北海道的时候，我写下了这样的话："像这么温柔的地方，我还是第一次遇到。下一次，一定会搭上北斗星号来见你。"那之后不久，名叫"北斗七星号"的卧铺列车就消失了，但我还是一次次前往北海道，这个宇宙中最温柔的地方。

　　北海道啊，时时在我的梦中。

北海道风雪中

好久不见，仓本聪先生

在富良野见到仓本聪的午后，他正在埋头画一棵树。

他住了 40 年的小木屋如同我在电视上看到的那样，有一面大大的落地窗，夏季染尽新绿，冬季厚雪堆积，终年被森林包围着。他接受采访，又或约人对谈，总在此处。这天下午 3 点半，他坐在爱用的椅子上，面对那扇玻璃窗勾勒出一棵树的轮廓。

他的桌上摆满了彩色铅笔，却向我展示了几棵还未来得及上色的树：一棵是年代久远的古木，一棵在清晨时分，一棵于静寂黑夜，又有一棵厚朴树上爬着可爱的尺蠖虫，他加上标注："树木的测量士。"每完成一幅画，他一定会配上一段文字，在后来他的经纪人发给我的一张作品上，白桦树上有一只蜘蛛正在结网，旁边写着可爱的童话故事："蜘蛛生气了。今天早晨筑好的巢拥有近来最完美的造型，原本决定将它永久保存，蜻蜓却闯了进来，弄得乱七八糟的。这个破坏美的冒失鬼，接下来就怀着愤怒吃掉它吧。"

画画，且专注于描绘生长在北海道的树，只是仓本聪始于十多年前的业余爱好。彼时，他新近完成的一个剧本——长达140集的《安宁之乡》被拍成电视剧，正在朝日电视台播出，再过两周半就要迎来大结局。舞台剧的公演也已经结束一阵子了，但他还没有心思写新的剧本，把写作的时间都用来画树，三天完成一幅。

"写剧本的时候，不是在描绘人吗？画画的时候，则是在描绘树。我只不过是将描绘的对象从人变成了树。树不会骗人，也没有背叛。而人呢？互相背叛着、欺骗着，说着谎言，才能活下去。"他合上画簿，依然盯着窗外，"可是自然啊，是绝对不会说谎的。"

40年前，仓本聪从东京搬到富良野的森林中，过了3年，他发现自己在晚上睡觉时，耳朵会开始不由自主地颤动："就像野兔和松鼠之类的野生动物在夜晚捕捉森林中的簌簌声响一样，耳朵的颤动是为了时刻判断有无危险，人类的原始本能在我身上苏醒了。"不同于都会中光影绰绰尚有可见度的黑夜，森林中的夜晚是连自己的双手也看不见的黑暗，是眼前世界似有万物又空无一物的黑暗。置身黑暗世界时的精神恐惧，当初刚住进森林的他也经历过："但是，宇宙的夜晚不就是这样吗？当没有太阳光线的时候，包裹在彻底的黑暗中的宇宙。那些野生的动物，熊也好鹿也好狐狸也好狸猫也好，都已经默认并接受了这件事，只有人类深信夜晚亮着灯才是理所当然的，忘记了在黑暗中该如何行走，忘记了如何用嗅觉和触觉来判断世界。被文明社会麻痹的人类，已经失去了原始的姿态——尤其是如今生活在都会里的孩子，已经不知道世界上还有暗闇 🐀 的存在了。"

　　2015 年出版的散文集《来自昭和的遗言》中，收录了仓本聪写的一个关于孩子和暗闇的故事：5 岁的男孩和父亲躺在富士山麓的小小帐篷中，荒野中夏草杂生，厚厚的云层遮住了星月，世界陷入无边黑暗。男孩对黑暗感到害怕，身体不由自主地颤抖起来，父亲安慰他："黑暗乍一看很恐怖，实际却是很温柔的东西哦——不信，你听听。"男孩深吸一口气，世界随后传入他的耳朵：先是虫鸣阵阵，然后有风掠过，偶尔"啪嗒"一声是树木在生长，潺潺流水声来自地下深处……男孩渐渐听得入了迷，也开始闻到花的气味、草的气味、泥土的气味、被风从远方带来的野兽气味，他的内心感到宁静。时间过去 40 年，父亲离开很久了，母亲也不在人世，男孩长成了男人，

🐀　暗闇：日语词汇，黑暗。"闇"同"暗"。——编者注

偶然又回到了荒野。他在都会里生活得太久，完全忘了暗闇的存在，当荒野的黑暗再度来临，男人又一次被恐惧和孤独袭击，大声地哭了起来。这时，耳边突然传来死去的父亲熟悉的声音："你没有闻到味道吗？你没有听见声音吗？听见水的声音了吗？闻到土的味道了吗？闻到野火正在焚烧枯草的味道了吗？黑暗绝不是恐怖的东西，黑暗正在温柔地拥抱着你啊。"故事结尾，仓本聪写下这样的句子：因为懂得了战争，才会珍惜和平；因为懂得了黑夜，才会为早晨到来感到开心；因为懂得了暗闇，才会因光而欣喜；因为懂得了暗闇，才会感谢光。

那个因为暗闇而感谢光的 5 岁男孩，似乎一直活在仓本聪身上。他的经纪人鸨田真理小姐，一个土生土长的富良野女孩，是这么跟我描述他的："老师是一个永远从根部思考物事的人，永远拥有一颗穷尽想象力的少年之心，和他在一起工作这件事简直像是梦一样。"

聚集在仓本聪身边的年轻人，几乎全都是他的崇拜者。1984 年，仓本聪自费成立了培养年轻演员和剧作家的"富良野塾"，那些以他为指针的年轻人，纷纷聚集到北海道开始了为时两年的集体生活，理论课安排在晚上，白天则要去农家劳作挣生活费——直至 2010 年春天，仓本聪因为体力衰退而不得不关闭这间私塾时，已经培养了 25 期共计 380 名毕业生。

那是比想象中更加严酷的生活，早上 5 点起床，6 点开始干农活，中午才有 1 个小时休息时间。时间有限，人人训练出了 15 分钟吃完饭、争分夺秒睡午觉的高效睡眠术。下午接着干农活，结束后回到塾里进行内部劳动，从建造房屋到打扫卫生都得靠自己的双手。由零开始，从"无"中生产出最基本的生存必需品，对生活一无所知的年轻人，渐渐都成了专业人士。晚上 7 点，仓本聪从 20 公里之外赶来上课，此时年轻人们肉体上的辛苦又变成了精神上的压力，因为在他们眼前的，是一个那么容易就会勃然大怒又坚持完美的老师。

富良野闭塾7年后，全日本没有第二个人再做和仓本聪一样的事情。人人心中有数，这不仅是理想主义，不仅是体力消耗战，更加需要内心的胆量和热情。这些年轻人的父母均是战后一代，把他们视为珍贵宝物的孩子聚集在一起，而且是下地干农活，是一件风险太高的事情。富良野塾成立的25年间，发生过各种伤病和事故，其中光是被农具切掉的手指就有7根。父母闹上门的事情不是孤例，中途放弃的孩子当然也有，每年都有那么两三组连夜逃走的。

那些咬牙挨到毕业的年轻人，最终未能进入电视界的也不是少数，但他们后来过着怎样的生活，仓本聪心里大致有数——这让他更加坚定了：哪怕只是短短两年投身于自然的生活，也足以改变一个人的人生。"富良野塾教给这些年轻人最重要的东西，并不是如何施展艺术才能，而是回归生活原点，学会在尚未被文明开化的世界中生存。人一旦掌握了那样的生活哲学，未来便对什么都不会感到害怕了，未来不管在任何一条道路上都能顺利走下去。他们已经掌握了生活的方法，这就是成功，也能变得幸福。"

仓本聪非常喜欢谈及"幸福"，《来自北国》热播时，他发明了一个词：贫幸，意指在贫穷中也存在的幸福，或者可以说是正因为贫穷才真实存在的幸福，比后来村上春树发明的"小确幸"早出现了30年。

如今他仍会在谈话之间，冷不防就提问：对你来说，幸福是什么？在听过五花八门的答案后，他说了一个故事："我是出生在战争中的一代，童年时期每天头顶都盘旋着美国人的战机，生活就是被父母带着在空袭中不停逃窜，可就算是这样，和父母暂时藏身于防空洞中，大家唱起歌来的那个瞬间，强烈的情绪依然会涌上心头：'啊，真幸福啊。'就算没有钱，就算不知道明天会变成什么样，能和家人一起唱着歌，不就是幸福吗？在我的定义里，幸福不是什么庞然大物，而是满足于当下的自己，永不知足的人永远不会幸福。然而，今天的人们却不这么想，还是想要更多房子，想要更高级的车，想要这样那样的东西……一生内心都不会感到满足，这是真正的'不幸'哦。"

仓本聪喜欢跟来访者讨论的另一个话题是："对你们来说，不可缺少的生活必需品是什么？"这也是他会问每一个富良野塾生的问题。当这些年轻人毕业时，都得出了和他同样的结论：首先是空气，然后是水和食粮。仓本聪的观点至今未变，只是坐在我对面的午后，这个82岁的老人突然闪过一个念头："我刚才想到，空气、水和食粮都是物质，作为抽象的存在，应该把'爱'也加进去。"一定要这么心灵鸡汤吗？"人是不能独自生存于这个世界上的，不是吗？在一个社会体系中，人和人之间如果相互没有爱，彼此不能理解和尊重，是很难共存下去的。所谓的爱，并不是指恋爱，它以各种形式存在：异性之间，同性之间，人和物之间，人和自然之间，人和世界之间……换一个词，我们可以称之为'绊'。"

关于"幸福"和"爱"的解读，出现在仓本聪的每一个剧本里。最新的《安宁之乡》说的是这样一个故事：对日本电视业做出贡献的艺术家们，退休之后共同生活在一家与世隔绝的高级养老院中。有些观众对那种有钱有闲、衣食无忧的老年生活难免向往：实在是幸福啊。

"我想说的是孤独，绝不是什么幸福。表面看起来，这些人的生活拥有保障，可人到晚年却不能和家人生活在一起，拥有再多积蓄也不能拥有家庭的爱，是这个世界上最寂寞的事。"仓本聪想要说的也是近年来日本社会探讨得最多的话题之一：高龄化语境下的孤独死。促使他提笔写下这个剧本的是一段真实心绪："我认识的一位知名女演员，某天被发现死在了家里，那时距离她死亡已经过去了整整一周。曾经是非常大牌的美女演员，却在死后的一周时间里没被任何人察觉。她的死带给了我非常大的触动，我想要对这些独自生活的老年人，稍稍伸出一只救助之手。"

在仓本聪看来，那些独自死去的老人背后，其实是日本社会正在崩坏的家族关系。随着战后复兴和城市化发展，日本传统的"父辈、子辈、孙辈三世同堂"的大家族渐渐转变为"核家族"——仅仅由夫妻与未婚子女构成的家庭。核家族如今占据了日本社会家庭中的60%，在城市工作的子女和遗留在农村的父母完全分离开来，从小被寄养在保育院的孙子更是每年只有两三天和爷爷奶奶见面的机会，彼此完全是异世界里的陌生人。仓本聪甚至有些羡慕中国的家庭关系，认为那种"爷爷奶奶围着孙子转"的生活才是血脉的维系方式，因为从前的日本社会也是由爷爷奶奶抚养孙子，还因为对这个年纪的老年人来说，最可怕的其实是时间："拥有了生活的余裕，能做的事情却一件也没有，这才是最不幸的事情。我们这个年代的人，年轻时拼命工作，自认为过着幸福的生活，退休之后却突然被闲置了，眼睁睁看着自己一天天老下去，仅仅只是等死而已。"

仓本聪身为高龄者中的一个，却一天闲置的生活也没过上，他的字典里没有"退休"这个词。去年有电视台为他制作了一期专题节目，开头便是总结陈词："82岁，战斗中。"到底在战斗些什么呢？我问。"和昨天的自己战斗。如果今天的自己没有比昨天的自己更加向上，不是很无聊吗？如果昨天的自己就这么延续到今天，再延续到未来，不是一点都不有趣吗？"他说。人生一定要这么激烈吗？我又问。"我的人生就是这么激烈。所谓自我成长这件事，就是战胜昨天的自己。"他说。

和自己战斗着的仓本聪，82岁时的一天大抵是这样的：早上4点起床写作，写到8点左右开始吃早餐，基本是咖啡和面包，休息片刻再继续工作，午饭后稍稍睡一会儿，下午3点半开始新的工作，一直持续到傍晚。他抽很多烟，也喝很多酒，纵情于烟酒，却只在创作这件事上对自己格外严格。

必须严格，因为写剧本是需要用一生磨炼的"职人技"。"但凡是在学生时代写过几篇作文的人，其实谁都能写出一两个剧本。但如果因为心血来潮的一两部作品，就认为自己一生可以靠这个吃饭，那就大错特错了。在成为一个剧作家之前，首先要成为一个技术者，要忘记自己想成为作家这件事，转而专心磨炼技能。我也是直到临近60岁，才终于能够摊开纸，写自己想写的故事。"

时光倒流43年，39岁的仓本聪已经是NHK大河剧《胜海舟》的编剧，算是年轻有为，却因为和电视台意见不合，中途遭到工作人员集体弹劾，受挫至极。他仓皇搭上从东京飞往札幌的飞机，以一个失败者的姿态逃到了北海道。从那之后，他再也没有离开过北国的土地。几十年后有人问他：为什么是北海道？他笑："我们常说'败北'这个词，却没有人说'败南'，失败之后，大家总是要逃往北方的。"

如今，没人再认为仓本聪是个失败者。在富良野的一间咖喱店里，一位年迈的店主对我说："那个人是富良野最有名的人了。这里从前根本是农村，因为他的到来，因为他写出了《来自北国》，观光客越来越多，才变得热闹起来。"无意中让富良野从荒野变成了观光地，仓本聪本人其实是颇有些懊恼的："我根本没想做这些多余的事，我只想生活在一个更加安静的地方，生活在自然和森林之中。富良野变成现在这样，真的很讨厌，我真的很想逃走，但毕竟花了40年时间才好不容易住定下来，才和这里的自然成为朋友。"事到如今再搬去别的地方，年过八旬的仓本聪也是没有余力了。

在富良野居住了40年之后，82岁的仓本聪坐在被他称作"朋友"的森林中，缓缓谈起了他的死："我的生死观非常单纯，死后即归于无。如果有一天我死了，就把我扔到荒野中，让野狼、棕熊和狐狸吃掉我的肉体，再让虫类和微生物吃掉我的骨头吧。等到肉身都归于无之后，我才算是真正死了。"

仓本聪老师

如同在高野山看见一个神迹

新年次日，动身去高野山。听说初冬一场大雪冲毁了铁道，电车要停运至春天，只能在午后坐上临时增开的旅游巴士，沿着蜿蜒的山道盘旋而上。山上天黑得早，午后4点抵达，已是暮色沉沉。我裹着最厚的外套，还是刚一跳下车就被扑面而来的寒气挟持，感觉到刺骨的疼。心中想着：赶紧去预约好的宿坊里住下吧，这个季节房间里应该已经铺好了被炉——刚迈出两步，天上突然飘起雪花，纷纷扬扬。

记不得这是第十几次上高野山了，过去也曾专程挑了冬日来，只为了见一眼大雪中的朱红伽蓝，可惜屡屡求而不得，总是错过，却在这心中原本没有指望的一天，突兀地如愿以偿：不过短短几分钟，微雪已经化作鹅毛大雪。我终于忍不住转身，朝着奥之院的方向跑去。距离奥之院深处的灯笼堂关门还有半小时，密集林立的石碑之间，仅有的一条小道因融化的落雪变得湿润，比我以往任何一次途经时都更呈现出一种静谧。在参天的古树之上，雪花也比我在任何一处看到的都更加繁密，悠扬漂泊，仿佛恒久处于一个落下的动作中，却永远不会抵达。

在灯笼堂内合掌片刻，是我结束了长途旅行后的新年第一次参拜。日本人有在岁末参拜寺院、新年参拜神社的习惯，渐渐都有了自己偏执的一间，视为守护的神明所在。我每年都要来的就是高野山。时隔一年站在同样的地方审视内心，意识到许下的愿望正在进程中，而如果不再每年都有一个崭新的期许，愿意年复一年把同一个愿望持续完成下去的时候，高野山便会展现出一些小小的神迹。

神迹是下一个片刻：我从灯笼堂走出来，大门在身后徐徐闭上，眼前已是一个全白的世界，白色温柔地拂过古树、佛像和鸟居，覆盖在万物之上。我在恍神之中，并不知道自己正呆立着，一个年迈的僧

积雪的奥之院参道

人笑着走过来:"就那么喜欢下雪吗?"

"太喜欢了。"

"能够察觉到自己身处喜欢的物事之中,已经是幸福了。"僧人大笑,在雪地中走远,我又觉得他是从生命中未知的地方前来,专程要告诉我这句话。

不久后坐在宿坊的房间里吃晚餐,苍茫大雪继续下着,没有打住的意思。年轻的僧侣端上晚餐来,我见他们留着长发,不禁有些诧异,其中一个笑了:"其实我是泰国人,在高野山大学读书,平日里来惠光院打工。"惠光院是我在高野山上熟悉的一间宿坊,前后住过三四次。这次再上山来,还有一个想见的人。

"田村桑今天在吗？"我问泰国僧侣。

"田村？"他露出不解的表情，似乎在努力回忆着。

"英语说得很好的那个田村。"

"啊，传说中的田村啊，大家常说起这个名字呢。在我来之前，他已经离开这里啦。"他好奇地看着我，"你们是熟人吗？"

"也不是熟人啦，只是我上次来，他刚好在这里。"我在心中默默计算着，那已经是两年前的事情了，"他什么时候离开的？"

"也有一年多了吧。"

"去哪里了呢？"

"应该还在这山里。你知道奥之院夜游行程吗？他自己开了公司，继续经营着这个活动。"

人生事况的变迁总是超乎想象，在岔路口相遇的人各自踏上了旅途之后，彼此不知道还会不会再相遇。只是我时隔两年再到山上来，竟然像我们当初告别时无意中约定的那样，真的是在一个下雪的日子。

"虽说最近每天都在下雪，但今天这场实在是有点厉害呀。"次日告别时，年轻的僧侣目送我离开，站在门前抬头望向天空，大风又扬起雪来。已经见识过厉害了：前一个半夜，我竟然被吵闹的下雪声惊醒，谁说的落雪总是无声？随后迎着雪下山，家家户户在扫门前雪，必须很小心才不会滑倒。下山的巴士开得更慢了，因为山间已经完全变成了雪原。前一天上山时我如何看到世界迎来黑夜，此刻也在用同样的姿势看着它升起朝阳。这是我在高野山见过的最动人的一个早晨，是在告别之后，依然有神迹。

高野山位于海拔 900 米之上的山谷地带，被称为"日本密教大本山"。公元 816 年，以遣唐使身份访问长安青龙寺并从惠果和尚处传承到密教真义的僧人空海，在此开辟修行道场，创立了日本真言宗，后来人们称他为"弘法大师"。随着密教在日本逐渐大众化，高野山成为日本佛教圣地，和熊野三山、吉野大峰一起以"纪伊山地的灵场和参拜道"之名被列入世界文化遗产。

第一次来高野山，是因为听说这里有能住的寺院——山上共有117 间寺院，其中 52 间提供住宿服务，称为"宿坊"。宿坊天生拥有许多高级旅馆要煞费苦心才能打造出来的元素：几百年历史的传统和室，历史悠久的名家字画，大有讲究的庭院景观——有些宿坊拥有上千坪的庭院，其中不乏造庭名家小堀远州或是重森三玲之作。这里自战国时代就是诸多大名的避世之所，如今还存有现代经营之神松下幸之助常住的一间。

我从未在寺院住过，觉得好奇，第一次来时就住在惠光院里。惠光院有 10 位僧侣，全都训练有素地表现出接客之道，亲切热情，并且多少能使用英语简单寒暄。住在惠光院的一天大约是这样的：下午 2 点办理入住，随后可以在房间里进行抄写《心经》的活动，打一声招呼，僧侣就会送上笔墨和纸张；4 点半，本堂里会准时举行"阿字观"活动，这是密教特有的冥想方式，使用日语和英语讲解的僧侣们各自带领着一组客人，正座静思；5 点半是晚餐时间，用餐完毕后立刻开始铺床；次日清晨 6 点半，朝勤，在本堂的佛像前诵经参拜；7 点，护摩祈祷，这同样是密教特有的修法形式，在火中焚烧供品以

供奉神灵，客人可将心愿写在护摩木上供奉；7点半回到房间，被褥已经撤去，早餐摆在地上；早上10点是最后的退房时间。

日本寺院的饮食在日语里被称为"精进料理"，也就是我们说的素斋。不能使用鱼类，就用豆腐做成刺身的造型，再点缀季节性食材，保证视觉上的美感。我爱吃的一道是高野山自产的胡麻豆腐，软糯黏绵，人们都叫它"高野豆腐"，用来下酒极好。有趣之处就在这里：日本的寺院里虽不能吃肉，酒却是可以喝的，僧侣们也不叫它"酒"，而是称为"般若汤"。

除了特别的日子，宿坊的早晚餐都是客人在各自的房间里享用的。我第一次来时住在惠光院，看见僧侣端着盘子进来便赶紧收拾桌子，他摇摇手，指着榻榻米："不用桌子，坐在地上吃。"又指向窗户："这样吃，就能看见外面的风景了。"高野山的僧侣们似乎都喜爱聊天，他介绍自己姓田村，这一年 31 岁，是来惠光院打工的。得知我以前住在广州，他沉思了一会儿，问道："你知道兄弟船吗？"当然知道，那是来到日本之前，我几乎每周都会去的一家小小的日式料理店。

"那位老板啊，是我少年时代的好友。"田村在手机上翻了一会儿，找出来一张和兄弟船老板的合影。他又告诉我，自己在 6 年前拿到了高野山导游资格证，开始在奥之院做没人做过的夜游团，精选了很多历史文献，将它们一一翻译成英语。每天晚上 7 点 15 分，他会带领着外国客人，从惠光院出发，开始奥之院的夜间参拜。

和田村闲聊之间，偶尔一起抬头望向窗外。正值初秋，再过一个月将会迎来满山红叶，我从二楼对面庭院的窗户望出去，看见有一株着急的红叶，自顾自先红透了。

"我可以自己晚上去奥之院吗？"吃完晚饭才刚到 6 点，我闲得发慌，等不到田村一个小时之后的夜游团了。

"当然可以，通往奥之院的路只有一条，径直进去，再径直出来就是了。"田村拿出一张地图给我看，入口就在惠光院不远处。

奥之院是我来到高野山的另一个原因。这里供奉着几乎所有日本战国史上有名之人的墓所。虽只是为了祭祀，并非真的葬着遗骨，这里的世界体系却是非常有趣的：争了一辈子天下的上杉谦信和武田信玄，明智光秀和被他逼死的织田信长，丰臣秀吉和灭了丰臣家的德川家，全都在高野山做了邻居。我想看看改变日本历史的宿敌们如何和平相处，所以向奥之院走去。

没想到傍晚的奥之院竟然空无一人。我从田村手中接过地图的时候，还不知道那些在千年古树之下的墓地数量惊人且壮观，不知道

当夜幕笼罩在密密麻麻的墓碑之上时，小道上只有石头灯笼发出的微弱亮光。走了 10 分钟，我开始头皮发麻，不敢回头把走过的路再重复一遍，只能硬着头皮继续向前。偶然抬头，看见石刻的佛像，眉眼似乎在风中动了一下，慌乱低头，道路两旁皆是装扮奇异的地藏娃娃。我的恐惧渐渐扩散开来，埋在记忆深处各种夜闯墓地的鬼故事轮番在心头复苏。

就是在这样的一个时刻，就在我经历着人生中最大的恐惧，责怪自己莽撞闯入"异次元世界"的时候，突然看到了道路的尽头：一座石桥的前方，散发出明亮而耀眼的光芒，那光芒也不真实，像是来自宇宙尽头。我怔怔站在石桥前，看着那束灯光，不受控制地流下泪来。不知过了多久，人声像潮水一样涌来，是众人正在走近，领头的一位在滔滔不绝的讲话中看见我，愣了一下，音调高扬起来："嗨，丁桑！"那熟悉的声音，是我于惊魂未定之时抓住的一只救赎的手，是田村。后来我坐在惠光院的缘侧上喝咖啡，田村告诉我，我死死盯着的是供奉着弘法大师的灯笼堂，堂内烛光绵长，千年未曾熄灭。

离开高野山后，和田村往来过一些邮件。他总是从早忙到晚，但也断断续续说过一些自己的经历：惠光院的僧侣几乎都是从日本各地的寺院前来修行的，只有田村是个例外，他完全来自外面的世界——上的是日本普通的大学，专攻市场学，后来去英国曼彻斯特大学研究人体工学，回国后在一家唱片公司工作。本来和佛教的世界应该全无交集，但惠光院住持的儿子近藤和田村是好朋友，外国客人越来越多，近藤便拜托他来寺院里帮忙做翻译。最初对佛教完全没有兴趣的田村，在帮忙的过程中渐渐学习了很多知识，变得喜欢起来。某一天，住持突然问他："不如受戒吧？""好啊。"田村说。"那，明天。"住持干脆利落地决定了。没有丝毫挣扎，父母也没有反对，他就这么成了惠光院的僧侣。

初到高野山两个月后，我通过田村约到了对近藤住持的采访，又去了一次惠光院。前一次迷迷糊糊参加的种种体验活动，在这次谈话中才得知了其背后的真义：阿字观，是为了让人们在冥想时间中，有机会深入地了解自己，看清楚自己的内心；抄经，即便不懂得其中的意味也没关系，因为这不仅是在感悟字句之间的智慧，更是在审视自己的内心；护摩祈祷，有关愿望，要认清楚自己想要的东西，确认自己当下的期待和希望，然后再为之付出相应的努力——各自有深意，但目的一致，都是为了让人们有时间审视和确认自己的内心。那位胖乎乎的近藤住持告诉我：佛教不为实现愿望而存在，它是为了让人抓住自己的心。

那天晚上，我第一次参加了田村的奥之院行程。再没有第一个夜晚的恐惧，田村用超乎我对日本人想象的流利英语，讲解着高野山的历史、空海大师的人生经历、真言密教的宗教存在感，还会介绍奥之院的名人墓所和不可思议的传说，偶尔也会说到日本寺院和僧侣的真实生活。夜游行程结束之后，客人们在原地散去，我难得和他拥有了一段独处时光，慢慢走回惠光院。

"从前，我可是个玩得相当厉害的人哪。多亏于此，度过了浪漫美好的青春时光。"聊到了各自人生，他回忆起自己从前生活过的"那个吵闹的世界"，感叹此刻在高野山过着一种截然不同的生活。

"对了，我今年有了孩子。"他突然在路中央站定，又开始翻手机找起相片来，找出来一张家族合照。在我遇见田村前一年的冬天，他结了婚，这时儿子刚满半岁。从惠光院回到他家只需要 5 分钟路程，从前他偶尔会和年轻伙伴在附近的居酒屋喝一杯，如今结束了夜游团就急着回家看儿子。他的太太看上去温柔可爱，笑容里的幸福几乎要溢出屏幕。

在惠光院门口，田村对我说的最后一句话是什么呢？大概是："丁桑，好好学习日语啊，不要怕，要多和人交谈。"或是："丁桑，找个日本人做男朋友吧？"又或者："丁桑，你在大阪住的那一带，过去我常常去玩。"不记得我们到底是用哪一句话告别的了，但在挥手之前，我确实跟他约定过：要再来看看大雪中的高野山。那是我来到日本的头半年，是我在高野山上的第一个约定，从高野山回来之后，我就真的克服了恐惧，变成了一个努力与人交谈的人。

我只跟田村说过一次，第一个晚上我在奥之院的遭遇——我如何在内心最为恐惧的时刻，看到了一束光："原来，黑暗中的光真的具有救赎人心的力量啊。我终于明白了。"我没有跟田村说，后来我在很多个梦境中见过那束光，还有，他总是从光里走来，像神明施展的一个小小的奇迹。

过了很久，我才读了司马辽太郎写的《空海的风景》。他之所以会专门为弘法大师空海写一本书，也是因为某次误闯高野山的经历：太平洋战争爆发的夏天，还是学生的司马辽太郎被征入伍，奔赴战场之前他和友人有过一场徒步旅行，原计划从吉野走到熊野，中途却被涓涓细流引入山道，空心的参天古树上爬满藤蔓，小径纷乱狭窄，像是野兽踏出来的路，走起来并不轻松，在经过一个长夜的攀登后，终于抵达了山上灯火通明的街市。跋山涉水后意外闪现的天上的都市，像被狐仙魅惑了一般，不知是幻觉还是梦境，让他感到震惊。因此司马辽太郎说：在日本众多的都市乡村中，高野山是唯一可以称得上"异域"之地。读到这里我也感到震惊，因为在第一次看到灯笼堂灯光的那个深夜，我也有同样的感慨。

司马辽太郎走过的那条路，是从前参拜者前往高野山的必经之路，以高野山脚的九度山为出发点，行至山顶大门共计 180 町，约 22 公里山路。为了方便现代登山者，从前的町石道经过全新整修，

町：这里指高野山町石道上的石柱，石道上共有 180 根石柱。——编者注

井然有序，已经变得很好走。我和友人一家走过其中一段，带着两个刚上小学的孩子，途中坐在洒满阳光的小河边，8 岁的哥哥说要为我做祈祷，念出了美好的句子："愿她找到最好的朋友，拥有特别快乐的日子。愿她能够远离一切恶的东西。愿她能够知道自己特别好，能够知道世界特别好。愿她能够从自己热爱的工作中多赚点儿钱。"我在这些可爱的语句中频频扬起嘴角来，发自心底感觉到：这一刻，我真的得到了祝福。后来，历经 5 小时的路途在山顶看到了大门，过去在车窗里见过许多次的风景突然令人感动，恍然大悟："原来这门是要这么看的，有了翻山越岭的情绪，才会有'入口'的意味。这么看果然好看啊。"那天是春天的最后一天，山间愉快，次日就立夏了。

我见过高野山春夏秋冬不同的表情，在樱花满开的寺院里住过，在红叶和银杏灿烂之季走过街道，甚至遇到过一次山上的野鹿结伴出行。每次临走前，我都要去奥之院门口的小店喝一杯咖啡。那位店主异想天开，往刚冲好的咖啡里加一颗生鸡蛋，竟也美味。如果有机会听她说人生的故事，知道她为何逃离都市躲藏于这山中，便会坦然接受人生的跌宕起伏，不过活在"此时此刻"。

一次在樱花满开的季节。住在惠光院对面的清净心院，门前有一株高大的伞樱，因当年丰臣秀吉从这树下走过，便成了传说。我在高野山大学听过一次公开课，那位教授说起《平家物语》，书中唯一登场的寺院也是这间。据说上杉谦信十分中意清净心院，一度要在这里出家，都到半路了，又被家臣追了回去——是难以逃脱的命运。住在清净心院的晚上，其实还偶遇过田村一次，那时我出门去买两罐啤酒，他正好在门前送人，我沉默着走过，再回头时，看见漫天星辰从他头顶流过，山上是夜晚最好。

一次在夏天的暑假时光，和好友短途旅行，我们去了漂浮着鸟居的海边，看了一场从少女时代就开始深爱的乐队的演唱会，最后来到山里。待次日下山，她便要搭飞机回国。深夜我们一起坐在山门前，夏日的山里还有些风的凉意，四下无人，是这段旅途的最后一站。"从明天开始，就没有人早上给我放歌，也没有人晚上和我一起散步了。会有点寂寞吧？""也不用每天花三小时来选照片了，值得庆幸。"我们在旅途中为彼此拍了许多照片，像我们在 20 岁的时候就在做的那样。在这个世界上，只有站在极少数人身边的时候，我才能够变成一个热闹的人。因此，我总是想和他们分享高野山。

一个秋天，我专程来山上见一尊药师如来。佛像的作者名叫高村光云。这是它自 1934 年制作完成后，80 年来第一次面向大众开放，时间只有短短一个月。受托雕刻金刚峰寺药师如来像时，高村光云最初是拒绝的："我已经 76 岁，命不久矣，没有信心能活到完成这尊佛像的时候。"对方回答："高野山每天会祈祷息灾延命，所以在佛像完成前你一定不会死。"高村光云整整 4 年闭门不出，79 岁时，药师如来像完成；82 岁，高村光云去世。高村光云生活在对佛师来说最糟糕的时代，明治政府"废佛毁释"的运动使他穷困潦倒，一生用雕刻刀与时代抗衡的他，在完成药师如来像时说："在尽是不幸的一生中，最后的最后，竟能得如此幸运。"我正好遇上高野山开创 1200 年纪念，才见到了这尊史上从未公开的秘佛。人们说下一次展出也许是在 100 年后，但就连佛像的作者都没能活到那么长，谁的人生又会真的有下一次？

电视上正在放大河剧《真田丸》的那个冬天，我也在真田幸村当年于高野山住过的宿坊里住过一晚。那间门檐上雕刻着真田家纹"六文钱"的寺院名叫莲华定院，400 年前的关原之战西军战败后，真田父子二人蛰居于此，据说后来无法忍受此处冬天的严寒，才搬到了高野山下的九度山。高野山的冬天确实苦不堪言，游客不会选择在此时上山，夏季连月爆满的宿坊，也进入了萧瑟冷清的冬眠期。办入住手续的时候就被告知："今天的客人只有你一个。"晚上 9 点散步回来，寺院大门紧闭，举手刚要敲，听见院内说话声渐近："冷冷冷冷死了！""与其说是冷，不如说是痛！"猛然门一开，里外都吓了一跳——原来是寺院的工作人员。笑着道过晚安，他们驱车离开，我独自一人穿过长廊走回屋去，经过枯山水庭园，有隐约的光亮在白砂

莲华定院的
枯山水

上留下残影，顺着那光亮抬起头，毫无防备，看见明月高照，是满月之夜。于是坐在无人的院子里看了会儿月亮，冻得四肢失去了知觉，也不舍得起身。

那天室外气温降至 −3℃，如此依然没有下雪。回到房间，桌上放着一张字条：睡觉的时候，如果觉得冷，如图所示，钻到被炉里去。我在被炉里翻阅旧时新闻，得知莲华定院数年前发生过少年放火未遂事件，据称是出于某些扑朔迷离的宗教纠纷。还有另一间寺院，几年前在其后山偶然挖出白骨——不见身躯，只留一个被砍下的头颅。于是知道，这山上也不都是美好的乌托邦。宗务纠纷和黑幕的传说也在代代上演，人间所经历的不堪，这里也真实地发生着。

纵身入

山海

某年的最后一天，从小一起长大的女友来日本找我跨年，也一起上了山，住进了只有 14 间房的总持院。晚饭后窝在房间里看红白歌会，过了 11 点才起身溜达出门，轻车熟路地往金刚峰寺走去。

　　晚上 11 点 30 分，高野山的第一声"除夜之钟"在山间响起，因为是日本的第四大铜钟，山内人便送它"高野四郎"的昵称。穿着黄色袈裟的僧侣们站在台上，一人撞钟，其余几人站在他身后高唱真言，人群从四面涌来，立于钟楼之下。我偶然瞥见塔侧的最佳拍摄位，能清楚看见木槌撞击铜钟的一瞬，挤过去，发现周遭人等都带着三脚架和小楼梯，驾轻就熟，想必是年年都来。当最后压轴的住持出来敲钟时，前排某位大叔猛然从楼梯上跳下来，拽我："喏，你也上去拍拍吧！"随后就站在我身旁，观察着撞钟人的身姿手势变化，以刻不容缓的语气朝我高喊："准备好……按下快门！" 12 点的钟声紧接着响起，人们低头合掌许愿，我在环顾四周之际，看见总持院最小的僧侣不知何时出现在了人群最后，身边并排站着一个年轻女孩，两人都有些羞涩神情，难免又想象了一种剧情走向。

　　高声问候过"新年快乐"之后，住持先行离开，余下的僧侣带着人们诵经转塔，说的是好多句听不懂的真言，但在堂与堂之间，总有某位僧侣拎着一盏白炽灯，照顾众人脚下，又见人群里夹杂着两个外国人，身形高大显眼，也不会念经，却流露出真挚神情。巡塔完毕，带头的僧侣抬起头，用一种波澜不惊的口气说："看！"循着他的视线望过去，我看见立于平地之上的根本大塔，在遥远的天边浮起一个幻影，人群发出惊叹声，像是又见证了一个神迹。我望着脚下那明亮

山上月夜

的白炽灯光，耳边传来清风拂过塔顶时发出的清脆叮当声，在午夜时分的彻骨寒冷中，心存侥幸：这一年，会发生很多好事吧？

拜完塔已是 12 点 50 分，当天宿坊的门禁时间只延长到凌晨 1 点，一路小跑回去，匆匆泡了澡走回房间，途经众僧侣坐在大广间里诵经的场面，据说供奉着本尊的那扇门，每年只打开这么一次。

次日早上 6 点的朝勤，我便没能爬起来，拖到早饭时间，大广间里却空无一人。去本堂拉开门瞥了一眼，众人静默地坐在其中，门前的僧侣示意我进去、坐下，递过来一张白纸。学着前人的样子，走到住持前坐下，得到了一小撮米、一片昆布，完整包于纸中。不明所以，向邻座打听，说是要回家和米饭一起煮。几天后吃七草粥的日子，

高野山跨年夜

就正好用上了。

　　和中国人重视年夜饭不同，日本人更讲究新年第一餐，无论形式还是内容，势必要做到一招一式皆有典故。在总持院的早餐，是以狠狠闷了一杯屠苏酒开始的，以表达"屠邪气、苏灵魂"的美好寓意。屠苏酒药味扑鼻，不禁皱眉。随后端上来的，都是日本人在新年的"御节料理"中常吃的食物：一个装满了山芋、牛蒡、栗子、金橘、萝卜等前菜的饭盒，用白色和纸包好，系上红白细绳，在喜庆的"寿"字上摆一枝稻穗，筷子也放在装饰有红白蝴蝶结的筷套里，也是一个醒目的寓意：红色除魔，白色清净；一个白鹤造型的小皿，满满一碗黑豆上撒着几片金箔，美其名曰"福豆"——日本人笃信黑豆具有驱魔法力；煮物里有芋头、莲藕、慈姑、香菇、豆角和竹笋，还吃到了有生以来的第一碗杂煮，汤里的红白萝卜特别显眼，亦有"红白"之意，筷子一捞，知道还有海老芋、香菜和一点点辣椒；当然还是主角存在感最强——一个圆圆的镜饼，煮得黏糊糊的。镜饼是新年最重要的食物之一，人们将它供奉在神坛之后，便说年神的魂魄栖息于饼中，用各种方法将它烹饪了吃。我在高野山吃到的是关西口味，是发源于京都的做法：在白色味噌里直接煮进圆形镜饼，吃起来带着一点点甜味。关东一带用的据说是发源于江户的做法：首先镜饼是方形的，其次要先烤过，胀鼓鼓的，带点儿微焦，放进酱油清汤里一煮，清淡可人。

　　在高野山的一顿早餐，便把过去在书上读到的正月食物吃了个遍，自己也觉得这年过得太奢侈了，花了很长时间向初来乍到的同行女友解释："不是的不是的，寺院里平时没有这么饮食无度，都是过年发的福利。"

　　是更往后的事情了：那一年身边有亲密的旅伴，某个深夜开车到
了歌山。"不如去看那智瀑布吧。"旅伴说。我站在黑黢黢的瀑布前，
想起田村的脸书上仅有的几张照片里，有一张他也是站在这条瀑布
下，用手指向水流的方向。那时他的脸上还挂着些孩子气，还要再过
5年，我才会看见他从光束中走来。当我也站在那智瀑布下，是和田
村告别一年半之后。我察觉到遗憾而发出叹息，是之后从瀑布走出来，

站在停车场等待旅伴时，清晰地听到水流从山崖上轰然落下，发出巨大声响，像一年半前的我，内心轰鸣不止。

时间又过了一年。旅伴从高野山归来，说山上有隐秘的居酒屋，不为游客所知，是各家寺院僧侣小酌一杯的秘密基地。前晚他带着海外的客人去，同席还有一位在高野山做导游的，为人温柔，英语很好。大家喝到半夜，回到宿坊时已经关了门，无论如何都敲不开，想起来那位导游曾经在这间寺院打过工，就打了电话去问。

"那个时候啊，他告诉我，旁边有扇小门，可以自己打开进去。"

"你住的那间寺院，叫作什么名字？"内心震动了一下，我又看见了那束光。

"惠光院。"

"你说的那位导游，叫作什么名字？"那个人结婚之前经常去居酒屋，他的孩子今年应该有 4 岁了吧。

"田村君？好像是。"

那是我最后一次听到田村的名字。我知道我不会再见到他了，然而错失良机大概也是一种机缘巧合，求不得大概也是一种失而复得，高野山的故事不会只有一个，走到这里，就算是告别了吧。

乘上列车，前行吧

森田芳光导演的最后一部作品，叫作《乘上 A 列车前行吧》，讲的是一段铁道旅途故事，由年轻的瑛太和松山健一担任主角，两人浑身上下弥漫着"铁道宅"的气息。听说此片拍摄得极慢，剧组在九州驻扎数月，苦寻各种秘境车站，共有 20 条线路超过 80 辆列车在片中登场——用心至此，全因森田芳光本人就是铁道迷。他构思这部作品用了整整 30 年，算是没给人生留下遗憾。

这部电影促成了我最初的铁道观。时间最好是在夏秋之际，清风徐来，掠动高耸的杉树林，吹进开着窗户的车厢，轻拂过微沾着汗珠的额发。列车应该是黄色的，从深绿林间的光影绰绰中驶过，时而隐匿不见，车轮碰撞着铁轨，清脆的金属节奏回荡在静谧的田园风光中。铁道是一个契机，能与人相遇，能萌生友情，无数段从此站到彼站的旅途，串联着事业的起伏、恋情的离合，甚至是生死的隐喻。

途经的那些山海，是人生的一个片刻，也是生命的全部。

秋　九州列车之旅

　　熊本县曾是加藤清正的肥后国 🐛，被雄壮的自然风光包围：往北是有明海，往南是不知火海，西边遍布着天草诸岛，东边则有大名鼎鼎的阿苏火山。这也是九州各路观光列车交汇于熊本站的原因——没有比此地更佳的观景位。

　　九州列车之旅便是从熊本站开始的，我想去看看传说中的"乘

🐛　熊本古称肥后，加藤清正为日本战国时代的武将和大名，曾统领肥后国。——编者注

上 A 列车前行吧"。成为森田芳光的电影名之前,它最早是 20 世纪 40 年代美国的一首爵士名曲《Take the A Train》,唱的是纽约地下铁 A 线。2011 年秋天,九州特急 A 列车诞生之初,找来铁道音乐制作人向谷实改编了一首同名新曲,如今仍每天回响在车厢中——列车和音乐之间存在着某种微妙隐秘的联系。铁道迷中有一派,致力于发掘与每条路线相匹配的音乐,《Take the A Train》就是其中标杆性的存在。

特急 A 列车仅有两节车厢,往复于熊本站和三角站之间,这是一条古老的铁道,车窗外御舆来海岸的美景亦百年未变。我看见清晨的阳光洒在一望无际的有明海上,世界闪闪发亮。据说 A 列车的 "A" 有两个指涉:"天草"(amakusa)和 "大人"(adult)。什么样的列车才是 "大人的列车" 呢?应该有酒。我在 A 列车上喝到过一款特别的鸡尾酒,由熊本产的不知火柑橘汁和日本威士忌兑制而成,名叫 "A-highball"(高球鸡尾酒)。侦探小说家劳伦斯·布洛克有句名言:"如果我带着醉意出生,或许我会忘掉所有悲伤。"如果要给这微醺加上一个场景,我想最好是在早上 10 点 30 分沿着南方的海行驶的 A 列车上。

带着醉意的列车之旅有时是催化剂,无论你如何沉默寡言、不善与这世界交谈,总会意外地被车厢摇晃出一些分享欲,变得乐于跟人搭讪。那天邻座有一对铁道迷父子,父亲约莫三十来岁,在双肩背包里摸寻半天,终于拿出一摞盖满章的明信片,带着炫耀的微笑递到我眼前——原来是沿着日南海岸一路向北的各种乘车纪念。

"已经去过这么多地方了啊,这是铁道旅的第几天?"我问。

"最后一天了哟。你呢?"

"才刚刚第一天。"

"明天搭哪一辆？"

"SL人吉。"

"人吉啊……人吉不错呢。"他摆出一副前辈的神情，"要不要我告诉你最佳拍照位？"

行驶在肥萨线上的SL人吉是铁道迷心愿清单上"一生一定要搭乘一次"的列车，不仅因为沿途会经过跨越溪谷和山峠 的百年铁道遗产，更因为它是一辆罕见的蒸汽机关车。它制造于1922年，在长崎本线上活跃了50年后退役，很长时间里一直沉睡着，2009年为了庆祝肥萨线全线开通100年，九州铁道花了三亿日元对它进行修复，使它得以复活。人们期待着：它也将在这条线路上迎来自己的百岁生日。

乘坐蒸汽机关车的乐趣何在？也许是出于一种对工业文明的怀旧情绪。铁道迷之间有一个共识：SL人吉最令人怀念的，是随机鸣起的长长汽笛声，是从烟囱喷发的黑色烟雾。我在车厢里走了一个来回，立刻知道了那位父亲口中的"最佳拍照位"指的是哪里——车头和车尾设有巨大的落地展望窗，透过玻璃，能看见车顶黑烟滚滚，煤炭燃烧的气味扑面而来。

在这样一个角落，很容易迎来旅途中迎风落泪的矫情时刻。展望窗前摆放着两张木质椅子，矮小可爱，是儿童专座。两个少年一前一后跑过来坐下，彼此并不相识，却以同样专注虔诚的姿态趴在

峠：日文汉字，指山上路和山下路的交会处。——编者注

纵
身
人

山
海

窗前，列车经过红色高架桥时一阵欢呼，汽笛发出轰鸣声时一阵欢呼，列车喷出黑色浓烟时又是一阵欢呼……眼神里满溢着惊喜和发现，那是只有在 SL 列车上才限量供应的少年的梦想。不久我慢慢走回座位，看见后一节车厢里，四个头发花白的老头围坐在一起，吃着鱿鱼干高举起啤酒，窗外的田野和森林一闪而过——好似他们曾也是欢呼的少年，在一辆列车的旅途中慢慢老去。

我要在终点的人吉站换乘九州横断特急，前往别府温泉。距离下一班车的到来尚有一个小时，我在周边闲逛，走进车站正对面的咖啡馆。它有个可爱的名字：亚麻色。店内狭窄，坐着两位老太太、一位老先生和一位穿西装的小青年，便已是满席。见我迟疑，小青年赶紧站起来结账让座，这时一位老太太看着他惊呼起来："老师！"原来他是附近小学校的老师，两人几个月前有过一面之缘。小青年很有礼貌地和众人告别，我坐下来点了一杯招牌混合咖啡，听着两位老太太毫无顾忌地讨论着自家老公，很快达成一致：京都男人就是靠不住。之后邻座的老先生也加入到谈话中来，他拿出一张海报，原来是熊本交响乐团，过几天就在人吉有一场演出。两位老太太离开后，又进来了一位新的老太太，这小小的咖啡馆生意可真是好。新来的老太太坐在我旁边点了一杯蔬菜汁，配着自己带的三明治吃。她和老板娘似乎是旧识，因为老板娘立即向她介绍起交响乐团的老先生来："这位，是 ×× 教授的儿子。"两人感叹着："上一次见到教授，已经是 26 年前了，人生可真快啊！"又寒暄了片刻，老先生准备离开，站在收银台前买单，注意到了放在吧台上的一束花，向老板娘说道："说起来，最近都不怎么见到这种花了呢！"我实在很在意那花的名字，厚着脸皮请老板娘写下了，才知道原来是杜鹃草，生活中难遇，在秋天的茶室花道课中却是常见的花。于是我也成了聊天人群中的一员，交代了来处去向，九州之旅的计划，对铁道的趣味从何而来。在我告辞之前，新来的老太太摘了一枝含苞的杜鹃草递给我，我将它夹在老板娘写下花名的手账中，又跟她们再三约定：明年来搭"伊三郎·新平号"的时候，一定要再来喝一杯咖啡。

我在那个瞬间，第一次感受到了所谓"旅情"的真实存在：隔着千里万里，和萍水相逢的人留下些什么约定，原本没有意义的陌生之地，就有了再次相遇的借口。沉浸在感动之中，走到车站才想起来行李忘在了店里，慌慌张张跑回去拿，老太太们笑成一团："小姐啊，这样可不行啊！怎么能忘了重要的行李呢？"

秋日列车之旅的最后一天，我搭上了九州地区的头号人气列车——由布院之森。车票预订得早，得到的竟是 1 号座位，在第一排的窗边。这一辆是双层列车，座席均在二层，因此车厢比车头略高，幸运地和司机共享了同一个取景框：透过空旷的大玻璃，能看到大海和群山之间蜿蜒漫长的铁轨，如同森林隐秘的血脉，没有尽头。一层设有专用的观景车厢，有一个角落，专门面向小朋友，让他们可以对着列车外的风景画画。我下到一层去买蛋糕和咖啡，看见一个小男孩独自坐在那里，先画了一辆绿色的火车，觉得不满意，拽着一位女列车员说想把阿姨们都画进去，女列车员们就真的全部过来了，微笑着让他画。又画了一会儿，小男孩还是不满意，说要把叔叔也画进去，女列车员于是一路小跑，把男列车员也叫来了。那幅画看起来即将大功告成时，他又吵起来："要把司机也画进去！"男列车员愣了愣，说："可是司机在开车啊，他要是来了，我们就不能继续前进了，不如我带你去见他吧？"小男孩兴高采烈地去了，过了好久才回来，在画上又加了一个小人。

这下轮到我成为他好奇的对象了："你住在哪里？"

"我住在大阪哟。"

"大阪有多远啊？"

"你没去过大阪吗？"

"没有呢。"兴许是当地的孩子。

"就这么一直坐着列车往前，在你长大之前，一定能到达大阪的！"

他应该对这个答案很满意，很快就为自己的画作增添了重要的元素：大阪へ（开往大阪）。由布院之森当然永远也到不了大阪，它的终点是福冈的博多站。博多站顶层有一间铁道神社，是为旅行平安祈愿的场所，能看出九州人民对铁道的满腔热情。我站在那间神社里，心想不知道再过几年小男孩才会意识到一个偶遇的阿姨跟他胡说八道了一些话，"真希望到了那个时候他依然热爱着铁道"，那天我这么许愿了。

"如果要去南九州，最好是搭火车。如果要搭火车，最好是在深秋。"结束这年的九州之旅时，某位铁道迷是这么告诉我的，他批评我从人吉站就折返是不对的，应该再往南边去。被他描述为有着"日本三大车窗美景"之一的南九州肥萨线，于铁道迷是圣地一般的存在，据说当列车驶过长长的矢岳隧道，壮丽的雾岛群山便会连绵不断地出现在眼前。此景唯有深秋是最美：当群山还死守着最后的深绿，谷底的稻田已是一片金灿灿，远方隐隐可见冒着浓烟的，就是不时会醒来的活火山樱岛。

下一个秋天，就去南九州搭火车吧！我下定决心。时隔一年的铁道之旅，却是从一艘开往北九州的轮船开始的。从大阪泉大津港搭船到北九州新门司港，下午 5 点半出发，次日早晨 6 点抵达，一个晚上的时间并不太难熬，价格还比新干线便宜近一半。更重要的是：它由北至南全程行驶在濑户内海上，出发时正好日落，抵达时刚巧日出，天气晴朗的日子，能看见明石海峡大桥上亮起七色彩灯，海上明月在濑户大桥上升起，以及零点时分来岛海峡大桥上的漫天璀璨星光。

在新门司港短暂逗留，是为了拜访九州铁道纪念馆。这里是九州铁道的本社旧址，也是九州第一条铁道的起点。在我等待铁门被拉起的时间里，有工作人员陆续前来，认真擦拭那些老式列车的明亮窗户。我读着一张贴在门口的宣传海报，上面印着的是传说中的"月光"，世界上第一辆卧铺列车，过去运行在新大阪和博多站之间，退役有半个世纪了。因它实在太令人向往，我竟有些懂得了海报上那些文字间的心情："搭上特急卧铺列车'月光'去旅行，心脏激动得怦怦直跳，怎么都睡不着。久久地，我追赶着车窗外的满月。"这是我不喜欢新干线的原因，超高速铁道的出现，令卧铺列车接连消失，人们一味追求速度和抵达时间，失去了浪漫的栖身之地。在摇晃的旅途中追寻月光会是何等美妙之事？当时的人们为第一辆卧铺列车取名，想要找一个和夜晚有关的名字，于是有了"月光"。后来的夜行列车纷纷沿袭了这一做法：银河、明星、彗星、曙光、日出……卧铺列车只是交通工具而已吗？它分明是人类对宇宙的美好愿望。

这天最先走进铁道纪念馆的是一对父子，发出此起彼伏的惊叹声，两人很难在对铁道的痴迷程度上决出胜负。在一辆明治时代的火车里，一个挂着专业相机的男人疯狂地拍着每处细节，和忙着擦拭车辆的工作人员讨论着车窗的构造，坐下后仍不太满足："果然还是希望能够坐在行走的列车里啊！"又转头问我："你知道京都最新开业的铁道博物馆吗？听说规模很大，真想去看看。"

我在不久前去过一次京都铁道博物馆，却对那种巨大展厅里的陈列物始终缺乏好感。比起封闭空间，我更喜欢眼前这些停靠在站台上的退役列车，它们每一辆都是一个传说，让年轻的铁道迷因为不小心擦肩而过捶胸顿足。它们就这么停靠在站台上。从站台通往展厅的台阶上，在每一处精心设计的驻足点，都能俯视一辆列车完整的身姿。清晨的阳光洒进车窗，投射在蓝色的绒布座席上，那里仿佛重叠着无数旅人的身影，它们从往昔时光驶来，短暂经停于此。

此后我一路向南，到达了鹿儿岛西北部的出水站，打算乘坐肥萨铁道上的"肥萨 orange 食堂"。这班列车在设计上模仿了酒店大堂的咖啡吧，门窗桌椅使用当地木材，空间上比其他观光列车更具开阔感，色调也更为温暖。沿途视线所及，皆是无边的八代海和不知火海，海景四季变换，若到冬季，能看见从北方飞来南方过冬的白鹤成群掠过海面的壮观场面。如它的名字，人们搭乘这辆车也主要是为了用餐，它在每周五至周日限定运行，每天三班，乘客可以选用早中晚任意一餐。

我对九州的食堂列车满怀期待，因为这片丰沃的土地盛产最好的食材。那天我吃到的早餐，有熊本萨摩芋烹煮的冷汤，鹿儿岛土鸡蛋做的炒蛋配煎培根，水俣蔬菜制成的法式炖菜，最后还有烤面包、橘子奶冻和坚果蛋糕……厨师是水俣市温泉酒店的料理长，年轻时曾在东京高级餐厅修行，有着超过 20 年的法式料理经验。他之所以愿意为一辆火车亲自下厨，是"希望将家乡的土地和大海物语传达给外来者"，为此会亲自跑到水俣的农家和渔港购买食材。那顿早餐真正深得我心的是最后端上来的一杯咖啡，它比我过去喝过的任何一种豆子磨出的咖啡都更加散发出浓郁的焦香，细问之下才知有玄机：咖啡豆是从南美精选而来的，再利用阿苏火山和樱岛火山喷发的熔岩，经过职人之手煎焙而成。

我在肥萨铁道上享受到的不仅是海景豪华早餐，下一站的新乘客上来之前，在很长一段旅途中我都享受了"独自承包一辆火车"的超级贵宾待遇。咖啡喝到一半，列车长小跑过来，把我带到窗户边看一座杂草丛生的桥："那是国境线哦，这头是萨摩国，那头是肥后国。"我清楚地看见桥边立着一块牌子，指向"江户"的方向——历史学家赖山阳 1818 年曾从这座肥萨国境的"境桥"上漫步而过，在名为《过肥萨界》的汉诗里，写下了伤感的诗句：一涧平分南北州，乱沙深草两边秋，曾无所唯溪水，几股溪随意流。

从新八代站搭上 SL 蒸汽机关车，又回到了人吉站。推开车站前咖啡馆的门，老板娘从厨房里抬起头来，凝视我数秒，最终只是指指店内："随意找喜欢的位置坐吧，行李放在玄关就好。"然后又低下头，继续准备着手上的料理。我乖乖在面对窗户的椅子上坐下，中间空出两个位置，另一头坐着一位老太太和一位老先生，正聊得热闹。真是亲切熟悉的场景。我坐在窗前，闻到扑鼻的家庭料理的味道，转头一看，是土豆炖肉。九州盛产酱油，味道尤为浓郁，还残留着新鲜的大豆味。如果我没有记错，上一次来时也闻到了类似的味道，那天端上来的应该是咖喱饭。

老板娘把终于做好的土豆炖肉放在一个大盘子里，端给了老太太和老先生，上面还有几碟小菜、一碗汤和一份米饭。然后她朝着我走来："吃点什么？"

"咖啡就好。"

她又径直走回柜台后面泡咖啡，我打量着店里，接着看到了吧台，还是在那个位置，摆着一盆杜鹃草，几乎将要凋零的样子。我没忍住走过去："去年也是这个花！"老板娘抬起头，迟疑地看着我。

"我去年来过一次，"我说，"搭'人吉号'来的。"

"是你啊，原来是你啊！"她这才笑起来，"你竟然还记得，我真开心。那你还记得这个花的名字吗？叫ホトトギス的。"

"记得，那时候你写在了我的手账上。"

"所以这次是来搭'伊三郎号'的？"

"是啊。"

"怎么办呢？今天天气似乎不太好呢。"

"嗯，在刚刚的人吉上，也感觉风景不如上一次。"原本正是秋高气爽的好时节，却不知道为何，连续一周都是阴沉沉的，时不时又刮来一阵雨。

"你吃芝士蛋糕吗？"老板娘像是突然想到了克服坏天气的好办法，"我请你吃一个芝士蛋糕吧，自己做的。"

不知道是习惯做法还是特例，那个芝士蛋糕上放着一片刚摘下的枫叶，叶子还停留在夏天，绿意盎然的样子。我把它放进手账里："今年就带这个回去吧。"

隔壁那一对老先生和老太太，始终用一种客气的熟人口气聊着天，能感觉到他们对彼此十分了解，却又算不上亲密，一定不是夫妇。可又该是什么关系呢？60岁一代的人际关系，我又怎么会懂。

"上一次来的时候，店里都是熟人呢。"我对老板娘说。

"是呢，说起来，这边两位也是常客啊。"她顺势向我介绍那两位，他们转过身来跟我打招呼，我只好又自我介绍了一次，说我是中国人，近来住在大阪。

"鹤桥那一带，是中国人聚集地吧？"老先生说。

"不对哦，是韩国人，那边的韩国料理特别好吃。"

"对对对，是韩国人，都记不清楚了。"老先生说自己40年前在大阪工作过一阵子，后来回到九州，就再没去过那里。倒也不是因为觉得归乡比漂泊更好，只是到了这个年纪再回看人生，一切就都不是选择，而是命运了。对于命运，没有好坏，只有接受。

说话间又来了三个老太太，坐在吧台上各自喝一杯咖啡，说她们住在鹿儿岛市内，专程来看前一天举行的八代烟火大会，庆幸难得的夏日盛事没有受到坏天气的影响。"美丽得很呢！"老板娘和老太太们聊了一会儿烟火大会，又说起鹿儿岛水族馆，她好像对那里很牵挂，每到夏天就去，冬天也去。

我依然只有一个小时的转车时间，犹豫着要动身，老板娘突然问："你看过《夏目友人帐》吗？"

"当然，从第一季开始追到现在。"

"那个动画，这附近是取景地呢，最近多了很多游客，说来圣地巡礼。"她说。

我用手机搜索了一下，果不其然，光是人吉车站就在动画里登场过好几次，还有天满宫、河川、水坝和棚田。其中有一个地名我很留意："有一个地方叫天狗桥吗？"

老板娘努力回忆着，始终没有想起来。旁边的老先生凑过来："有哦，骑自行车过去大概10分钟吧。"

"是红色的桥吗？"老板娘问。

"嗯，就是那座红色的桥。"三个人又讨论起来，天狗桥在哪座山间，又在哪条河上。

"我说，你下次再来吧，在人吉住一晚，去看猫三先生 🐾。"老板娘指指进门处，我这才看到，一只肥硕的猫三玩偶坐在那里，用毛茸茸的屁股对着我。她又拿来一张人吉观光地图，上面仔细地画着附近每一个地标，很是可爱。老先生替我找到了地图上的天狗桥，附近还有一条温泉街，老板娘则极力推荐我去一间幽灵神社。我打算买地图，遭到拒绝："送你吧，反正是样本。"她说自己是本地人，曾离开家乡去过各种各样的地方，"弄得浑身是伤，最后回来了"。窗户边摆着她写的一幅字，大意是：杜鹃花啊，还有被你忘却的，蔚蓝天空。

"已经习惯大阪了吗？"买单的时候，她问我。

"还好。"

"暂时不回中国了吗？"

"先在这个世界上多待一待。"

"那再来吧，真的再来吧。就用《夏目友人帐》做借口。"

"嗯，什么时候肯定会再来的。"

我走出咖啡厅，过了一条街，突然想起上一次我走出好远才发现忘记了行李箱，还好，这一次，行李箱好好地还在。但是，我手里拎着的那个装着便当的袋子呢？正准备狂奔回去，转身看到老板娘小跑着穿过了马路，手里抱着那个袋子。我接过来，她给了我一个大大

🐾 猫三先生：观众对动画版《夏目友人帐》中猫咪一角的昵称。——作者注

的拥抱："好好生活啊！"

　　我很喜欢铁道旅行，但不知道该如何向人描述这种喜欢。为什么我讨厌人和人之间的亲昵，却在途中遇见一间咖啡馆，就决心遵守约定，每年都去？我喜欢那些在短暂时间里交换的人生，喜欢一些隐秘而不重要的关系，喜欢仅仅因为记得彼此而开心。与人疏离，便是与人亲密。我们并不知道彼此经历过或将要经历怎样的人生，为什么会遍体鳞伤或为什么还要继续奋力厮杀，为什么会失落或为什么会成为困兽。但是，在我成为困兽的这些日子里，我仍然会在某一天收拾好行李，搭上一辆列车："去赴一个约。"

　　在赴那个约的路上，我知道我又将遇见一些崭新的人，留下一些崭新的约定。下一次再来的时候，我想吃田中女士做的家庭料理——老板娘说她姓田中，我可以叫她 Haruko，不是春子，是治子 🌿。

　　天气阴阴沉沉，我搭上午后一点半出发的"伊三郎·新平号"，吃完一个栗子便当，列车就在立着"日本第一车窗"牌子的悬崖半路停下来。森林的万丈深渊底部，有无尽的稻田，连接着远方广阔的街市。在遥远的天边，是连绵起伏的群山，不知温润凶险，只剩细细一条轮廓，一半隐藏在云间，像是勉强在尽一份作为水墨画背景的义务。

　　列车员指着 V 字形的山坳之间只能看见底部的一座远山说："那就是樱岛了。这里一年之中能看见樱岛的机会，也不过数十次。"

　　其实有另一条能近距离观望樱岛的好线路：抵达吉松后，换乘"隼人之风"前往鹿儿岛中央车站。这辆泛着黑光的列车，车厢玻璃

🌿 Haruko 既可以写作春子，也可以写作治子。——作者注

和其他观景列车一样开得极高，为的是能够让人随时看见蓝天，但和其他列车不同的是，它在乘客的脚下也开着一块玻璃——在邻座的示意下，我蹲下身来，才意识到那块玻璃存在的意义：是为了平视大海啊。我学会了透过脚下的玻璃将列车 logo（标识）印在海面上的拍摄方法，而就当樱岛第一次出现在海岸线对面，我正准备按下快门时，邻座又伸手拦住了我："别着急拍，再过两三分钟，你将拥有一个绝佳角度，持续十几秒。"这位邻座，在列车即将到达黄金位置时，大声倒数着："三、二、一……就是现在，按下快门。"

　　当我真的得到了一个拍摄樱岛的最佳角度，就终于抑制不住对邻座的好奇："你怎么那么懂啊？"原来他就是我想象中的那种铁道迷：生活和工作在熊本，休假日就搭各种列车拍摄铁道。他几乎搭遍了全九州的列车，因为最喜欢"隼人之风"，来鹿儿岛就成了日常。他说起春天的熊本地震，之后一段时间里列车上每天只有两三位乘客，沿线居民感到困扰："九州只有铁道啊，如果没有铁道，什么人都不会来观光的。"到站后，他就要急匆匆搭新干线折返熊本，只有短短几分钟逗留时间，"明天一早还要上班，周末到这里就结束了。这样的周末就最开心啦"。

　　我从鹿儿岛前往更南边的指宿市，乘坐日本 JR 线最南端的铁道线路：指宿枕崎线。2011 年九州新干线开业时，这条在萨摩半岛东岸和南端绕行的线路上出现了一辆名为"指宿玉手箱"的列车，它的灵感来自一个日本神话：一位名叫浦岛太郎的渔夫，因救下万年海龟的性命得到了龙公主的报答，被带到海底龙宫（传说位于萨摩半岛最南端的长崎鼻）吃喝享乐。不久后，浦岛太郎因为思念父母提出要回家，临走前公主赠予他一个玉手箱，万般叮咛他千万不可以打开。回到村子后,浦岛太郎发现自己的家不见了,久寻之后,才发现了父母的坟墓,万分绝望的浦岛太郎打开了玉手箱,箱子里冒出一股白烟,黑发瞬间变成白发,他成了一位老人——原来,龙宫里短短几日,人间已过去了数百年。

我毫不怀疑这是从中国舶来的传说,指宿人却引以为傲,为之打造了一辆观光列车。看看它的外观吧,靠山一侧是黑色,靠海一侧是白色,隐喻着浦岛太郎从黑发变成白发的瞬间。搭车的那天早上,我正要踏进车厢,司机毫无征兆地突然出现在我身旁,大喊道:"站在那里别动!"待他快步跑回车掌室几秒后,一股浓郁的白烟从我的头顶喷涌而出,他看起来十分开心,又重复了好几次。我才知道,这是这辆车的欢迎仪式,据说当年浦岛太郎打开玉手箱时,喷出的就是这样的白烟。

观光列车搭多了,我难免有些审美疲劳,但在"指宿玉手箱"上还是有一个微小的美妙时刻。车厢里有长排的书柜,装满了各种鬼怪故事:《日本妖怪大事典》《远野奇谈》《日本昔话》《古事记物语》,还有《柳田国男的民俗学》。对着大海阅读妖怪故事,喝着指宿的温泉苏打,吃一份黑芝麻布丁,列车员拿着司机的制服和帽子四处询问有没有人要拍照,这种时候玩得最开心的总是那些退休的老头子——大概这也是铁道之旅的一种意义:如果说浦岛的玉手箱有着让人一夜变老的魔力,那观光列车没准能让人重返少年时。

南九州还有另一辆以神话传说为原型的列车:沿着日南海岸从宫崎开往南乡的"特急海幸山幸"。这趟列车比"指宿玉手箱"还要早出现两年,灵感来自《古事记》中山幸彦和海幸彦的神话传说,两节车厢就是兄弟二人的化身,一节取名"山幸",一节取名"海幸",车身用宫崎特产的饫肥杉打造，飘浮着淡淡的杉木香气，还设有一个专柜展示各种乡土玩具。

搭上"海幸山幸"那天，2016 年的最后一场台风正好从南九州经过，本该拥有动人风情的日南海岸淹没在雾茫茫的暴风雨中，乘客们索性不再望向窗外，围坐在车厢里看列车员表演山幸彦和海幸彦的故事，关于龙宫、鲨鱼和钓钩，山幸彦和海幸彦如何反目成仇，隼人族的祖先和神武天皇的起源……列车员举着手作的大型绘本，小朋友和外国人都看得津津有味。不久后列车在南乡靠站，她们又早早站在车厢口，手中的绘本变成了高举的雨伞，让每一位下车的乘客都能从容地走到搭着雨棚的站台。

我搭上最近一班无人售票车，从南乡折回宫崎。和观光列车不同，这种列车主要用于当地人上学通勤，逢站必停，速度相对慢，盛行于20 世纪 70 年代，如今只在偏僻线路上才能找到，原始的整理券发放机还闲置在车上，散发着昭和的气息。不时有成群结队的中学生一齐涌上车，又在某一站瞬间只剩空荡车厢，有人将一把雨伞撑在车厢中央，有人靠在车门旁听歌或是蹲下来读一本书……没人吵闹也没人拍照，全然是安详的日常气息。

正是午饭时间，一个满头白发的老太太抬起头来，有些歉意地望着对面举着报纸的中年男人："可以吃便当吗？""请便请便，我也正要吃午饭呢。"他们都驾轻就熟地从包里拿出准备好的薄毯铺在腿上，中年男人打开从站台上买来的塑料便当盒，我瞥了一眼那个老太太，她的饭盒里整齐地摆放着两个海苔白米饭团，送入口中之前，先用一块手帕挡住嘴，完全看不到吃相——这是在昭和电影中见过的优雅，场景是京都或者镰仓，却没想到在南九州之旅的最后一程，竟在一个偏远之地的破旧车厢里重现了。

结束了南九州之旅后，我辗转从由布院回到博多，在最后一个凌晨的 4 点半爬起床，搭上 JR 西日本的 "500 TYPE EVA"。为了迎接山阳新干线开业 40 周年，庵野秀明亲自监修了 "新世纪福音计划" 主题列车，从外观到车内，处处都是动画元素，连列车员穿的都是主题服装，当车厢里响起声优石田彰的报站声时，终于觉得：一贯乏味的新干线，也稍稍有了些美好的理由。

对于急于想抵达终点的人来说，一辆 "新世纪福音计划" 主题列车不会太有趣，它实在太慢了，从博多到大阪需要 4 个半小时。然而对于铁道迷来说，我们会遇到什么，取决于我们给自己和世界定下的相处模式。如果有这个模式，它应该是一辆开得不那么快的火车，让人记得那些阴郁的山间，难忘大雨滂沱的海面，即便在阳光并不明媚的日子，也不会有人在意终点，因为沿途有那么多风景和相遇。

夏　四国列车之旅

秋天属九州最美，夏日就该去四国。四国有深深的山谷和漫长的海岸线，有繁茂的森林和最后的清流，连接它们的，就是一条条铁道。

通往四国的路，始于从冈山到高松的 "面包超人列车"。因《面包超人》漫画的作者柳濑嵩出生在高知，面包超人便成了四国的吉祥物，以它为主题的观光列车有超过 20 种。从冈山到高松的这一辆，诞生于 2006 年秋天，平时只在周末和节假日运行，暑假期间每天一班，是为孩子们准备的暑假礼物。

我是夹杂在亲子人群中突兀的一个，只是想看看濑户内海。经过濑户大桥的列车不少，唯有这辆能找到观景车厢，车厢内故意没安装玻璃，一路有咸湿的海风呼呼灌进来，远方湛蓝的海面上漂浮着零星的小岛，岛上隐约可见群山轮廓。天气好的时候，常有彩虹挂在天边，听一个朋友说，他曾不止一次看见过濑户内海上的连环彩虹，一个叠着一个，像是游戏中解开了的锦囊。在行过濑户大桥的列车上感受到的山与海带来的感动，是我疏远了太久的自然与生命。

　　从高松去松山，每天清晨的道后温泉也泡得失去了兴致，终于等来了"伊予滩物语号"。这列列车也只在周末运行，每天四班，时段不同带来的并非只是景色上的差异，还有不同类型的美食：早晨的"大洲编"上可以享用三明治和咖啡，中午的"双海编"和"八幡浜编"上分别可以吃到和洋混合午餐和正宗法式料理，乘坐午后的"道后编"则可以拥有一段欧式下午茶时光——这些班次的名称来自爱媛县的各个地名，列车邀请了县内几家高级餐厅的大厨亲手为乘客烹饪。

　　本想搭乘可以欣赏夕阳的"道后编"，然而提前半个月就已经买不到票，退而求其次选择了"大洲编"，反倒换来一顿车厢里的丰盛早餐。厨师来自松山市的洋食餐厅"yoyokitchen"，卖点是初夏时节的各种蔬菜，都是前一天从自家农园里摘下的新鲜食材，餐后咖啡由县内焙煎连锁店"branch coffee"提供，连咖啡杯都经得起把玩端详——是爱媛传统工艺砥部烧，厚实的白瓷上画着可爱的水果纹样。

　　从松山站开出 30 分钟后，进入了海的世界。四国的海有一种稳重而深沉的静谧，是濑户内海骨子里的温柔，似乎永不会有情绪激动的时候。因为坚持要坐在靠海一侧，我在购票之初和工作人员反复确认，他用了整整 20 分钟，翻出数本"秘笈"反复查阅对比，才终于换来了我眼前可遇不可求的一幕：有大海，有咖啡，有铁道……而且是在夏天。出现在"青春 18"海报上的无人车站"下滩站"也在这条线路上，那张海报上写着："前略 🐎，我正在日本的某处。"是某种对铁道的寄情——它能将你带往完全预料不到的地方。

外国友人来日本旅游，离开时看见机场工作人员对着飞机挥手说再见，便会被触动心中柔软的某处。同样的情形也会发生在铁道上，偶尔望向窗外，总能看见有人微笑着朝着列车大力摇晃双臂——看上去像暴走族的摩托车司机、小货车副驾驶位上的女人、挥着鲜花或抱着玩偶站在家门口的老太太、扛着长焦镜头爱好摄影的老头儿。路过一个棒球场，训练中的少年突然集体立正，在教练的带领下用力挥着双手大声喊"拜拜"；途经一个叫"五郎站"的站台，一个打扮成狸猫的大叔突然现身，笨拙地跳着舞，我向列车员打听，说他就是站长本人。

众多铁道之旅中最令我念念不忘的，是行驶在予土线上的"しまんトロッコ号"（四万小火车号）。它制造于 1984 年，是日本最早的铁道货车，2013 年被水户冈锐治改装成观光列车，沿线经过全日本最长的溪流，即有"最后的清流"之称的四万十川。山吹 ⛰ 色的开放式列车驶入深山之中，像是穿行在我的梦境之中：刚出站时还大汗

🐎 日本人写信时会在开篇加上"前略"，意为不再寒暄，直入主题。——编者注
⛰ 山吹：日语中棣棠花的名称。——编者注

淋漓，转了个弯进入森林，立刻凉风飕飕，探出头的年轻女孩被刮走了草帽，帽子一路狂飞，掉进清澈的谷底溪水。蝉鸣不止，偶尔有一两只不知名的昆虫误闯入车厢，慈祥的老太太小心拾起它们，放在伸进窗口的枝叶上。一个少妇带着两个孩子，迟疑很久才递过来一个老式照相机，拜托我为他们和她白发苍苍的父亲拍了张全家福，然后就匆匆下了车。两个结伴出行的宅男，毛巾搭在肩上，不久就和对面的中年男人闲聊起来。山间清风吹过，乱发飞舞，是触摸到心爱之物那一瞬的神采飞扬。

日本有个词叫"钝行列车"，"钝"比"慢"更具画面感。美好的人生需要钝感力，列车也是一样，快速抵达从来都不是旅行的目的，乘上摇摇晃晃的钝行列车，在欣喜若狂和昏昏欲睡中，抬头低头间总有一片令人眩晕的风景，满溢着微小邂逅的可能性，就像在青春时光里度过的每一天。

搭着"しまんトロッコ号"从起点到了终点，又从终点折返起点。年迈的列车员第二次看见我，生出了亲切，站在窗口有一茬没一茬的谈话间，突然止住了我准备举起相机的手：等等！再等5分钟，等那最好的景象出现。屏住呼吸，看见一路蜿蜒的溪流，融入宽阔的河滩，古老的石桥架在清流上，孩子们排队站在上面，纵身跳入水中。然后，就能瞬间领悟，当年约翰·缪尔是如何看到自然万物之光辉，如何满怀诗意地说出了那一句：夏日，走过山间。

冬 北海道列车之旅

四国把限定列车留给了夏天，北海道最好的铁道体验却在冬天。

富良野本线上的夏天确实是极美的，但如果把视线往东一些，再往东一些，一直到最东端的钏网本线，就会看见皑皑白雪覆盖着知床群山和钏路湿原，从西伯利亚漂来的巨大流冰浮在葡萄紫色的鄂霍次克海上——观看这样景色的理想场所，还有哪里比得过一辆驶在雪原上的列车呢？以往流冰到来的时节，钏网本线上会有两辆列车准时登场："流冰ノロッコ号"和"SL冬之湿原号"。

1990年开始运行的"流冰ノロッコ号"（以下简称"流冰号"），是日本历史最悠久的观光列车之一，穿行于网走站和知床斜里之间，只在一月末至二月末限时运行，一日两往复，每年也能积聚超过两万名乘客。"流冰ノロッコ"是个合成词，道明了它的价值观：流冰——追随鄂霍次克海上流冰经过的路线；ノロッコ——由"のろい"（缓慢）和"トロッコ"（小火车）组成，只有5节车厢的缓慢的小火车，一小时的冰原之旅，最高时速仅有30公里。

能不能看见流冰，还要看运气。每年到了此时，无论当地人还是外来者，视线的焦点总会停留在游客中心那块展示着流冰"情报"的指示牌上。在赶去网走车站的路上，出租车司机满脸遗憾地冲我摆手："看起来今天也没有流冰呢。"网走没有流冰，知床也没有，但在途中某处，从列车窗户望出去，还是能看见无边的冬日海面上，隐约漂着零碎的冰块，大概是因为缺乏周而复始的生死轮回，它们远不及冰雪下连绵不断的知床连山意味深长。

"流冰号"车厢中烧着旧式炭火炉，是日本人在明治时期常用的取暖设施，最近几乎见不着了。零下十几摄氏度的北海道，在寒风中站立10分钟就已是极限，车厢里因为这炉子得到了片刻的温暖安宁。一位气质优雅的老太太走到火炉边坐下，支起架子，把从列车贩卖处买来的鱿鱼和年糕放在上面烤着，自顾自开了啤酒，读起一册文库本 🐛 来。列车员过来检查火势，往中间添了几块炭，笑着推销说："下次试试北海道的名物竹叶鱼吧。"

那班车我没坐到终点，在北浜站下了车。这里是全日本最靠近鄂霍次克海的无人车站，大海就在站台前方。爬上寒风呼呼的展望台，天气晴好，能一眼望见网走街市。50 多年前，这个车站曾在高仓健主演的《网走番外地》中登场，后来作为电影《非诚勿扰》的取景地深受中国游客青睐。旅行大巴一辆接一辆驶来，墙上贴满的便笺纸上有一半写着中文。他们也不多逗留，拍几张"到此一游照"就匆匆离去。

他们永远不会知道自己错过了什么——推开候车厅左侧的小门走进去，是一家名叫"停车场"的咖啡厅。20 世纪 80 年代，钏网本线由于地域过疏化现象严重，曾一度出现过要将其"废止"的声音，最终得出的折中方案是大量减少工作人员，但将车站保留下来，于是北浜站在 1984 年成为无人站。这个车站是观望鄂霍次克海的绝佳场所，在铁道爱好者和自由摄影师之中小有名气，每天因通勤上学经过此地的当地居民更将其视为重要地标，见它突然变成无人看管的萧瑟景象，难免都有些悲伤。就在那时，当地一位姓藤江的厨师，萌发出利用车站一角经营餐厅的念头，三年后的夏天，以轻食和喫 🍃 茶为主打特色的"停车场"开业，到今天已经经营了 30 多年。

因为列车老化严重，"流冰号"实在是跑不动了，2016年冬天见证了它最后的绝唱。次年换成了新的"流冰物语号"，还是一样的路线，车厢内却没了炭火炉。后来我又去过几次北海道，路过北浜站，"停车场"有时开着门，但关闭着的时候更多，不知道能坚持到什么时候，也不知道那位偶遇的老太太是否也跟我一样，怀念着那个冬天没能吃到的烤竹叶鱼。

　　那个冬天，在北海道旅行途中和"SL冬之湿原号"擦肩而过，无论如何都想搭乘一次。它制造于1940年，是我头一次见到的日本蒸汽机关车，每年也只在冬天登场，运行在钏路湿原上，班次比"流冰号"更少，一日一往返。坐在列车上，窗外就是大型露天冰雪动物园，这就是道东。钏路湿原上到了冬天就能看见丹顶鹤和虾夷鹿，或急速跑过丛林撞落一树积雪，或俯首啜饮河中雪水，或优哉立于荒原之上。行驶至茅沼站附近，一定能遇见某对长居于此的丹顶鹤夫妇，它们显然已经习惯了工业文明的巨怪，在鸣笛阵阵浓烟滚滚中也不丧胆，心无旁骛地在大地上觅食——但如果偶尔有汽车开过，一定会吓得惊慌失措，逃之夭夭。

　　北海道最受欢迎的列车，是从札幌出发开往旭川站的"旭山动物园号"。旭山动物园死而复生的故事有足够的日式温情，好几次被改编成日剧。人们在冬天来到这里，或是对那些置身于自然中的长颈鹿或北极熊心怀向往，或是想亲眼围观一场冰天雪地之中的企鹅散步。

　　"旭山动物园号"是10多年前才登场的观光列车，绘本画家阿倍弘士从前是旭山动物园的工作人员，于是把车厢也绘制成了动物栖息之家。5节车厢各有一个动物主题：1号车是"热带草原号"，车头画着长颈鹿；2号车是"热带丛林号"；3号车是"北海道大地号"；4号车是"鸟群天空号"；5号车是"极寒的银世界号"，车尾画着北极熊。车里的动物玩偶在旭山动物园里都能找到原型。这还是一辆"可以玩"的列车，沿着每节车厢走过去，沿途摆放着动物造型的头套，可以与斑马、长臂猿、棕熊、火烈鸟和企鹅合照，洗手台的镜子上有狮子和浣熊出没，不经意间低头瞥见过道地面，翠绿的底色中，一排白色的动物足迹经过……是北海道的雪地里有熊出没。

北海道铁道之于我的意义，倒不是这些充满设计感的观光列车。不记得是在哪一天，不记得是从哪一站到哪一站，搭上了一辆沿着鄂霍次克海行驶的单节列车。我坐着无聊，起身走到司机身后。冬日天黑得极早，刚过下午4点便暗淡了下来，列车停靠在一座又一座的无人车站，乘客寥寥无几，司机静默不言。猝不及防地，前方的玻璃外出现了我从未见过的景色：变幻在紫红与胭脂色之间的晚霞，倒映在深蓝色的海面上，泛起妖媚诡异的光芒，令我兀地升起一种不真实的感觉，仿佛这是一辆异次元的车，司机是连接外部世界的唯一通道。

我在往后的铁道之旅中，每每想起那一幕，总能清晰浮现出当时如何感动泛滥的心情。是因为那个傍晚，我在此后的日子里，一次又一次跳上列车，从那里通往整个世界。森田芳光的那部电影里，有一句台词是这么说的："重要的，是人和人之间的缘分。"

某年冬天，在北海道的单节列车上看见海

我要评选我最喜欢的铁道便当前三名。

今年秋天在网走站转车，深秋网走车站的便当以螃蟹和鲑鱼为主，或是蟹肉拼鲑鱼籽，或是鲑鱼籽拼鲑鱼肉，其实各地都有，但北海道食材新鲜，又正值肉质肥满季节，很是吸引人。我在车站前的便当店踌躇许久，本想买海胆拼蟹肉，却被店员告知："海胆啊，要等到冬天呢。"又想吃堆满了蟹腿的一种，也没有。见我久久不得要领，店员建议道："车站里还有一家店，那里有刚刚推出的新品——秋天的鲑鱼亲子便当，你要不要去看看？"我于是去了，对秋天回流归来的鲑鱼深感满意。那份便当上铺着一层闪闪发亮的鲑鱼籽，又铺着一层切得细碎的鲑鱼松，再加上一块以酱油微微烤制的鲑鱼肉，可称为全鲑席。车站里那位店主告诉我：这家"moriya 商店"从 1939年开始卖便当，以"传达鄂霍次克海的恩惠"为理念选择食材，其实

菖蒲桑和他卖的栗子便当

米饭也是加了螃蟹汁炊制的。

　　我心中感叹：铁道便当能卖 70 多年，不愧是老铺之国。在日本任何一个城市的中央车站，都能买到有当地特色的"駅弁"，即"车

駅：日文汉字，同"驿"。——编者注

站便当"。东京站内有一家，将各地的特色便当集合在一起，细数起来竟有超过 170 种，因此它取了个应景的名字："駅弁屋　祭"（车站便当的祭典）。我在这里遇到了一种梦寐以求的陶壶，成为每次从东京回大阪时的必买品。装在壶里的是切得细细长长的章鱼腿，搭配当季竹笋和青菜，被甘口酱油炖煮得入了味，在菜和饭之间，铺着一层细碎的海鳗肉和鸡蛋丝。这款章鱼便当是 1998 年神户市淡路屋为庆祝明石海峡大桥开通而特别推出的，起初只是期间限定产品，后来因为乘客呼声太高，索性做了招牌，卖了 18 年，成了铁道便当排行榜上销量久居前列的名物。便当里的章鱼打捞于明石海峡，此地海潮剧烈波动，它们锻炼出了一身紧致的肌肉，颇有嚼头。至于那个新颖的陶壶设计，灵感源于当地独特的捕章鱼手法：蛸壶渔。

另有一个不曾忘却的，是在高松车站偶然觅得的骨付鸡便当。骨付鸡是高松的独有美食，将带骨的鸡腿用香辛料和大蒜加以腌制，炭火烤熟后就成为极佳的下酒菜，在当地居酒屋里很有人气。我想着在列车上也能啃鸡腿，来了兴致，打开包装一看，冷饭上却凝结着油，刚想抱怨，见饭盒下有一根黄线，拉了一下，它突然滋滋地冒出蒸汽来，自顾自开始加热了。那是自动加热食品还没开始流行的时代，我被吓了一跳。大约五六分钟后，蒸汽渐渐退去，空气中弥漫着香辛料的微微香气，鸡腿便当冷却到了可食用的温度。便当里附有一盒鸡油，盒上写着：浇在鸡腿上吃，肉汁味更加浓郁。又附了少量的配菜，是醋制鸡皮和咖喱卷心菜丝。

吃过日本许多冷冰冰的铁道便当，虽然美味，却隔着距离，也像这个国家的人情。高松冒着蒸汽的鸡腿让我心中喜悦，明白在四国这样的地方也有另一种乡土式的温润人情。那个热腾腾的便当，像我在高松车站遇见的列车员，我记错了乘车信息，就向她询问了两句，其实她已经事无巨细地讲解清楚了，10分钟后却又拿了张便笺过来，画着可爱的手绘图，写上了列车时刻表。那张纸被我保存了下来，成为珍贵的旅途礼物。

以上是我最喜欢的铁道便当前三名。每当得到一份理想中的铁道便当时，没有啤酒就太浪费了。日本人最不齿在地铁上用餐的行为，平日里在通勤电车上连喝一口水都要小心翼翼，但如果是新干线和观光列车就不一样了，它有另一套游戏规则，日本人会笑着告诉你："在新干线上喝啤酒是法律规定的义务哦！"新干线的车厢，大概是全日本仅次于居酒屋的最适合享受啤酒的场所。

为什么日本人热衷于在夜晚的新干线上喝啤酒？一是因为可以带来解放感，这个国家的人有着"工作结束后的啤酒最美味"的坚定信仰，若是长途出差，工作结束后踏入的第一个能放松身心的场所，就只能是新干线的车厢了；二是因为有丰富的下酒菜，去逛逛站台上的那些便利店，看看在啤酒旁边都放着什么吧——鱿鱼干、牛肉干、芝士条、干燥贝柱、鱼肉香肠、柿种和花生、烟熏鸡蛋……如果有一天在那里找到了刺身或是烤串，我也丝毫不会奇怪。

某个夏天，工作日中午我从新富士站上车，在站台上遇见了名为"竹取物语"的便当。这部与《桃太郎》和《一寸法师》地位相当的古典文学作品，故事据说就发生在富士山南麓的富士市。市内有着90年历史的便当老铺富阳轩，在1988年春天新富士站开业时专门设计了这款便当，以竹子编制的圆形容器装盛，食材有照烧扇贝、盐烧金目鲷、骏河湾的樱海老、鸡肉、香菇、花生，最醒目的是硕大的两枚竹笋，用淡淡的酱油煮过后，鲜嫩甜美。当我拎着便当准备离开时，无意中瞥见了旁边的啤酒柜，就再也没能忍住——于是在那天下午 3 点的新干线车厢里，四周紧张严肃的空气中，我悠然地喝起了啤酒。人类搭乘新干线也是有运气一说的，比如说十次中有九次，你的邻座都是微秃的大叔，但如果当你也像大叔一样喝起啤酒的时候，旁边却又正好会坐着个年轻的帅哥。

日本的铁道便当以"再现各地的乡土味道"为主旨，因此在北海道、东北、北陆、近畿和山阴地区的日本海侧，常能吃到螃蟹便当，再加上这些地方盛产的鲑鱼和鳟鱼，食材皆为红色，所以日本海侧多产"赤便当"；在太平洋一侧的地区，则常能吃到鲹鱼和青花鱼便当，秋季更有肥美的秋刀鱼便当，各种鱼类组合的寿司拼盘颇多，这些鱼介类以蓝色为主，所以太平洋侧多产"青便当"；至于那些高原和山岳地区，则能吃到很多山菜、竹笋和栗子，春夏是"绿便当"，秋冬是"黄便当"。因此在日本的长途列车上，是不会有人吃方便面的，如今全日本共有超过 2000 种铁道便当，人们大可以满怀期待地在铁道上做一个快乐的吃货，谁还顾得上那些垃圾食品呢？

铁道便当在日本登场的时间众说纷纭，但总归有着百年以上的历史。日本在 1872 年开通第一条铁路，便当紧随其后出现。最大众的一说，是 1885 年栃木县的宇都宫站，就在当地铁道开通的第一天，一家叫"白木屋"的旅馆便趁势开始贩卖包在竹叶里的手握梅子饭团，两个饭团外加盐渍萝卜，售价 5 钱——相当于今天的 600 日元，并不便宜，也可证明在明治时代的日本，车站便当还是中产阶级的食物。另有一说，时间稍早，背景是 1877 年的大阪梅田站，为了满足西南战争期间往返于大阪和神户之间的士兵需求，这里专门为他们开发了车站便当，据说在同一时期，神户站的站台上也出现了身上挂着便当箱的小贩身影。

几十年前，特急列车和新干线还不像今天这般发达，慢行列车是人们主要使用的交通工具，卧铺列车也全国都有，当时各地站台上那些站着叫卖的便当贩卖员，每人每天卖出 100 份便当是常态，最近 10 年来每况愈下，最好的情况也不过一日卖出几十份。为了削减人工费，车站便当开始进入车站的杂货店，或是直接在车厢内贩卖，站台上挂着便当箱的小贩屈指可数，只在岐阜县太田站、福冈县折尾站、熊本县人吉站和鹿儿岛县吉松站等地还能见到他们的身影——全国加起来不到 10 人，且都在偏远之地。

在熊本县的人吉站，我从 72 岁的菖蒲桑手里买过栗子便当。他从 26 岁到 72 岁都在这个车站卖便当，没有店铺也没有小推车，无论炎夏寒冬，每天都背着 15 公斤重的箱子站在同一个位置。这种旧时的"立贩式"便当售卖方式在今天的日本几乎消失殆尽，唯有 46 年来风雨无阻的菖蒲桑还是少数几个坚持者之一。铁道迷对他有个爱称：便当界的人间国宝。后来，我还在电视节目中看过菖蒲桑一次，他对着镜头重复着："列车的数量越来越少，停车时间越来越短，甚至连悠然地买一个便当的时间也没有。人们只是在赶路，连回首人生的从容感都失去了。从容感是很重要的啊。"那是我最后一次看见他，汽笛响起，列车缓缓启动，他依然站在原地用力地挥手，直至列车身影消失不见。

我吃过两次菖蒲桑的便当，装在栗子造型的容器里，满盛着栗子、莲藕、豆腐、鲜虾、肉圆、竹轮卷和鸡蛋烧。人吉盛产栗子，饱满肥厚，透着甘甜。我下次不知何时能再去人吉站，听说菖蒲桑没有后继者，也不知道再去的时候，是否还能遇见同样的味道。

熊野古道二回目

第二次去熊野古道，是在 4 月里和父母的小旅行。从大阪搭乘特急列车往南边去，抵达终点站后换乘每小时一班的熊野巴士，还要在盘山公路上绕行两小时，才能进入山腹之中。尽管路途遥遥，但巴士之旅并不乏味，沿途熊野川蜿蜒悠长，四周没有高耸连绵的群山，人们所说的"熊野三千六百峰"以大大小小的块状散落，被茂盛植被藏匿了细削锋利的山线，呈现出一种毛茸茸的可爱。我喜看沿途地名，简单直接，能大概猜出从前是怎样的地方：叫野竹的，也许曾有竹林乱长；叫小森的，也许曾是小小森林；叫曲川的，应该是河流在此处转了个弯；叫小鹿的，应该是有过"幼鹿目击情报"；叫武住的，难道不是曾有武士居住吗？

这天乘客寥寥无几，司机有了闲暇聊天，行至某处，口气激动："大家快看，樱花很美哦。再看右边，那是梅花！"樱花确实正值满开之季，但是……梅花？我陷入疑惑之中，司机也沉寂下去，久久，才似终于下定决心，不好意思地开了口："抱歉啊，刚刚那是桃花。"

世界正长出漫山遍野的新绿，在微雨中显得更加浓郁，森林繁密不见缝隙。又有凤尾竹长在房前屋后，如旧时清浅的山水画。微雨落下，山腰笼罩在层层雾霭之中，雾霭让山有了生命，令人清楚知道：此地群山正在醒来。我为植物的密度惊叹，这才信了"熊野"一词在日语里有"树木茂盛的地方"之意。眼前景象与一个月前初来时截然不同。那时冬天尚未走到尽头，群山覆盖在死气沉沉的灰褐色下，我在心中叹气，此情此景未免太不符合想象。

有着 1200 年历史的熊野古道怎能不符合想象？它自古被日本人视为神明居住之地，又有一说是死者灵魂栖息之处，是人神相遇、生死相交的秘境。最早是苦行的僧侣把这片幽远之地当作修行地，后来

熊野古道

纵
身
入

山
海

是平安贵族和室町武家，终于扩散至平民百姓，人们总是从京都出发，在一个多月的时间里步行超过700公里，巡拜熊野三山，以期清净灵魂，获得救赎。这样的参拜方式被称为"熊野诣"。越过群山，踏过溪谷，攀过海岩，是艰苦的旅程，但白河天皇走过八次，后白河天皇走过三十三次。贵族恋慕，庶民狂热，到了最盛的江户时期，庶民之中流行着"一生参拜七次伊势、三次熊野"的说法，参拜者终年不绝，如同蚁群一般。

群山醒来时的熊野，才变得如同秘境，只是又遇上台风过境，倾盆大雨没有打住的势头。在休息区短暂停留时，司机拿出平板电脑向我展示气象走势图，云层极厚，流动很慢，两人都拿不定主意。这时，有两个披着雨衣的欧洲人下了车，不畏风雨，兴致高涨："不是那么陡峭的山，只要时刻注意脚下，不摔倒就没什么问题。"自从十几年前熊野古道被列入世界文化遗产后，欧洲人就对它热情高涨，当地的司机趁机学了几句简单的英语，也就是"请问要到哪里""请顺手取乘车券""这里可以换零钱"之类，总之也是够用了。欧洲人通常并不会抵达终点，他们在中途下车，即便遇上暴雨天也是如此，背着巨大的登山包沿着山道向里走去。这条是从前修行者常走的路。我有位熟识的友人，从高野出发前往熊野，走过路途更长的一条修行道，搭起帐篷在山间露营，需要花一周时间或者更久，能了解一点点参拜者的真实。

我与父母同行，决定只走最轻松的中边路，从发心门王子到熊野本宫大社的一段，全程6.9公里，只要花上三个小时，人人都能走下来。父亲对着"发心门王子"几个字哈哈大笑，我艰难地向他解释：这其实是从平安时代沿袭下来的叫法，彼时天皇的参拜被称为"熊野御幸"，规模浩大，上千人同行，途中留宿之时，总要堆积石头祭祀，像一间小小的神祠，取名为"××王子"，日积月累，就有了如今的"九十九王子" 🦗。

始于发心门王子的一段路，最初是从农家集落和大片茶田开始的，路面近年被重新铺装过，与其说是古道，不如说更体现了昭和时代的日本农村风情。和当地农家几乎打不到照面，随处可见挂满果实无人摘采的橘子树，只有从路边简陋的小木屋里贩卖着需要自助投币购买的梅干和音无茶这件事上，能推测确实有人居住。还遇见了与众不同的一家，贩卖木雕猫头鹰和招财猫，也有各类佛像，手艺极好，却个个大小等身，无法随手带走。

经过水吞王子，才会进入真正的古道，入口处立着写有"苏生之森　熊野古道"的石标。石子路两旁的蕨类植物在水汽氤氲中泛起光芒，宽阔的叶子愈加繁盛茂密，树根爬至泥土之上，也变成步道的一部分，周围偶尔会长出颜色鲜艳的蘑菇。高大的古树躯干上附生着茂密苔藓，翠绿鲜艳，有种异次元世界的既视感。而那些光秃秃的树桩上，无一例外堆积着石头小山，都是旅行者的杰作——并不全是为了供奉神灵而祈愿的，也是熊野古道上最特别的"到此一游"表达方式。

这样的森林能够藏人，好几次因为拍照落后太远，就会感到世界只剩下自己一人。站定下来听风的歌，桧木和杉树会像潮水一样涌来，虽说是百年古树，树干依然身姿轻盈，群起摇动之时，像是树海。

🦗　发心门王子是九十九王子中的一站。"王子"即参拜途中供人休息的神祠。——编者注行至密林深处，风就被隔绝在枝叶之上，太阳光更加无法进入，成为一个"昼间尚暗"的魔幻时刻，我于是不敢停留，要努力跟上众人。许久之后我读五木宽之写的《百寺巡礼》，他也说如果日落之际走在熊野森林中，会感到异常阴森的气息，又说在巡礼者之中有一个传说，在这样的时刻会和去世的父母或友人擦肩而过。"也许是那些历尽旅途艰险的人，喘着粗气走到这里，脚下渗出鲜血，在身体到达极限时产生了幻觉吧。"五木宽之写道。

误以为和亲人相遇的参拜者，会不会更相信熊野的神力？再走一段他们就会行至伏拜王子，从高台上远远俯视熊野本宫，如果天气晴朗，还能看见本宫大社的地标——全日本最大的鸟居"大斋原"。从前的参拜者在苦不堪言的旅途尾声，第一次在这座高台上看见本宫大社的身影，纷纷感动得伏身跪拜下去。如今的旅人也视此处为圣地，因为如果运气够好，从高台上能拍到飘浮于云海之间的熊野连山，同样令人感动，几乎也要伏身跪拜下去。

我们没能见到云海，行至大斋原终点处，樱花却开了。在京都赏过潮水一般的樱花，从未见过这样孤高的一群，不为了迎合谁，只静静开在旷野之中。松尾芭蕉也许是目睹了同样的景象，才写下了那句："山花绽放如破晓，犹见神之颜。"后来我在本宫大社读了张签文，写着："在如此枯萎停顿的冬日，这深山里的树木，却都正按捺着静候春日花开呢。"每个冬天的句点都是春暖花开，也是神明的浅笑。在熊野，所有的信仰都和自然万物相关，签文是从山间得到的启示，御守也不同于别处，取名为"再生守"，是将原本铺在社殿屋顶40年的桧皮燃烧再生后制成的，还有用熊野古树的木材制成的朱印帐，时常带着它们，如人类深受自然之庇护。

熊野山中有好几处温泉旅馆聚集地，都在谷间平地，沿着河流而建。其中有一个叫"壶汤"的，号称是全日本最古老的温泉，竟有1800年历史，也是日本唯一入选了世界文化遗产的公共温泉。我专门去看过一次，狭窄的小木屋里，浴池大约只能容纳两人，门票便宜，进入后就是"包场"，只是有时间限制，每次只能泡30分钟。听说这温泉水有神奇之处，一天之内会经历7次变色，还有汤治功效，人经常很多，有时还需要拿着号码牌等待。修行者在走过漫长的山路之后，能沉浸于热水之中，内心大概会觉得治愈吧。我却只觉得它太过狭小，从温泉外面的小商店买了几个鸡蛋，在河岸上涌出来的热水里煮来吃了。

再次来到熊野古道，带着父母去了另一个方向的川汤温泉。顾名思义，它也是从河底冒出的温泉。那家旅馆的房间全部正对山林，山下河流经过，都在雨后氤氲之中。这是当地唯一一家设有混浴设施的旅馆：在河边挖了两个坑，将河底的温泉引入，再搭上一个简单的草棚，尽极简之工事，实在充满"野趣"。母亲第一次站在房间窗前，就从十楼高处俯视到两个光屁股的男人，大惊失色。我只好极力抚慰：女性都是有专用泡汤浴衣的。男的？有女性在场时，男性也是会裹着毛巾的。

有清澈河流经过，川汤温泉的晚餐就总有香鱼，也第一次吃到了新鲜豆角炸的天妇罗，用和歌山名产的梅子制成的盐蘸着吃，味道清新。夜里十分寂静，趁着晚餐后父母去泡温泉的短暂时光，我

川湯温泉

354

355

关了灯坐在春夜的房间里，听见大雨落在河流里，很快和潺潺水声混为一体。冰箱时不时轰鸣一阵，过后是夹杂在水声中的鸟叫虫鸣，更有雨后冒出的一万只青蛙，狂叫不已。仔细辨认，也能听出房顶落下的水滴声，偶尔有人们跳进温泉的哈哈大笑——把这样的声音录下来，似乎能治疗好一万个失眠夜。不，即便在失眠的夜里，也应该会爱世上的这个片刻。

次日清晨醒来，发现紧贴榻榻米处留出了一块细长的玻璃，睁眼满目绿意，侧躺之间就光顾了整个春天。前一天的大雨了无踪迹，天气预报里说：今日快晴。在季语词典里，快晴指的是那种无云无雾无烟，也无降水和雷暴可能性的晴朗天气，也是我最喜欢的一种天气。室町时代的人们又称之为"日本晴"，被后世用来描述一种心境：心中一片日本晴。那是不为任何心事困扰的、心无芥蒂的天真愉悦。人类从自然那里得到许多，到了最后渴求的也不过是自然投影于内心，心中也有万里无云的好天气。

在这个"日本晴"的早晨，父母坚持要去河中的浅滩上练习太极拳，在旅途中他们也不愿中断平日的习惯。我站在岸上远远注视着他们，即将是男孩节了，河面上飘扬着无数彩色的鲤鱼旗，我目睹两只鸭子试探地走下水去，最终欢快地畅游起来，就知道河水已经回暖，春天真正降临在大地上。我心想着他们带我看过多少世界，我也终于带他们看到了一个新的世界。不久一辆小型货车停在我身后，副驾驶位上坐着一只柴犬，我走过去摸它的头，一边和司机聊天。

"对面那个也是温泉吧？"我指着河滩上樱花树下的小木屋。说是小木屋，其实也只是用一块木板搭起来的简陋顶棚，后面立着一个挂衣服的架子，前方再遮上两张草帘罢了。

"那是公共的露天温泉。"司机说。

"公共的？"

"谁都可以去泡，而且是混浴哦，"他露出饶有兴致的表情，"现在正好有人在打扫卫生，完事了你也可以去泡泡。"我和司机告别，走过吊桥去看那个打扫温泉的人，他穿着一身防水衣，拿着水管和扫帚，用力洗刷池底的石块，等到水池里再重新注满水，最后把飘落水中的粉色花瓣捞出来，大功告成。

没有时间再泡一次汤了，这一天我们要去大门坂。和中边路相比，大门坂似乎更对得起"古道"这个称号。沿途皆是参天大树，都有几百年历史，入口处那两棵活了800多年，高至30多米，树身要好几个人才抱得过来。它们分别生在石头路的两旁，枝叶却越发缠绕在一起。大概是受这份独立与交织启发，人们称它俩为：夫妇杉。

人们来到大门坂，常常只是顺便看一眼夫妇杉，主要是为了上那智山。那智山是现代化改造的产物，路两旁林立着各种土产店，终年热闹着。我在其中某家看见了一幅字，上面的日语翻译过来是："来的人，再来的人，都是福神。"店主热情地解释说："是这个意思呀：我们现在遇到的人，我们即将遇到的人，我们遇到了又离开的人，这各种各样的人，都是福神的化身。留下笑容也好，流下眼泪也好，都是为了让我们变得幸福才出现的，要相信这一点啊。"也许是我表现得太过热情和捧场，他又推荐起了更加"通俗易懂"的土产来："这个是掌管厕所的神明，要不要？"神明居住在厕所里，日本人是有这么个说法。这里卖得最好的是一种名叫"八尺鸟"的三脚鸟，在熊野三山里是守护神一般的存在。《日本书纪》里有记载：公元712年，神武天皇在熊野山中迷了路，天照大神派来八尺鸟做向导，顺利将天皇引领到了熊野村。如今每年的 1 月 7 日，那智大社都还会举办祭祀八尺乌的活动。

在立着八尺乌石像的那智大社里，我还看见了一棵年龄超过 850 岁的大樟树。枝叶舒展到了令人瞠目结舌的地步，树干的一段却不知为何成了空心。给这樟树送上 300 日元的供奉金，就能换取一次钻进去的机会。树内架着简易楼梯，从地底钻进去，再出来时就是悬于地面之上的小小高架，能望见远方熊野诸山，都似在画框之中。日本神社寺院里的签文，一定会写有"待人"一项，解答诸如"已经出现了""正在来的路上""捎来了口信"之类，最差的结果也就是"请再等等"，断不会真的写上"不会来了"这般绝望的字句，也不知算是温柔还是欺哄。可是，如果真的站进一棵原地不动生长了 850 多年的树木躯体之中，拿着签文的我难免就会开始思考：在上千年时光语境中的"再等等"，究竟是要等多久？

那智大社隔壁有间青岸渡寺，是眺望那智瀑布的最佳场所，远胜于站在瀑布跟前观看。高达 133 米的那智瀑布悬挂于茂密的森林之中，成为全日本落差最大的瀑布，它从断崖落下，又有朱红色的三重塔做前景，是只有在这寺院里才能看见的景象。

"这也能叫瀑布？"

"一条小水流而已。"

在青岸渡寺，我听着父母的对话笑出声来，果然是与黄果树大瀑布密切相处过的人，但日本人另有看法。日本有一件国宝《那智瀑布图》，画的身世是个谜，不能考究出是谁出于什么目的而作，只知是 13 至 14 世纪之间的作品。这幅图是艺术家杉本博司的创作起点：35 年前，即将 30 岁的杉本博司短暂回国，受它的吸引去了那智瀑布，才感受到日本的神明栖息于自然之中，决心成为一位美术家。文学家佐藤春夫写过好几次那智瀑布："从规模宏伟上来说，那智瀑布算不上佼佼者，甚至连华严瀑布都赢不了，但是从造型的美感上来说，若论天下第一，山当属富士，瀑布定是那智。"法国人安德烈·马尔罗也来看过一次这条瀑布，内心的震动不亚于杉本博司，说了狠话："和它相比，尼亚加拉瀑布不过是个水坝。"杉本博司和安德烈·马尔罗在那智瀑布前体会到的那种东西，被称为"神性"，自古以来在日本人心中，这条瀑布就是神明本身。

曾经看到过一种有趣的说法：从前"旅"这个字的意思，并不是游山玩水，仅仅只是指"离开家"而已。离开住处就叫作"旅"，比如古代官人的"赴任旅"，或是把供奉物送往朝廷的"飞毛腿旅"，都

那智瀑布

出于某种现实需求。要说自发性地踏上旅途，即我们今天所谓的"精神之旅"，最早其实是基于信仰需求的自然参拜——去见山，去见海，去见河流，去见瀑布，都是为了与神明相遇的旅途。

熊野的旅途是以海上温泉结尾的。在不远处的胜浦港湾，海上散布着零星小岛，每家温泉旅馆各占一岛，都有自己的私家小船，从港口接送客人往返。有面朝大海的露天温泉，也有藏在山洞里的洞穴温泉，父亲早晚都要去一次，他此行彻底爱上了温泉，在旅途结束后给我写长信，说起岛上的温泉："傍晚入浴，池中淡淡的硫黄味，阵阵清香。远处闪烁着点点灯光，一弯新月挂在头顶的树梢，眼前不时有小鸟呼唤着划过归巢。此情此景，聆听着大海深沉的倾诉，仿佛正乘坐邮轮驶向远方，亦仿佛置身港湾躲避风浪。"

泡在南方小岛上的温泉里，身下是茫茫大海，月亮从头顶升起，恐怕古代的修行者在熊野遭遇的也是类似的感动。因为感受到山岳深处的静寂和深阔，感受到无边大海的明亮和雄大，便从这充满对照感的自然中察觉到了奇迹的存在，察觉到了神明的力量。这样的山和海能一直存在，大约是日本人直至今日也深信"神明宿于草木之中"的原因。

我想象过很多次那些长途跋涉在这条参拜路上的人。听闻修行者的世界有奇异的规则：他们将前往熊野之路称为"逆峰"，即前往黄泉之国，是一次死亡；将离开熊野之路称为"顺峰"，即从黄泉归来，是置之死地而后生。我想象过那些人是否专程为了死去一次才来到这里，然后得到重生。是什么让他们确定自己得到了重生呢？那一天，我站在青岸渡寺门前的高台上，知道在迭起的山线背后，浮现着无边海原的轮廓，似乎也能隐隐闻见海风的味道。我是在那个时刻，才看

见了他们在熊野古道上走的一段路，从海至山，从山入海。让他们
得到救赎的，无疑是山，无疑是海。

　　我永远记得春天的和歌山南边的海，在雨中也有一层微微的淡
绿色，荒波阵阵，长满奇岩怪石。想必到了夏天，它就会变成无边
的蔚蓝。生活之所以还有希望，是因为海一直都在，夏天永远会来，
毫无疑问。

富士山今天也是好天气

盂兰盆节傍晚，夫津木先生给我打电话："真抱歉，台风的路径有些奇怪，暂时还判断不清状况，请再多等一天看看。"这天，"台风七号"正途经东南海面上的八丈岛，朝着北边的伊豆诸岛狂奔而去。午后气象厅发出预警：台风或将于两天后的清晨登陆日本，关东甲信和东北一带恐有暴雨。

夫津木先生是富士山下一家自然学校的登山向导，我们原定于两天后一起上山去。这也许是我今年最后的机会：富士山的"开山期"只有 7 月初至 9 月初短短两个月，山上经常人满为患，需要提前很久预约，但预约时无法预测天气状况，若是因为台风和暴雨取消行程，就又要等上一年。要想看山顶日出，就更加难以指望了，朝日和云海固然绝美，但山间气象无常，登山者被倾盆大雨袭击的情况并不在少数。

台风大魔王从天而降，专业人士束手无策，我也只能侥幸地等待着，生出几分赌徒心态。幸好第二天一早，夫津木先生又来了邮件："台风通行的速度比预想中更快，路线也避开我们，去往远处了，明天的行程照旧，大家一起来制造最棒的回忆吧。"内心欢呼一声，仿佛毫无谋略的赌徒大获全胜。

　　日本人敬畏神明，恐怕也是因为类似的等待常有发生。我每天在手账上写满行程，像大多数生活在都市中的人，以为自己能够掌控和安排一切，然而在山海自然万物面前，才意识到自己从来不拥有选择权，哪怕只是爬富士山这样一件愉快的小事，也会突增变数，于是在不自觉中合掌祈愿，为了一个本来是理所当然的结果满怀感激——其实哪有什么理所当然？所有能够继续走下去的路，都是被神明眷顾的。恐怕日本人的自然观，就是在这样的忧虑和感激交替之中形成的。

　　多数人登富士山会跟随从东京或大阪出发的旅行团，行程交通都有人安排，不必费心。夫津木先生所在的自然学校是一家少有的在山下集合的组织，30 年来以富士山为据点，每个向导每次只能带 8 个人上山。登山只是手段，目的是进行环境教育，沿途讲解生长于山间的各种动植物在气候变化之间完成了怎样的进化。限时两个月的开山期之外，他们还终年组织青少年山间教育，进行有机农业推广和里山保护运动。

　　明年就要 40 岁的夫津木先生告诉我：他是爱知县人，过去在消防队工作了十几年，拥有急救经验，6 年前辞掉了稳定的工作，专注于登山向导和山村民俗学之中。问其中缘由，说是："比起枯燥重复的工作，山间的知识无穷。"在这个登山团体中，工作人员来到这里多是兴趣使然。当天随行的另一位领队片濑先生，大学毕业后曾在金融机构工作过两年，如今他在夏季担任登山向导，冬季是滑雪教练，拥有红十字会急救员资格，四季与富士山为伴。片濑先生虽生长于富士山麓，但自小爱海胜过山，12岁就参加了帆船竞赛，拥有小型船舶驾驶执照，直至大学时在打工的烤肉店老板邀约下有了第一次登山体验，才发现自认为"理所当然"的富士山魅力无穷："在山野自然中长大，也以这片自然为对象，游玩、学习、自给自足，感受生活。"

友人从东京前来，我从大阪出发，我们在中午的五合目 碰头，一起吃了昂贵的乌冬面。随后和众人会合，先进行自我介绍。这天一同登山的，有在智利登山途中结识的"山友四人组"，有背着好几个长焦镜头的摄影爱好者，有全程沉默不语的一家三口，还有一位母亲和她正在上大学的儿子。人们从日本各地赶来，都是第一次登富士山。友人在日本生活了20多年，也从来没有站在过离富士山这么近的地方。"但是，"她说，"刚到日本时住在品川的高层公寓里。天气晴好之时，远远能看见富士山的身姿，像世界尽头浮现的海市蜃楼。"我听她说，从前江户的都市就是以富士山为中心建造的，走在街巷中突然一个转折，路的尽头矗立着富士山，因此才有了葛饰北斋的浮世绘《富岳三十六景》，其中从江户城中能看到富士山的地方就有十几处。"东京之所以成为东京，是因为能够望见富士山。"晚了葛饰北斋100多年出生的永井荷风说。现代东京处处高楼大厦，即便觅去葛饰北斋或是永井荷风所说之地，富士山也早已不在那里了。我久居关西，就更加见不着了，只能在开往东京的新干线上，在飞去东北地方的飞机上，偶

五合目：富士山从山麓到山顶的路程，被划分为十个区间，每个区间为一合目。——编者注

尔一见它的雄姿，有时也惊叹它可真美。可是登富士山？为什么呢？

"人生一定要登一次富士山"，400 年前的江户人就这么说了。当时的庶民中流行着名叫"富士讲"的信仰，由有过 7 次以上富士山登山经验的行者带领人们参拜富士山，是一种修行方式。从江户前往富士山并非易事，即便在天气晴朗的日子，往返登山口需要 6 天，上山下山需要 2 天，行程最短也要 8 天，耗费资金更加庞大。即便如此，在开放登山的两个月里，也有近两万人前来，是为了"登拜"。夫津木先生说："你这么想，富士山就是江户人的迪士尼乐园。"

"你知道'富士'的意思吗？"他又问我。

"难道不是此处的地名吗？"

"先有了富士山，后来才有地名的。"他告诉我"富士"的语源，同一个读音还可以写作：不二、不死、不尽。"无论哪一个词形容的都是这座山，它是人类面对未知的自然神明时，报以最大敬畏的存在。"

江户人登富士，定要看日出，就有了"通宵登山"的做法。今天的人们也是如此：中午从吉田或富士宫的五合目出发，傍晚抵达七合目的山小屋，在山小屋用过晚餐，早早睡下，次日凌晨起床，在黑暗中经过八合目和九合目，抵达山顶时正好能赶上阳光穿破云层而出，随后再一气下山，便能在下午回到五合目的出发点。这样的行程被衍生出了一个专门说法：弹丸登山。

害怕人群，我们避开了最轻松的"吉田线"，在夫津木先生的带领下沿着另一侧的富士宫口向上，这条线路中没有吉田线沿途那么多的山小屋、食堂和土特产商店，能够享受寂静的登山时光。末了登上全日本的最高点"剑峰"，还能绕行"宝永山火口"一周，据说在天气好的日子，远处的太平洋和伊豆半岛可以尽收眼底。

之所以说"据说"，是因为此时台风余威尚在，并不能看见海。雾中登山，所见风景甚少，常常是在没有未来的山道上前行。此时才知道，登富士山是一件何等枯燥的事情，山远不如远观时那般温婉美丽，视野之内，处处是如炭一般的熔岩，世界由混沌的黑构成，这样的土地上几乎也不可能生长出植物，绿色随着海拔的升高而消失，尽管偶尔会从云层中掠过一丝蓝天，它看上去仍像是一座已经死去多时的山。深一脚浅一脚地踩在火山灰中，因为寒冷和艰苦，人群多数时候只剩沉默。

　　像我这样沮丧地走在富士山上，心中失望和狂躁席卷而来的人每天都有，但登山者还是前仆后继地来。日本人是真心恋慕着富士山，2013 年它成为世界遗产时，大家都很高兴。我喜欢的一位编剧立刻在正在播出的日剧里加入新桥段："富士山可真厉害啊！我就知道会成功的。"第二年，日本第一次有了"山之日"，又隔了一年，8 月 11 日这天正式成为日本法定节假日，法律中以优柔的语气写道，"山之日"旨在让人们"获得和山亲近的机会，感谢山的恩惠"。日本是"山的国度"，国土的 75% 属于山地，为了感谢从山中获取的生存资源，"山神崇拜"的信仰从未式微。若是将登山当成修行，心态就会好一些。江户的人们登富士山，艰辛跋涉，火山随时可能喷发，最大的目的并非欣赏风景，而是出于对神灵的敬畏和拜祭——他们穿着棉布白衣，挂着系有铃铛的金刚杖，一路念诵着"六根清净，山是晴天"的口号登上山顶，山顶的浅间神社里，供奉着庇护全日本的山神。

　　后来我在富士山上找到了一点小小的乐趣：沿途的商店会贩卖一种"金刚杖"，棍上写着"六根清净"四个大字，其实是辅助登山的木质拐杖。每抵达一合目，都会有山小屋提供"烧印"服务，印证

金刚杖，正在被盖上「富士顶上」几个字

登山者曾经抵达此处。烧印方式颇有古风，用炭火将金属铁杆烧得火热，上面的图文便能清晰地烙上木头。每次通常能获得一个烧印，也有的店家一鼓作气要印五个。山顶的烧印处就设在浅间神社里，与众不同的红色御朱印设计，用金槌压在木杖上，有种严肃的恭敬感。夫津木先生说，发明这种烧印的是创业于 1915 年的"佐藤小屋"，它也是现今五合目唯一在冬季仍然营业的山小屋。

　　夏季山顶营业的山小屋有好几家，登山者为了看日出，都需要在此住一晚。山小屋条件简陋，虽有早晚餐，但也只是盒装牛奶和汤汁很稀的咖喱饭，矿泉水价格比山下涨了三四倍，别说洗澡了，就连刷牙洗脸的自来水也没有——山上水资源珍贵，上厕所也要付"入场费"。屋内摆满了上下铺，床上的睡袋一个紧挨一个。正是人气最旺的季节，能容纳 250 人的房间被塞得满满当当，不能奢求隐私空间。谁也不可能在这样的环境里睡着——我断然下了定论，然而 9 点刚过，鼾声四起，人类的适应能力真是不可思议。

人类在睡梦中也能无意识合奏的"交响曲"刺激着我的神经，久久不能入睡，终于钻出睡袋，裹上羽绒服走到门口透气。山下是盛夏，而山顶凄寒，我打算寻找些热水，但山小屋的工作人员视水如命，怎么都不肯卖一杯给我。正当我垂头丧气准备回到床位时，一个穿着工作服的男人拦住了我，向我示意他手中的酒精炉和锡纸杯，让我稍加等待，便在地上点起火来。我们说了会儿话，他告诉我他是富士山的地形勘察员，夏季每周都要上山来，像是两天一夜的短途出差，知道哪些是旅途必备品。山神如果要施展一点魔法，就应该在这个时候，让美景存在于那些生活不便的地方，于一杯水即将沸腾的时间——我在话语的间隔，无意中抬起头来，便撞见了夜空中一轮清澈的明月，挂在触手可及之处，傍晚的暴雨已经停了，清风流动在明月之下。

过了凌晨 1 点，鼾声陆续停住，人们开始起床了。人人都被发了一顶带有探照灯的安全帽，在暗青的夜色之中只能照亮脚下，不见四周风景，但头顶风光无限：以远方的山头为中点，一侧的皎洁月光照亮了整片天空，而阴暗的另一侧，竟能清晰看见北斗七星闪耀于银河之间。渐近高处，我心中越发惊叹，原来"披星戴月"和"不舍昼夜"并不是一种修辞，是真实的存在。

富士山的"御来光"也不是一种修辞，但能不能看见山顶日出的神圣片刻却需要机缘。我们抵达山顶，天空中正投射下金色的光芒，太阳即将穿破云层而出。我坐下来，拿出保温杯，里面装着几个小时前地形勘察员赠给我的一杯热水。当我因为有了这杯热水能够在清晨的第一缕阳光中喝起咖啡的时候，他又一次在富士山顶点燃酒精炉，煮了一碗热腾腾的方便面——山顶的食堂里没有咖喱口味，是他自己带上山来的。因此，我们各自在富士山顶找到了信仰，于我而言是咖啡，于他而言是方便面，只是这现代的仪式感并没能持续太久——那杯咖啡还没喝完，便又是一场倾盆大雨。

我在富士山顶看见的阳光，不过片刻即逝，下山的路途又是无常。刚翻过一座阳光明媚的山头，另一座山头立刻又出现在眼前，在茫茫云海的笼罩下仿若末日般全无生机。我总是想起那句话："他们在火星上，只留下石头和风。"时而有雾或雨，也只是短短几分钟的事情——才刚套好雨衣，天空中已挂上一道浅浅的彩虹。在富士山，彩虹只是片刻，就消失不见。

"我知道你在想什么，"下山的途中，友人说，"你想要那个酒精炉吧？"

我确实中意那个短短几分钟就能替人找到信仰的酒精炉，但却不确定自己还会不会再来登富士山。"这就算登过富士山了吗？"我的内心充满犹疑，"仓本聪在演讲中一定会说起富士山，他经常对观众说：登过富士山的人请举手。如果是在东京，大约有一半的人会举起手来。他又问：都是从五合目开始登山的吧？从海拔零米处开始登山的人请举手。这回举手的人就一个也没有了。"每年有 30 万人登富士山，但又有谁真的登了 3776 米呢？我们默认了登富士山的旅途起始于五合目，忘记了在骏河湾附近还有个一合目。

为什么非得是零米不可？我记得仓本聪是这么说的："从五合目开始登山，可以选择的路线极为有限，而且都是前人安排好的，照着走就是了。从海拔零米处开始就不同了，从哪里开始是你的选择，可选的范围非常广阔，且一合目到五合目之间又有很多分岔，都需要做出判断。"他要说的也许是应该从海拔零米开始看世界，又或许是应该回到原点反省人生，"认真对出发点和分岔路做过抉择，才算是在人间走过一趟吧"。

过了一年，又是夏天，朋友带了另外一群人去登山，驾轻就熟，自己成了向导。"富士山今天也是好天气"，她在山顶给我发来照片，阳光灿烂，世界明亮。我再也没有想过要去登富士山。那天，我的金刚杖遗落在了回程的新干线上，仿佛就连登过富士山的证据也随之失去了。但我会记得富士山上的光景，那黑乎乎的一段路途，如同噩梦一般。在那个有什么已经死去的世界里，也见过彩虹，见过星空，见过月光，见过积雪，见过日出，见过云海，见过大雨。我走在下山的路上，思索着登富士山的准确意义，世界前程如此刻茫茫，但传递过来的，我都收到了。

我心里很清楚，自从登上富士山的那一刻起，我就失去了作为富士山的理想。我开始羡慕那些一次也没有登过富士山，只是远远看见过这副光景的人。例如在对面御坂峠的天下茶屋住过一阵子的太宰治，他很多次凝神于富士山的黎明时分："朝阳照在凹凸不平的山脊之上，闪耀着茜黄色的光芒。我在这样的景象中感受到了崇高，觉得它是天下第一。"富士山之美，在于远观，在于伸手不可及之处。人生中的许多事，都是如此。

我丢了金刚杖的那天，坐在新干线的车厢里，心想：谁会真的蠢到想将富士山据为己有呢？在回程的路上，我又一次看见了富士山的身影。我的一位朋友曾经对我说过：人生最美妙之时，是一切想要的都近在咫尺却还未得到。谁会知道后面还有那么多幻灭呢？

后记

『旅行运很好』这件事

我的旅行运总是很好。

只有这件事，我十分肯定。

到达指宿的温泉酒店是早上 11 点，离入住时间还有 4 个小时，我把行李寄存在前台，坐在门口的椅子上看了会儿观光手册，又折返回去："这个日本 JR 线最南端的车站，有巴士可以去吗？"结果如同我的想象，巴士只能搭乘到指宿站，然后需要换乘火车。巴士每小时只有一班，火车班次间隔两到三个小时。

我正要放弃，一个身着便装的老先生从事务所里走出来："我正好要去那边拍照，搭上你吧？"

"其实，我最近正在学习拍照呢。"在最南端的车站等待下一班列车驶来的时候，名叫龟之园的老先生向我展示了他的最新作品：指宿四季盛开的花、夏日的烟火大会，以及……东京迪士尼乐园。

"前一阵子，跟女儿一起去迪士尼了！"他得意极了。

我有点诧异："就两个人？"

"就两个人。"

"女儿多大了？"

"23 岁，现在在千叶做看护士。我正好趁休假去探望她，两个人就一起去了迪士尼乐园。"

"关系可真好啊……"我很难看到如此亲密的父女关系，发自心底觉得美好。

"关系一直很好哟，"龟之园先生举起相机，"这个也是女儿送的，说我还有半年就退休了，不培养一点兴趣可不行。"

拍过缓缓驶进站的列车之后，龟之园先生载我去了当地最著名的神社，据说我之后要搭乘的那一班观光列车，名字就源于神社内收藏的一个室町时代的玉手箱；又载我去了能看见开闻岳倒影的湖边，指宿第一高山真的和富士山长得一模一样，当地人都叫它"萨摩富士"，倒映在湖中的景象也以此类推被称为"逆富士"；去了养着巨型鳗鱼的物产店，展示着无数海马的见学中心，甚至去了40公里外另一间供奉着釜盖大神的神社，一个男人头顶着釜盖朝赛钱箱走去，甚是好笑，还在这里看到了《DASH 铁腕》留下来的签名板。

"其实，我有过170次海外旅行哦。"龟之园先生在途中告诉我。他18年前才回到老家指宿，那之前一直在大阪的旅行会社工作。在指宿一直工作到64岁，再过一年就要退休了。

"那您一定换了很多本护照吧？"我话音刚落，龟之园先生立即从包里掏出一本护照来。

"您随身携带护照？"

"没准突然就想去哪里了呢。"

此时，路过一个名叫"唐船峡"的地方，我随口问道："这里应该是古代从中国来的船停靠的地方吧？"

"说到唐船峡，你知道最出名的是什么吗？"龟之园先生突然想起什么，"是流水素面！"

"夏天的风物诗啊……"

"唐船峡一年四季都有流水素面，"他自顾自做了决定，"好，我们今天就去那里吃午饭吧！"

唐船峡的流水素面，我此前一次也没见过，桌上的流水机器像儿童玩具一样，要是让京都人来看，定会觉得它不够庄重。但流动在里面的水是附近涌出的地下水，清澈甘甜，人们就直接拿来饮用，池子里还养着好多鲤鱼，连鱼鳞都能数清楚。

"梦想这个东西啊，最好定得低一点，只有实现了一个梦想衍生出下一个梦想，它才会变得越来越高。"在流水素面和鲤鱼之前，龟之园先生说起自己现在有一个梦想：退休之后去冰岛看极光。他说想躺在冰天雪地里看极光，也想拍出震撼心灵的片刻，因此要抓紧时间磨炼拍照技术。

"18 年前，为什么辞掉在大阪的工作呢？"我再也按捺不住好奇。

"女儿刚满 3 岁的时候，妻子去世了，父亲也生了急病。不回来的话，生活根本继续不下去。"

"一个人把女儿抚养长大了？真伟大。"龟之园先生再也没结婚，和女儿两人相依为命，因此感情才变得很好。

"世界上没有伟大这件事，就是把生活过下去而已。"

龟之园先生说他已经决定了，永远不会要求女儿回到故乡，更老一些或是生了病，就用养老金去住养老院。无论如何，一定要让女儿去她想去的地方，也像自己年轻时那样，因为走过了许多地方，遇到了许多人，知道了许多事，才在有一点了解世界的时候，终于开始懂得自己。

他也是这么劝告我的："一定要尽可能去更多遥远的地方啊，不然你永远不会知道自己有多广阔。"

去过了 170 多个国家，开始懂得了一点世界的龟之园先生，在妻子葬礼的第二天独自去了比叡山顶的寺院，那天阴雨绵绵，他看着本堂屋檐上滴下的水珠，瞬间顿悟了一个道理：这世上我们遇到的一切，都是我们所经历的一切呈现出来的现象。

"比如今天你在这里遇到我，听我跟你讲了这些话，其实说话的并不是我，而是你自己的'现象'。"龟之园先生试图向我解释这个理论，"如果你没有来到日本，没有在走过这么多地方之后终于走到这个日本南边的偏远城市，这些奇妙的'现象'就不会出现。"

"你是说这世上只有我这一个主体？"

"对'我'来说是只有'我'这一个主体。"

"痛苦的事情也是'现象'？"

"痛苦的事情也是'现象'。"

"为了什么而存在？"

"为了让你学到些什么，"龟之园先生变得像个哲学家，"这也是运气。"

我的运气算好吗？我执意要付那一餐流水素面的钱时，龟之园先生说："不用了，我是刚才那家酒店在这个地区的营业部部长，趁今天休息，正好带你转转。"在告别之前，龟之园先生还告诉我：虽然是海边城市，但指宿的夏天没有海水浴场，因为这里是火山地带。火山和地震同时存在于此处，作为交换上天给了它最好的温泉——厄运和恩惠，总是同时存在于我们人生的每一个时刻。

我遇见了龟之园先生，从他那里听到了一生不会忘记的人生道理，从此更坚定地行走在自我的"现象"之中。龟之园先生不仅改变了一点儿我的人生，也改变了一点儿我父亲的人生：在父亲退休的那一年，我也送了他一个相机，他也开始追寻新的旅途和"现象"。

我的旅行运总是很好。

因为旅行这件事，写作"旅行"，读作"奇遇"。

库索
2020.夏

图书在版编目（CIP）数据

纵身入山海 / 库索著. -- 北京：中信出版社，
2020.7（2022.12重印）

ISBN 978-7-5217-1738-9

Ⅰ.①纵… Ⅱ.①库… Ⅲ.①随笔—作品集—中国—
当代 Ⅳ.①I267.1

中国版本图书馆CIP数据核字(2020)第054855号

纵身入山海

著　　者：库索
出版发行：中信出版集团股份有限公司
　　　　　（北京市朝阳区惠新东街甲4号富盛大厦2座　邮编　100029）
承 印 者：北京盛通印刷股份有限公司

开　本：880mm×1230mm　1/32　　印　张：12　　字　数：200千字
版　次：2020年7月第1版　　　　　印　次：2022年12月第12次印刷
书　号：ISBN 978-7-5217-1738-9
定　价：79.80元